L'histoire secrète des vampires

Sunny Taj

Crédits :

— Couverture : Tyndart Studio (tyndart.studio@gmail.com)

— Correction du texte : Julie Legrisson (julie.legrisson@gmail.com)

Édition : Sunny TAJ Éditions

Dépôt légal : mai 2026

ISBN : 978-2-488133-10-4

Table des matières

Prologue

Amaru Chavín

Six mois auparavant

L'humidité me ronge les os. Chaque inspiration brûle mes poumons saturés de moisissures et de sang séché. Le cachot n'est qu'un trou sans lumière, creusé dans le ventre de la ville, comme pour effacer jusqu'à l'existence de ceux qu'on y enferme. Parfois, une goutte tombe du plafond et éclate sur ma nuque glacée comme si la pierre elle-même suait. Dans le noir, je sens les rats longer mes jambes, attirés par la crasse et les miettes de nourriture moisie qu'on me jette.

J'y suis depuis... combien de jours ? Des semaines ?

Des mois ? Je ne sais plus, je n'ai plus de repère. Le temps se dissout dans la douleur, la faim et la soif. Ici, il n'y a aucune source de lumière, ni matin, ni nuit, seulement des temps morts entre deux visites de… LUI. J'entends régulièrement un bourdonnement de pas au-dessus de ma tête, mais ils ne signifient rien dans ce silence compact me servant d'unique couverture : juste la fourmilière qui s'active dans la demeure royale. Alors j'ai renoncé à écouter ou à compter. Ici, je n'ai qu'une seule horloge et celle-ci ne triche pas : la douleur.

Je n'ai plus que mes chaînes pour me rappeler que je suis encore vivant. Elles mordent ma peau, me laissent des sillons infectés qui suintent à chaque mouvement. Mais je ne céderai pas, parce que, dans le cas contraire, ce n'est pas que moi que je condamne : c'est tout ce qu'il reste des miens. Je suis Amaru Chavín, descendant des chasseurs des lignées de la lune, héritier dépositaire du serment de Chavín[1]. Tant que mon sang coule dans mes veines, il porte la mémoire de la promesse de mes ancêtres wari, civilisation antérieure à celle des Incas : exterminer les vampires jusqu'au dernier.

Pourtant, j'en suis réduit à nourrir l'un d'eux, le pire qui soit : leur roi. À chaque fois qu'il vient prendre mon sang, la magie de Chavín s'affaiblit dans mon corps

---

[1] Dieu du soleil Wari. Chez les Incas, l'équivalent est Inti.

pour renforcer le sien. Je lui sers de calice chaque jour : une honte que je dois endurer en plus de tout le reste, alors qu'aucun membre de mon clan n'a jamais été pris vivant par l'une de ses créatures. Nous avons le devoir de nous suicider plutôt que de tomber entre leurs mains. Jusqu'à moi. Jusqu'à cette trahison par Qoya, celle-là même qui s'était engagée à tout faire pour me seconder dans cette mission. Ma fiancée m'a vendu : au lieu d'attirer le vampire dans mon piège, elle s'est retournée contre moi et m'a livré à lui. Je revois encore ses yeux quand elle a révélé sa véritable nature : ils avaient déjà oublié mon nom.

Au départ, j'ai prié pour que le vampire boive trop et que je meure sous ses crocs, mais cette enflure veille à bien me maintenir en vie, même si ça ne tient qu'à un fil par moment. Cependant, mon cœur bat toujours. Parce que la magie de mon sang ne se régénère que dans un corps chaud et vivant. C'est pour ça qu'il veut que je lui donne mes frères afin de les exploiter à leur tour. Mais il en est hors de question : nous ne sommes plus qu'une poignée contre des milliers de « transformés », et, en tant que premier chasseur de ma génération, je me dois de les protéger. S'il peut s'emparer de ma force vitale, il ne peut me dépouiller de mon honneur ! C'est ma seule satisfaction : sur moi, son pouvoir mental ne fonctionne pas. Grâce à l'esprit du Condor qui me protège et à la mémoire ancestrale des Chavíns. Pourtant, c'est une lutte

acharnée de chaque instant, car, quand il attaque, c'est comme s'il me griffait de l'intérieur : je dois tenir...

Tout à coup, la serrure gémit. Mon corps réagit avant même mon esprit. Mes muscles se tendent, mes omoplates se crispent et ma mâchoire se verrouille. La porte s'ouvre lentement, comme si la pierre elle-même retenait son souffle. Une torche s'allume au-dehors, juste assez pour découper l'ombre d'un homme sur le seuil. Mais lui n'a pas besoin de lumière : c'est pour moi qu'il éclaire. Afin de me forcer à le voir entrer, afin que chaque mouvement imprime sa domination - jusque dans mes nerfs. Ses pas résonnent d'abord, lents et feutrés, et chaque écho s'infiltre dans mes os comme une promesse de souffrance. L'air change quand il approche : une odeur âcre de sang mêlée au parfum boisé qu'il utilise pour masquer la bête. Même la flamme de la torche semble hésiter à brûler, vacillant sous une présence qu'elle redoute.

Lucian.

Lucian de Lys, monarque des vampires, comme il aime s'appeler.

Il referme la porte derrière lui, et le bruit de la barre retombant dans ses crans a quelque chose de définitif, comme une note de désespoir. Il vient seul. Toujours. Même ses gardes ignorent tout de cet endroit, même sa cour n'a pas le droit de savoir que je suis ici : il

me cache comme un trésor, comme un secret dont la valeur s'accroît à mesure qu'on le verrouille. Si un jour, un autre que lui me voyait, cet autre ne verrait plus jamais rien.

Lucian s'avance, impeccablement habillé comme toujours : un manteau sombre brodé de fils d'or, une chemise dont la blancheur défie la suie, et un costume sur mesure taillé comme une seconde peau. Il s'immobilise à un mètre pour me laisser le temps d'anticiper la souffrance à venir. Il arbore cette beauté cruelle qui fascine les foules, ce visage sculpté pour commander. On le croirait né pour régner. Mais c'est faux. Parce qu'en vérité, il a été fabriqué, aiguisé, poli à coups d'humiliations et de faim. Et il a décidé un jour que plus jamais personne ne lui mettrait le pied sur la nuque. Son histoire est presque d'une banalité pathétique, mais il en a fait une légende pour le monde qu'il veut absolument dominer et s'est hissé sur le trône de la nuit.

— Mon sorcier, finit-il par murmurer avec une note de convoitise dans la voix.

Je ne réponds pas. Mes lèvres se fendent sur un rictus qui n'a rien d'un sourire, mais ma rage n'a pas besoin de mots. Il se plante juste devant moi, prend mon menton entre deux doigts et m'oblige à lever le visage. Sa peau est froide, le seul indice tangible de sa véritable nature : les vampires sont les enfants de la lune, et ils ne

dégagent aucune chaleur...

— Tu tiens, ricane-t-il avec satisfaction. C'est ce que j'aime chez toi. Mes autres jouets cassaient vite, alors que toi, non. Ceci dit, tu es le seul chasseur que j'ai pu capturer depuis tout ce temps... et tu seras la clef de mon triomphe, je le sens.

Comme il aime me rappeler que j'ai failli avant de me faire souffrir ! Pourtant, je ne réagis pas quand ses mots me lacèrent, je me contente de fixer ses yeux : deux pierres polies, deux trous où la lumière tombe sans jamais revenir. Avec moi, il n'a pas besoin d'arborer un masque comme avec les humains qu'il doit charmer afin de parvenir à ses fins.

— Tu ne veux toujours pas me parler des Chavíns ? demande-t-il comme un rituel grotesque. Tu sais pourtant que tu finiras par me livrer tes frères...

— Un jour, je te ferai griller face au soleil, grondé-je en guise de réponse. Juste pour t'entendre hurler avant que tu ne sois plus que cendres !

Il rit avec cette arrogance qui le caractérise, car, pour l'heure, je suis à sa merci : mes menaces ne l'affectent pas. Son pouce effleure ma pommette – paradoxalement, un geste presque tendre – puis glisse à ma gorge. Il m'incline et découvre mon cou comme on dénude une relique.

— J'ai appris très tôt qu'on ne survit pas en hurlant,

susurre-t-il. On survit en rampant, en encaissant, puis en mordant plus fort. On se relève seulement lorsqu'on est sûr d'avoir des dents plus longues que celles des autres.

Et les siennes s'allongent fort à propos : mon monde se rétrécit jusqu'au point incandescent où ses crocs percent douloureusement ma peau. La brûlure explose d'abord dans mon cou, puis court comme une traînée de feu jusqu'à ma poitrine. Le froid la suit aussitôt – une vague glacée qui envahit mes veines – et me fait trembler. Mon cœur cogne, s'emballe puis ralentit dans une cadence désordonnée. Le goût du métal m'envahit la gorge, une nausée acide qui me donne envie de vomir. C'est toujours la même souffrance, et il s'en délecte : c'est sa façon de me punir pour résister à son emprise mentale. Certains humains sont accros au plaisir de la morsure qu'un vampire peut donner – au point de se laisser saigner à mort. Je les ai vus, ces « volontaires ». Je sais comment ça finit. Ces imbéciles pensent qu'ils contrôlent et fixent les limites, mais c'est toujours eux qui finissent à genoux, vidés et jetés comme des carcasses. Combien d'humains se sont retrouvés victimes en pensant avoir bien balisé leur sécurité ? Trop pour pouvoir les compter. Ils font toujours ça, ces monstres, afin d'avoir toujours plus de victimes consentantes à leurs portes. Les vampires dissimulent leurs crimes derrière des sourires et des illusions, pour mieux se gaver de chair naïve.

Mes veines deviennent la chose d'un autre. Son souffle s'aligne au mien. Le sang se déverse, aspiré, et, avec lui, quelque chose de plus que ma vie : mon sah, l'étincelle magique de tout sorcier, l'essence et l'empreinte de ce que je suis. La magie de Chavín. Je mords l'intérieur de ma joue pour ne pas crier – je ne lui donnerai pas cette satisfaction – et ma tête cogne contre la pierre. Les chaînes grincent, mes épaules hurlent. Puis, comme toujours dans ce cas-là, la porte s'ouvre – pas celle de ce cachot. Non, celle qui est en moi. Celle que la morsure force toujours et qui libère ce qui n'appartient pas qu'à moi.

Les voix arrivent d'abord, comme un chœur très loin sous l'eau. Puis les images, aiguës, brillantes, plus vraies que cette cave : je suis obligé de revivre encore et encore les chroniques de mon serment remontant à plus d'un millénaire. Le cri strident d'un condor lacère mes tympans. Chaque image est plus vive que le présent.

Je ne suis plus simplement Amaru, je suis tous ceux qui ont prêté ce serment à Chavín avant moi.

Légende wari 1

Les origines

Invocation à Chavín[2]

¡ Oh Chavín, Chavín runa dios !
[Ô Chavín dieu soleil,]

¡ Oh Puma supay, espíritu !
[Ô esprit du Jaguar,]

¡ Oh Kuntur supay, espíritu !
[Ô esprit du Condor,]

Kuyapayku sonqoyta q'ispichikuy.
[Recevez ce cœur en sacrifice,]

Kuyapayku k'anchayta, kallpata, qhawata.
[Donnez-moi la lumière, la force et la vision,]

Ama llullaykuchu, runakuna kawsaykama yupaychanku.

---

[2] Pour les besoins de ce roman, la traduction est basée sur la langue Quechua standard (rusanimi) puisque le wari a été oublié après l'avènement des Incas 😉.

[Pour que votre peuple vous honore jusqu'à la fin des temps.]

Xtopec – Grand Sorcier royal wari

1438[3] après J.-C. – Salle du trône de la Cité wari – Machu Picchu – Pérou

Je marche – encore et encore – sur les dalles de la terrasse. Mes sandales claquent contre la pierre comme le battement sourd d'un cœur qu'on va arracher. Le soleil m'aveugle, mais je n'y prends pas garde. Sous mes pieds, la cité s'étend, vaste, ordonnée, dressée en terrasses successives sur le flanc de la colline. Les maisons, les temples, les greniers sont taillés à même la montagne. À chaque niveau, la pierre se marie à la terre cultivée : des champs d'épis dorés, des carrés de maïs et des alignements d'arbres fruitiers. C'est une œuvre patiente

[3] Véritable date historique de la victoire des Incas à Cuzco par l'empereur Pachacutec contre les Chancas, ennemis de toujours des Incas : c'est à partir de là qu'il entamera l'expansion de son empire.

– millénaire – qui s'offre à mes yeux. Pourtant, je n'y vois plus que la fragilité des choses. Parce que je sais ce qui vient…

Le palais surplombe tout, comme il se doit. Aucun édifice ne peut dominer la demeure royale : telle est la loi de notre peuple wari. Les rois et les reines doivent être les plus proches du soleil, car ils prétendent être ses descendants sur Terre. Moi, Grand Sorcier, je sais que cette loi n'est qu'un masque. Le soleil n'a pas d'enfant : il dévore, il consume, il éclaire, puis il abandonne en cédant sa place à la nuit. J'ai vu, dans mes songes, le moment où ce palais s'écroulera comme tant d'autres, englouti par des flammes qui ne seront pas de feu, mais d'ombre.

Je tourne en rond, parce qu'on me fait attendre. Le roi connaît pourtant ma position : il sait que je frémis d'inquiétude. Mais c'est un jeu pour lui de me faire languir, de me contraindre à ronger mon impatience. En mon for intérieur, je sens la colère me mordre, mais je baisse la tête et je retiens mes poings. Le peuple ne voit de moi qu'une silhouette qui se tient droite, drapée dans un manteau pourpre et or, mais, en vérité, au fond de moi, je vacille. Car mes rêves ne sont pas des illusions : ils sont des avertissements. Et celui que j'ai reçu cette nuit hurle encore dans mes os.

Enfin, les portes s'ouvrent. L'air de la salle du trône coule sur ma peau, lourd d'encens et de sueur. Les

colonnes sont incrustées d'or, les murs recouverts de fresques où Chavín, dieu du soleil, dévore les cœurs des sacrifiés. La lumière, piégée dans les reflets, danse comme un mirage. J'avance. Mes pas résonnent entre les guerriers figés près des colonnes. Je m'incline si bas que mon front touche presque le sol.

— Votre Majesté, salué-je, d'une voix tremblant à peine. Merci de m'accorder audience.

Le roi sourit, assis sur son trône d'or massif. Sa barbe noire encadre une bouche trop rouge, tandis que ses yeux brûlent d'orgueil.

— Parle, Xtopec, lance-t-il avec une nonchalance affectée. Qu'est-ce qui pousse le Grand Sorcier à troubler ma chasse au jaguar ?

Je relève la tête et respire profondément avant de me lancer.

— Les Incas, murmuré-je. Ils se préparent. Dans mes rêves, ils marchent déjà. Leur armée sera à nos portes après la prochaine lune.

Le roi bondit presque, ses mains frappant l'accoudoir durement. Le métal résonne comme un gong.

— Comment osent-ils ? rugit-il. Ce ne sont que de simples paysans mal dégrossis ! Des insectes qu'on écrasera d'un pied !

Sa salive éclabousse sa barbe. Ses gardes détournent les yeux, craignant sa fureur.

— Ils ne sont pas que ça, insisté-je. Leurs prêtres invoquent Inti comme dieu du soleil et…

— Chavín est le seul vrai dieu soleil ! tonne-t-il. Grâce à lui, les Waris dominent cette montagne depuis des siècles ! Je suis son descendant direct, son émissaire sur cette Terre. Que m'importe ces pseudo-religieux incas ? Ils ne sont rien.

Je mesure chaque mot. Un seul faux pas, et il frappera.

— Vous avez raison, votre Majesté, rien ne saurait égaler votre pouvoir hérité de Chavín, approuvé-je servilement afin de le calmer. Toutefois, cela ne ferait pas de mal de préparer les greniers en avançant la moisson. Comme ça, nous serons prêts quand le siège commencera…

Il me coupe, ses yeux flambant d'impatience.

— Tu affaiblis ton peuple par tes craintes. Les guerriers waris sont invincibles grâce à moi, et tu devrais être en train de préparer un rituel au lieu de penser à amoindrir les récoltes en les cueillant trop tôt.

Il se penche avec un regard fixe qui m'annonce que j'ai commis une erreur.

— Toutefois, si cela t'inquiète tant que cela, je vais en tenir compte… Prépare un sacrifice pour Chavín dans trois jours. Un qui soit digne de l'offense que, toi, Grand Sorcier royal, tu as faite à ton dieu. Ton fils aura ce grand

honneur…

Un froid me traverse. Je chancelle.

— Tatloc ? répété-je, la gorge nouée. Mais il doit être nommé commandant de la cité à la fête des moissons…

Le roi sourit, et, dans ce sourire, je vois le serpent.

— Justement. Quoi de plus glorieux ? Ton héritier lavera les fautes de son père. Son sang apaisera et fera oublier tes paroles indignes de Chavín…

Je me prosterne, parce que le décret royal est tombé et que je ne peux rien y changer. Intérieurement, j'enrage, car je sais pertinemment que cette décision n'a rien à voir avec les dieux : c'est un coup porté par la politique. Je comprends, mais cela ne m'aide pas à accepter. Ma lignée est puissante. Trop. Avec mon statut et la nomination prochaine de Tatloc, c'est ma famille qui dirigerait de fait la cité. Cela indispose ce roi qui n'en a que le titre. La peur et la jalousie du souverain sont attisées par les manigances de mon second au temple : ce dernier rêve de me remplacer depuis des années. Mon fils doit mourir non pour les dieux, mais pour que ma lignée soit brisée. Afin de combler l'insécurité de l'un et l'avidité de l'autre.

Je sors de la salle en me retenant de tituber, alors que le monde tourne dans ma tête. La lumière me brûle les yeux, les marches du palais se brouillent devant moi tandis que les paroles du roi résonnent en moi comme un glas. Le pas lourd, je rejoins mon temple, mais je ne vois pas les murs de pierre incrustés de plaques d'or, de turquoise et d'obsidienne sur lesquels les rayons du soleil se brisent en mille éclats. Je ne peux que fixer l'autel au centre : un bloc sculpté, taché d'anciennes offrandes. À côté, l'eau de la fontaine murmure, toujours prête à laver le sang, et le grand pot déborde d'épis de maïs dont l'odeur sucrée se mêle à celle du feu sacré.

J'ai versé tant de sang ici. Je sais ce que cela coûte. Quand un cœur encore chaud palpite sur la pierre, je le prends, je le vide dans la coupe sacrée. Je porte le liquide amer et brûlant à mes lèvres et la force me traverse. Mes entrailles se serrent, mes bras tremblent, mais mes yeux s'ouvrent sur l'invisible. Puis les jaguars surgissent, déchirant la chair, rugissant comme s'ils saluaient Chavín. Ainsi, nos guerriers s'emplissent de vitesse et de résistance. Ainsi, nous avons dominé nos ennemis.

Pourtant, je sais que ce règne touche à sa fin. Mes rêves ne mentent pas : ils annoncent la chute. Une autre civilisation prendra notre place. Les Incas seront les prochains élus et les Waris disparaîtront. À moins que je ne trouve un chemin pour contrer le destin. Toutefois, ce n'est pas la vie du peuple qui me hante à cet instant : non, c'est celle de mon fils. Il est ma fierté, mon héritage. Fermant les yeux, je prie, mais cela ne m'apaise pas : au

contraire, l'esprit du condor m'emporte vers un ciel devenu noir, tandis que celui du jaguar vient nourrir ma colère.

Lorsque je rouvre les yeux, je suffoque de mon propre sang cognant contre mes tempes. Ma vision est-elle la solution ? Ou un avertissement ? Est-ce ce que je provoquerai en défiant l'ordre du monde ? Si je détourne le cours du destin décrété par le roi, l'humanité cessera-t-elle d'être maîtresse de la Terre ?

Toutefois, je balaie ces scrupules, car, si je ne fais rien, c'est mon fils qui mourra. Et cela, je ne l'accepte pas !

Chapitre 1

Hachisunohana – Hana – Deschamps

Rouen – dix ans auparavant

– Je suis désolé et vous présente mes sincères condoléances, déclare le médecin à voix basse, le visage figé dans cette expression de circonstance qu'il a dû répéter des centaines de fois. Elle n'a pas réagi au traitement comme nous pouvions l'espérer…

Ses mots tombent comme des cailloux dans un puits sans fond. J'entends la phrase, mais en refuse le sens. Notre dernière chance s'est envolée, voilà ce qu'il vient d'annoncer. Ma mère a lutté contre cette leucémie, cependant, c'est la fin du combat. Pourtant, il y avait encore une autre possibilité, je le sais. Une option radicale, immorale peut-être, mais une chance quand même. Toutefois, elle l'a refusée d'un bloc : jamais elle ne laisserait un vampire s'approcher de sa gorge. Quitte à en mourir. Elle a dit non à cette « thérapie », alors que les enzymes de leur salive pouvaient ralentir la prolifération des cellules infectées. Cela m'aurait acheté le temps dont j'avais besoin pour trouver un remède. J'ai tenté de la convaincre en présentant – comme toujours – l'argument rationnel contre sa haine viscérale. Mais ma mère n'était pas une équation : sa décision n'obéissait pas à la logique. Non, elle obéissait à la mémoire : des proches assassinés par ces mêmes créatures, des noms effacés par leurs crocs et oubliés pour camoufler leurs méfaits. Pour elle, céder revenait à trahir ses morts.

— Je ne serai jamais le calice d'un vampire, avait-elle décrété, dans un souffle fragile et néanmoins absolu, la voix déjà râpeuse, et pourtant plus ferme que n'importe quel décret présidentiel.

Ces mots résonnent encore dans ma tête quand je vois mon père s'effondrer, ses épaules tremblant de sanglots et sa tête secouée comme s'il pouvait nier la

réalité par ce geste dérisoire. Il pleure bruyamment pour expulser sa souffrance. Moi, je reste droite. Je voudrais me rouler en boule, hurler ma peine, mais je ne sais pas comment faire : je n'ai jamais su étreindre les émotions. Toutefois, en souvenir de tout ce qu'elle m'a appris, je reproduis un geste que je l'ai vue faire à maintes reprises : je m'avance et pose une main hésitante sur l'épaule de mon père. Ma main est légère, presque fantomatique, car je sais qu'il ne veut pas la sentir. Toute ma vie, il s'est comporté ainsi avec moi : il ne me voit pas. Jamais.

Seule ma mère parvenait à nous relier, à faire de nous un semblant de famille, malgré tout. C'est elle qui lui imposait de me tolérer, elle qui rendait ma différence supportable, presque légitime. Mais maintenant, depuis la maladie, mon père s'efface dans son chagrin comme il s'était déjà effacé dans ses bouteilles. Cependant, même si le traitement de l'information n'enlève pas la douleur initiale du rejet, je ne lui en veux pas. J'ai juste intégré cet état de fait : pour moi, c'est devenu une donnée comme une autre à trier et à classer dans mon cerveau atypique.

J'ai analysé et compris son aversion, parce qu'il ne m'a jamais voulue. Il n'a jamais accepté ce que je suis. Mon autisme – Asperger, le mot qui colle à ma peau comme une étiquette qu'on ne peut pas arracher – était pour lui une charge, un obstacle, jamais une richesse. Maman avait transformé ce handicap en singularité, en

force même, par son amour. Lui, il n'y a vu que des contraintes, des difficultés à gérer, un fardeau qu'il n'a jamais voulu assumer. Sans elle, peut-être m'aurait-il déjà laissée dans un camp d'approvisionnement, là où les vampires prélèvent les « excédents » humains pour nourrir leurs cours. Parce qu'au fond, ma faute impardonnable à ses yeux est d'avoir hérité un peu de lui. Je suis le reflet distordu de sa différence à lui, celle dont il a souffert toute sa vie et qu'il a toujours refusé de transmettre jusqu'à ce que ma mère finisse par le convaincre : la Xeroderma Pigmentosum[4]. Cette maladie, qu'on appelle plus communément celle des enfants de la lune, est très bénigne chez moi, mais présente tout de même. Lui, il s'est vu affublé toute sa vie de l'appellation « black albinos » et ne supporte pas de retrouver en moi, même en trace infime, un rappel constant de ce qu'il a toujours détesté être aux yeux du monde. Cependant, les gens ne se disent pas « tiens, albinos » quand ils me voient, mais ma peau pâle souffre d'une exposition au soleil : je dois me protéger en toute circonstance, que ce soit en hiver ou en pleine canicule.

— Je dois vous faire signer des papiers, reprend le docteur, toujours de sa voix douce et froide à la fois.

---

44 C'est une maladie génétique rare qui rend la peau extrêmement sensible aux rayons ultraviolets (UV) du soleil à cause d'un un défaut dans le système de réparation de l'ADN (les cellules ne peuvent pas corriger les lésions causées par les UV).

Des papiers. Le mot me heurte. L'administration a déjà pris le relais de la vie. C'est cela, le monde : on me dit que ma mère est morte, puis qu'il faut cocher des cases et apposer une signature. L'enterrement se prépare, et dans la même phrase, ma vie bascule. Je comprends alors, dans ce bureau glacé, que je suis orpheline. Car si mon père est physiquement encore vivant, il est déjà parti avec ma mère, inutile et absent pour moi. Mon seul véritable parent est mort. Je ne peux plus compter que sur moi.

Néanmoins, sur le chemin du retour, je lui parle. Je tente encore une fois :

— Papa... Je pourrais accepter la proposition du professeur Landrin. Tu te souviens, le recteur vous en a parlé, à maman et toi le mois dernier. Il m'intégrerait à son équipe de recherche à l'université de médecine de Paris.

Pas de réponse. Pas même un signe de tête. Ses doigts serrent le volant, ses yeux fixent la route, mais son esprit est déjà focalisé sur l'alcool dans lequel il va noyer son âme perdue sans ma mère. S'il ne l'avait pas rencontrée, il se serait sans doute suicidé sous le poids de son complexe : c'est elle qui lui a donné le goût de vivre en occultant l'horreur du massacre de sa famille découpée et revendue[5] au nom d'une croyance dénuée de sens. Il l'a

5 Les personnes atteintes d'albinisme sont encore

suivie de Tanzanie sous la pluie de la Normandie française lorsque son contrat s'est terminé là-bas. Elle aurait pu retourner au Japon, mais elle est tombée amoureuse de la France et a préféré s'y installer avec lui.

— Nous étions ainsi à égalité, disait-elle. Deux exilés. Sinon, il aurait dû faire tout le travail d'adaptation et cela n'aurait pas été juste pour lui.

Ma mère a toujours été pour l'équilibre.

Sans surprise, à peine de retour à la maison, mon père ouvre son bar. Le cliquetis de la bouteille contre le verre est le seul son qu'il m'adresse. Il se verse un scotch, le boit d'une traite, s'en ressert un autre et recommence. Alors je monte dans ma chambre. Je n'attends vraiment plus rien de lui et ferme la porte comme une métaphore : ma vie telle que je l'ai connue est finie.

Donc, je ne demande plus l'autorisation, je prends une décision. Sur mon bureau, le dossier d'inscription repose depuis des semaines. J'avais attendu, par loyauté envers maman, qui voulait me garder près d'elle :

---

aujourd'hui victimes de crime rituel dans des buts magiques et de sorcellerie, y compris de médecine traditionnelle : les croyances locales attribuent des pouvoirs guérisseurs aux organes des albinos, notamment en Afrique et plus particulièrement en Tanzanie, un des foyers de concentration des personnes atteintes de cette maladie.

quatorze ans étaient un âge qui lui semblait trop jeune pour « quitter le nid », même si mon cerveau en a bien plus, et qu'elle en avait parfaitement conscience. Mais maintenant... maintenant, je n'ai plus d'attache. Et par là, plus de contraintes non plus.

Prenant le stylo, je remplis le formulaire et signe à la place de mon père. Une imitation suffisante pour des yeux pressés. Je scanne. Je renvoie. Clic. En un instant, ma vie bascule dans une autre direction. C'est une bouffée d'air dans ce vide immense. Mon cerveau s'enclenche aussitôt sur un nouveau problème comme il l'a toujours fait : je pense au sang, à la recherche, aux prochaines étapes. Mais la douleur, elle, reste. Elle m'étreint, lourde, constante. Je voudrais que mes études aient pu sauver Maman, que mes calculs aient changé l'issue. Mais c'est trop tard. Alors je me fais une promesse, la seule qui compte : je deviendrai experte du sang. Je trouverai comment guérir ces maladies. Ce sera moi et pas un vampire afin de pouvoir sceller le nom de maman à la postérité : la solution s'appellera « protocole Yuki Mashida ».

Depuis le XVIIIe siècle, les vampires sont sortis de l'ombre petit à petit. D'abord cantonnés dans des cercles spécifiques – la rumeur dit que la première à avoir « fait

son coming out[6]» était Ninon de Lenclos[7], louée pour sa beauté exceptionnelle et sa longévité extraordinaire pour l'époque. Ils ont ensuite infiltré les gouvernements, lié leurs lignées aux familles royales, aux présidents, aux ministres. L'humanité croit régner le jour, mais chaque décision nocturne est prise à deux voix : l'homme élu et son conseiller vampirique. Les lois les protègent, les consacrent. Et nous, les humains, nous nous adaptons. Certains hurlent à l'hérésie. D'autres les vénèrent et rêvent de se faire transformer. Moi, je les prends comme une variable dont il faut tenir compte. Et je décide en cet instant que je ne travaillerai pas pour eux. Jamais. Je prendrai ce que je dois utiliser dans leurs recherches, je détournerai leurs outils, mais mes découvertes resteront humaines. C'est le serment que je fais en souvenir de ma mère et de sa position à ce sujet : elle était ma boussole dans ce monde où je suis perdue, alors je continuerai de garder son cap. Avec cette résolution, sa voix revient comme une caresse. Je la sens encore sur mon front avec ses mains sur mes tempes, quand elle m'apaisait pendant mes crises sensorielles :

---

[6] Expression signifiant « sortir du bois » afin de désigner quelqu'un annonçant quelque chose de secret jusqu'alors.

[7] Courtisane et femme de lettres célèbre pour sa beauté et sa longévité « légendaire », contemporaine de Louis XIV. Elle tenait un salon où se pressaient tous les hommes de pouvoir de la cour de France qu'ils soient politiques, savants ou artistes.

— Le monde est trop bruyant, Chiisana tsuki[8]*, mais ton silence est une force.*

Elle avait choisi mon prénom comme un symbole – fleur de lotus – car cette fleur apporte sa beauté en ayant ses racines dans la vase – mais me surnommait « petite lune » à cause de l'héritage involontaire de mon père. Aujourd'hui, je décide de ne garder que ce qui me parle – Hana – et transformerai le silence dont j'ai besoin pour fonctionner sans elle en arme.

Une semaine plus tard.

La pluie tombe en rideaux, épaisse, glacée. Elle martèle les parapluies, éclabousse la terre, s'infiltre dans mes cheveux. Je n'ai pas de manteau assez chaud. L'eau s'invite dans mon cou, sous mes vêtements. Mes chaussures s'enfoncent dans la boue, lourdes, collées. Le cercueil descend, le bois sombre luisant sous l'averse continue.

Tout est lourd. La terre. L'air. Mes poumons. J'ai du mal à respirer. On chuchote autour de moi, des phrases de convenance, des condoléances. Je ne retiens rien. Ma

---

[8] Signifie Petite Lune en japonais.

tête est pleine d'un vide assourdissant. On m'appelait « la droïde » à l'école. Parce que je ne pleure pas comme les autres, parce que mes émotions ne se lisent pas sur mon visage. Mon métissage ajoutait à ma différence : moitié japonaise, moitié tanzanienne. Trop d'altérité pour qu'on me place dans une case avec mes yeux ne laissant rien filtrer. Alors les autres m'ont rejetée : ils riaient, ils me laissaient seule.

Aujourd'hui encore, personne ne voit ma douleur. Alors qu'elle est bien là. Elle m'écrase, elle m'étouffe. Je serre les poings. Mes ongles s'enfoncent dans ma paume. Je ne laisserai pas leurs regards me définir. Je ne laisserai pas leur ignorance effacer ma promesse.

Je suis seule, oui. Mais je ne serai pas faible.

Demain, je pars pour Paris.

Légende wari 2

La survie

L'abandon du Soleil

Chavín Intiqa ñuqanchista saqerqa.

[Chavín, le dieu soleil nous a abandonnés.]

Mama Quilla qhari, awqikuq ñust'anpi.

[Dans les bras de Mama Quilla, la déesse de nos ennemis,]

Ñuqayku paqarin tutaqpi wichqaykuchisqa.

[Nous sommes prisonniers de sa nuit.]

Ichataq Puma spirituwan, Kunturwan kachkan.

[Mais l'esprit du jaguar et du condor sont restés à nos côtés,]

K'aykunawan, k'achawan, tutata t'aqrachinqa.

[Afin que leurs crocs et griffes déchirent ces ténèbres.]

Tatloc – fils du Grand Sorcier royal wari

1440 après J.-C. – Cité souterraine wari – Montagne du Machu Picchu – Pérou

Les escaliers de la cité souterraine sont comme les rides de mon esprit : ils s'entrelacent, s'enroulent, se dédoublent et chaque marche me rappelle ce que nous avons perdu. Je suis Tatloc, fils du Grand Sorcier Xtopec, héritier d'un savoir qui n'a pas sauvé mon peuple. Au contraire, il l'a condamné à la nuit.

Je me tiens au milieu de la vaste salle creusée dans la roche, et autour de moi, les Originels se rassemblent. Guerriers autrefois éclatants sous le soleil, ils sont devenus ces silhouettes pâles et tremblantes de rage contenue. Leur peau s'embrase à la lumière tandis que la faim les dévore au cœur des ténèbres et que la peur les étreint. Ils ne l'avoueront jamais, pas à moi, pas entre eux, mais je la vois. Je la sens. Je la porte aussi. Le soleil, jadis source de gloire, est devenu notre ennemi. Une cloque, un souffle, et la chair se noircit. Le plus fort des

guerriers se réduit à une torche humaine et à des cendres dans le vent en un battement de paupières. Voilà notre héritage depuis deux ans. Voilà la malédiction.

Abrités du soleil ce jour-là, mes frères n'ont pas été touchés, mais ils n'ont pas été épargnés non plus car chaque guerrier partage un lien de sang avec un des sorciers du temple afin d'absorber la magie des sacrifices. Et là où, auparavant, ils tiraient force et résistance accrues, ils ont reçu, cette fois-ci, une cage et une soif de sang jamais assouvie. Mon père m'a sauvé, me poussant à fuir un roi indigne de notre service, mais je n'ai pas pu tourner le dos à ces rescapés alors que c'est en partie lui qui les a condamnés. À sa décharge, comment aurait-il pu prévoir que sa vengeance serait détournée par Mama Quilla et retomberait sur tous les Waris au lieu de ne cibler que la famille royale et son traître de second. Je devais devenir commandant d'une cité millénaire, je suis désormais le responsable d'un clan obligé de se terrer.

Nous nous sommes réfugiés dans le cœur de la montagne et avons transformé les galeries souterraines – prévues comme issues de secours – en résidence organisée. Je parle, et mes mots sont gravés dans la pierre comme des règles, de peur que la mémoire ne s'efface. J'ai fait appel à toute mon expérience pour notre survie immédiate. Aujourd'hui, je les ai rassemblés parce que je vais aussi devoir utiliser le savoir de ma lignée pour notre pérennité.

— Nous sommes les fils du sacrifice, annoncé-je. Nous avons bu le sang pour servir Chavín, et c'est l'ombre qui nous a repris.

Les Ñawpaqkuna – Originels, comme ils ont choisi de s'appeler – murmurent entre eux. Leurs crocs brillent dans la pénombre comme des lames impatientes. Ils veulent croire qu'il y a une solution, mais les visions m'ont montré un avenir sombre, et je me dois encore de les guider. Pour établir les tours de garde contre les Incas s'étant approprié notre ancienne cité et organiser des raids afin d'y prélever aussi bien de la nourriture pour leurs familles humaines que des ennemis dont ils peuvent s'abreuver.

J'ai déjà donné des règles. Sans elles, ils auraient sombré dans le chaos. J'ai décrété : « Vous ne chasserez pas seuls. Vous ne boirez pas sans témoin. Vous ne prendrez pas plus que ce que la coupe peut contenir. » Ils les suivent, car nous avons tous vu ce qu'il se passe lorsque l'un boit jusqu'à la folie : il devient une bête tuant ses frères tout en se consumant lui-même. Cependant, certains pensent de nouveau à les défier, et je sais que je dois surmonter mon humanité afin de les empêcher de recommencer. Plus jamais je ne veux être obligé d'en voir un arracher le cœur d'une enfant pour le dévorer ensuite

avec un rire dément. Donc, je dois aussi prendre une partie de leur mal en moi afin de perdurer à leurs côtés.

Le Codex du Grand Sorcier royal m'a donné la clef. Xtopec, mon père, comme le sien avant lui – et ceux qui les ont précédés – a écrit la magie de notre lignée avec son propre sang. Je ne devais pas lui succéder au temple, ayant préféré la vie d'un chef militaire à celui d'un guide spirituel. Mais c'est inscrit tout de même dans mon sang et je ne peux plus l'ignorer. Je sais que je ne suis pas immortel. Je sais que, même moi, je finirai par me consumer. Toutefois, je veux que nos descendants sachent quel prix nous avons dû payer pour avoir bu le sang de la lune.

— Nous ne sommes plus des guerriers du soleil, reprends-je d'une voix forte pour recouvrir les bruissements. Heureusement, les esprits du jaguar et du condor sont encore en nous. Nous sommes toujours des Waris, et non des monstres de la nuit. Ne l'oubliez pas ! Néanmoins, rien ne sera jamais plus pareil...

Ils écoutent en baissant la tête. Certains pleurent en silence, d'autres grondent, la gorge serrée. Ils ne veulent pas de ce destin. Moi non plus. Néanmoins, c'est le nôtre. Devant cette assemblée devenue silencieuse, je revois le visage de mon père le jour où il s'est offert au sacrifice à ma place. Je revois le couteau – son couteau – s'abattre sur lui. Son sang a éclaboussé le soleil devenu noir et les hurlements des guerriers ont déchiré la lumière sur les remparts lorsque l'éclipse[9] *s'est terminée. Aujourd'hui, avec son couteau que j'ai sauvegardé, je vais encore faire un sacrifice de sang. Infime – une goutte seulement –, mais tout de même un rituel de l'ordre du temple, alors que je n'y ai pas été consacré.*

Un Originel s'avance vers moi, ses yeux brillant d'une faim trop vive.

— Tatloc, pourquoi devons-nous vivre ainsi ? Nous pourrions attaquer les Incas et avoir des troupeaux sans fin.

— Non, nous ne sommes pas assez nombreux pour reprendre ce qui nous a appartenu un jour.

Il gronde, ses crocs se découvrent et déclenchent la même réaction en chaîne chez les autres : l'instinct parle plus fort que la raison. Alors je frappe. Mon couteau perce sa poitrine. Son cri se brise contre les parois. Je le laisse tomber. Le silence retombe avec lui.

— Voilà, clamé-je. Voilà ce qui arrive à ceux qui oublient la peur.

Je sens le Codex vibrer dans ma main.

Cette nuit-là, j'y écris : « Le plus grand danger n'est pas l'ennemi extérieur. Le plus grand danger est en

---

9 Pour les puristes astronomes, selon le calendrier de la NASA, une éclipse totale a eu lieu en réalité le 30 septembre 1437, et mon histoire est « revisitée » sur cette base.

nous, il vient de l'oubli. »

Je sais que la cité ne tiendra pas éternellement. Déjà, des fissures apparaissent. Certains Originels songent à tenter le rituel que j'ai expérimenté – afin de rester auprès d'eux – avec leurs familles humaines. Ils rêvent de les avoir à leurs côtés sans craindre de devoir un jour les enterrer. J'ai beau savoir que c'est une folie, ils ne veulent rien entendre et murmurent que je veux garder la magie pour moi seul. Ils oublient volontairement que je ne l'ai pas demandée, mais qu'elle coule dans mes veines.

Et même si je temporise, je vois dans mes songes la fracture s'annoncer…

Chapitre 2

Lucian de Lys

Une semaine auparavant

Je descends sans ralentir. Chaque marche est une note de pouvoir, martelée dans la pierre pour rappeler à celle qui me suit que je n'ai pas de comptes à lui rendre. Qoya traîne derrière moi. Je n'ai pas besoin de me retourner pour savoir qu'elle serre les dents, que son orgueil est une cuirasse fêlée. Ses pas claquent trop vite, trop raides : elle veut paraître souveraine, mais la pierre enregistre ses tremblements bien mieux qu'un scribe. Je sais qu'elle tente de garder l'allure, la tête haute, la nuque raide, comme si sa dignité ne tenait qu'à ce fil. Mais l'image qu'elle croit encore posséder n'est qu'un masque que je me suis amusé à lui laisser, un voile qui l'empêche de comprendre combien elle est déjà réduite à l'état que je lui ai assigné : un outil, une concubine et non pas une reine. Elle n'en a jamais eu l'étoffe, néanmoins je l'ai laissée dans ses illusions parce qu'elle m'a servi, comme tant d'autres avant elle.

Ma force a toujours été de choisir la bonne vitrine, la femme à exhiber comme paravent. J'ai appris avec le maître absolu de la manipulation et du complot, Niccolo di Bernardo dei Machiavelli[10] que les lits gouvernent mieux que les épées. Leçon que je n'ai jamais oubliée. Afin de bien enfoncer le clou, je choisis les couloirs nus, dépourvus de portraits, de tentures ou de fresques. Pas d'apparat ici, pas de mémoire héroïque : juste la pierre brute, l'humidité et la poussière. Une fois au bout du corridor secret que le commun ignore, je passe ma paume sur une pierre précise, la septième en partant de la droite à partir de celle gravée discrètement d'une lune : une dalle pivote alors en silence, révélant un escalier que seuls mes

---

[10] Nicolas Machiavel est théoricien de la politique et de la guerre italien de la Renaissance ayant écrit, entre autres, *Le Prince*. C'est un traité montrant comment devenir prince et le rester en s'appuyant sur des exemples de l'histoire antique et italienne. Mais parce que l'ouvrage ne donnait pas de conseils moraux comme les traités classiques adressés à des rois, et qu'au contraire il conseillait dans certains cas des actions contraires aux bonnes mœurs, il a été souvent accusé d'immoralisme, donnant lieu à l'épithète « machiavélique ». Cependant, l'ouvrage a connu une grande postérité et a été loué et analysé par de nombreux penseurs.

doigts savent réveiller. Qoya ne dit rien, mais je sens sa colère monter, car elle comprend enfin : chaque marche qu'elle franchit est une leçon, pas une récompense.

L'air change : plus humide, plus ancien. Nous pénétrons dans l'ossature de mon manoir. Les murs transpirent la mémoire de siècles de sacrifices, de secrets enfouis, de prisons scellées. C'est le cœur qui palpite sous ma demeure et je le lui fais traverser pour une seule raison : lui rappeler que son ambition est une chimère. Elle ne recevra pas de couronne. Elle recevra l'humiliation comme une chaîne, marche après marche. J'entends son souffle et je sais qu'elle lutte pour le contenir. Elle commence à comprendre mon jeu : chaque objection, chaque réplique, je les retourne contre elle comme des preuves de faiblesse. Alors, elle se tait. Mais son silence est trop tendu pour être neutre : il est plein d'orgueil blessé. Exactement ce que je veux, car plus l'orgueil est vif, plus la chute est savoureuse.

Enfin, nous touchons au but : l'air qui nous accueille n'a rien du parfum des antichambres nobles. Ici, ce n'est pas la cire ni les fleurs, c'est l'eau stagnante, le fer rouillé et la corde usée par les poignets. C'est la peau qui n'a plus vu la lumière depuis des mois. La torche que j'allume fait naître nos ombres, distordues, grotesques, sur les murs suintants et derrière la grille, il est là.

Amaru.

Je le contemple comme on savoure une proie rare, presque disparue. Debout malgré les chaînes, amaigri par la faim, mais toujours droit. Ses yeux brillent, farouches, malgré la poussière et la nuit. Il refuse de plier. C'est cela, la monnaie que Qoya m'a vendue. Ce n'est pas un corps, c'est une volonté. Jamais un chasseur wari n'avait été capturé vivant. Elle m'a livré ce trésor, croyant acheter la couronne. Elle a troqué ce qu'elle prétendait aimer pour une place à mes côtés. Mais moi, je n'ai pas encore obtenu ce que j'escomptais. Bien sûr, grâce à elle, je peux expérimenter comme jamais auparavant, mais je veux plus. Parce que s'il est le meilleur chasseur de sa génération, il y en a d'autres, moins puissants, qui sont toujours tapis et à l'affût. Et je les veux tous !

— Voilà, l'interpelé-je de ma voix la plus tranchante. Voici l'homme dont tu as fait ta monnaie d'entrée. Le gage que tu as posé, croyant qu'il suffirait pour recevoir une couronne sur ta tête. Six mois, Qoya. Six mois, et il n'a pas ouvert la bouche pour me livrer votre clan.

Elle se raidit et soutient mon regard, mais je vois son masque se fendre.

— Je t'ai livré l'homme comme promis, ose-t-elle répliquer. Tu as promis que je serais reine en échange.

Je souris, froid, amusé de sa naïveté.

— Les marchés se concluent par ce qu'ils

produisent, non par ce qu'ils promettent. Tu as la place qui convient à ton état présent. Ni plus ni moins.

Ses yeux lancent des éclairs, car m'accueillir dans son lit à l'abri des regards, tout en servant officiellement de camériste à ma reine, n'est pas ce qu'elle estime lui revenir de droit. Elle voudrait cracher son mépris, mais elle sait que chaque mot pourrait être une lame retournée contre elle. Donc, elle ravale. Je laisse mes yeux glisser vers Amaru : le silence qu'il s'obstine à garder est son arme. Il s'en sert comme d'un poignard, affûté depuis des mois. Pourtant, là, il choisit enfin de parler. Mais pas à moi. À elle.

— Tu vois, tu as troqué ton nom et ton clan pour un simulacre de couronne, une illusion vide que Lucian t'a tendue. Et non un statut que tes parents t'ont fait croire. Ils ont choisi ton nom en pensant que ce serait ta destinée – reine qui dirige dans notre langue – mais ce que tu as perdu en me trahissant valait bien plus que ce que tu croyais gagner.

Sa voix est ferme, malgré les chaînes. Je note chaque inflexion. Sa résistance m'exaspère et m'excite à la fois. Car c'est ce silence-là qui rend aussi l'expérience si intéressante. Son sang est un nectar que je n'osais plus imaginer enfin trouver : c'est bien pour ça qu'il m'en faut plus. Beaucoup plus.

— Tu n'étais qu'un homme sans vision, réplique-t-

elle d'un ton venimeux. Tu as refusé le pouvoir par peur en t'accrochant à des souvenirs qui ne sont même pas les tiens. Moi, je t'aurais soutenu dans ton ascension, mais je refuse de chuter avec toi.

— Tu ne mérites pas la lumière. Tu mérites seulement le regard dans lequel tu te reconnais. Et aujourd'hui, c'est le sien.

Qoya répond, piquée au vif, ravivant entre eux les braises d'un ancien désir transformé en mépris. Leurs mots se coupent, se piquent, s'aiguisent. Je les laisse s'écharper. Leurs rancunes me nourrissent. Je les observe comme un spectateur comblé par la pièce qu'il a lui-même écrite. Puis, je décide de pousser plus loin. Ouvrant la grille, je la mets au défi de le faire parler : c'est pour ça qu'elle est là aujourd'hui après avoir encore récriminé de devoir attendre. C'est un jeu pour moi, un camouflet pour elle.

Elle se penche, mord et goûte son sang. En me nourrissant à la veine d'Amaru la dernière fois, j'ai vu qu'ils avaient partagé un lien de sang, et je veux tester s'il est la brèche par laquelle le faire plier. Cependant, Qoya se redresse, confuse, tandis que son « fiancé » lui sourit.

— Tu vois, ricane-t-il, je ne t'appartiens plus. L'esprit du jaguar t'a répudiée.

Elle tremble et j'entre dans la faille pour achever la leçon qu'elle doit intégrer une bonne fois pour toutes.

— Donc, voilà ton vrai titre. Favorite tolérée, mais pas reine, conclus-je calmement avec un petit sourire narquois. C'est là qu'est ta place...

Le mot claque, sec, définitif. Je vois son orgueil se déchirer et la colère glacée monter dans ses yeux. Mais sa fierté est coriace, et je suis convaincu qu'elle rumine déjà une vengeance. Cependant, elle n'a pas la finesse d'une Ninon de Lenclos ni le charme envoûtant d'une Athénaïs de Montespan[11] que j'ai toutes deux pliées à mes intérêts. Loin de là. Et elle réalise enfin qu'elle est condamnée à mon bon vouloir, qu'elle l'accepte ou non.

Elle veut tenter une ultime passe, mais je l'interromps d'un regard.

— Reine n'est pas un mot que l'on pose sur une promesse. C'est un sceau. Que tu ne parviens toujours pas à gagner.

Elle recule, silencieuse, pour ne pas perdre totalement la face.

— Va, Qoya, la chassé-je d'un geste de la main, et souviens-toi bien de ce moment.

Elle détourne la tête. Ses pas s'amenuisent, le silence retombe et je me focalise de nouveau sur Amaru.

---

[11] Connue pour sa liaison avec Louis XIV pendant près de dix ans et sa participation à des messes noires : le scandale de « l'Affaire des poisons » avec La Voisin a signé sa chute. Par son influence sur le roi, elle a grandement contribué à tenir les rênes politiques du pays.

— Mis à part elle, personne ne sait que tu existes. Moi seul détiens ta vie entre ces murs. Moi seul peux les ouvrir en appuyant sur une pierre, la septième en partant de la droite à partir de celle gravée par une lune. Tu vois, je peux même te donner la clef de ce cachot, puisque je sais que tu ne pourras jamais rien en faire. Alors, tu devrais te décider à parler...

Cependant, son regard ne cède pas : ses yeux me défient même encore plus. Je tends alors la main – ses veines battent, obstinées, affamées, mais indomptées – et plante mes crocs dans son cou offert. Le sang jaillit, chaud, lourd de mémoire. Ce n'est pas le goût fade des humains ordinaires, c'est un sang ancien, tissé de la force de tout son clan au travers des âges. Dans le mien, une chaleur s'allume. Et c'est cet éclat qui permet à ma peau de se souvenir de la lumière : c'est fugace, à peine quelques secondes, cependant, elle ne s'embrase pas immédiatement sous le soleil. Il m'a fallu tout ce temps pour le réaliser – l'instinct de rechercher les ténèbres étant ancré depuis le premier jour de notre création – mais maintenant, j'ai enfin une voie à explorer pour lever notre malédiction. Haletant, je me retire avant de céder à l'ivresse. Je dois l'exploiter et non le tuer. Car tant que son cœur bat, la magie de son sang est mienne. C'est un secret qui n'appartient qu'à moi jusqu'à ce que je trouve le moyen de vaincre totalement le soleil.

Et foi de Lucian de Lys, quitte à sacrifier une marée de sang encore plus grande que ce que j'ai déjà fait à la magie noire, j'y parviendrai !

Légende wari 3
La fracture des Originels

Le choix du sang

Yawarta wiñaypaq akllarqayku.
[Nous avons choisi de vivre par le sang.]

Ichataq ñawpaqpaq wiñay tukuyta suyayku.
[Mais nous devons endurer cette éternité.]

Sapa sapan, waqaychaq,
[Seuls et désolés,]

Hinaspa chinkay ñawpaq destino.
[Un destin déjà tracé.]

Ñawpaqkunaqa manan tukuy tutata kichaychu.
[Les Originels ne peuvent ouvrir la Nuit,]

Manan Tikraykunataqa llamkaychu.
[Ni exploiter ces Transformés.]

Pantaykunaqa, wiñaykama llullaykuchkan.
[Ils sont des anomalies, qui ne feraient que se multiplier.]

Tatloc – fils du Grand Sorcier royal wari

1534[12] après J.-C. – Cité souterraine wari – Machu Picchu – Pérou

Je parle ici pour que la mémoire ne se décompose pas dans l'ombre. Je parle au présent, parce que chaque nuit recommence, et que ce qui fut est encore. Je suis Tatloc, fils de Xtopec, gardien d'une loi que j'ai moi-même brisée par orgueil, et je témoigne maintenant de la cassure qui sépare mes frères – les Originels – comme on fend une bûche humide : le bois ne cède pas d'un seul coup, il gémit d'abord, puis il se sépare en fibres qui pleurent la sève.

Nous vivons dans la roche, dessous. La cité que j'ai organisée respire par ses tunnels comme un grand animal blessé. Le jour, nous devenons pierre : la peau couverte de linges trempés, les paupières scellées, l'air retenu. La moindre fuite de lumière ronge nos chairs ; j'ai vu une simple aiguille de soleil brûler un visage en une

12 Deux ans après l'arrivée des conquistadors espagnols.

ligne nette, comme si un scribe insolent y avait tracé un trait de mort. La nuit, nous nous délions : crocs, jambes, souffle – tout repart au galop. Nos torches flairent l'humide, nos pas apprennent encore la prudence. Nous chassons en groupes, nous rentrons à l'aube, nous comptons la dépouille et la faute. Je répète les mêmes choses, je grave dans la pierre les mêmes préceptes.

« Ne chasse pas seul. Ne bois pas à la folie. Ne tue pas pour te prouver que tu vis. »

Mes frères hochent la tête, grognent, promettent. Et pourtant, la faille s'élargit. Ce n'est pas la faim seule qui nous détruit, c'est le souvenir des visages aimés, c'est l'idée de la main qui se flétrit, de la peau humaine qui se ride tandis que la nôtre demeure tendue comme une corde prête à rompre. C'est l'enfant qui grandit sans nous rejoindre, la sœur qui s'éteint tandis que nous restons debout, immobiles. L'éternité est une corde, oui, mais elle ne tient que si quelqu'un la serre à l'autre bout. Quand il n'y a plus personne pour la tendre, la corde devient nœud coulant. Ce n'est plus seulement un choix entre bien et mal : c'est un choix entre solitude insupportable et monstruosité tolérable.

Alors ils viennent à moi, certains la nuit, d'autres en plein cœur de la caverne, et leurs voix – d'ordinaire dures – prennent un tremblement que je reconnais.

— Tatloc, se lamentent-ils, il n'y a pas que la

guerre et la faim. Il y a nos maisons vides. Donne-nous ton secret. Que nos femmes, nos époux, nos enfants nous rejoignent. Fais d'eux des nôtres.

Je dis non. Je dis non à chaque fois, car ce secret n'en est pas un : c'est une spécificité qui ne peut se donner. Ils ne m'écoutent plus vraiment, préférant croire que je leur mens plutôt que de se résoudre au désespoir.

— Ce qui nous lie nous tue, leur répété-je. Ce qui nous a sauvés nous a aussi condamnés. L'ombre n'est pas un manteau qu'on partage, c'est une tombe qu'on creuse. Laissez partir ceux que vous aimez ou vous les condamnerez à un sort pire que la mort.

Mais la douleur se fracasse sur mes mots qui, même taillés dans la pierre, ne suffisent pas. Ils tentent en secret. Je le découvre le lendemain dans l'odeur. La caverne sait. L'air change autour des alcôves où l'on a fait boire. Vous croyez que le sang disparaît ? Il ne disparaît jamais. Il colle aux murs et s'imprègne dans la moindre parcelle autour de nous.

La première fois, ils sont deux, agenouillés, l'un soutenant l'autre comme on soutient une amphore trop lourde. La femme convulse. Ses yeux roulent, sa bouche mousse, ses mains griffent la pierre. Tout va très vite, puis très lentement, puis plus rien. Le mari me regarde avec un regard hagard, alors qu'il fut un guerrier que j'admirais. Il balbutie que c'était « juste une gorgée ». Il

ne comprend pas que « juste » n'existe plus quand on parle de sang maudit.

J'ordonne le feu. Je rends à la pierre la chair qui n'a pas su tenir. Le mari hurle, se jette contre moi et mes frères le retiennent. Je ne me relève qu'une fois la fumée dissoute. Et dès le lendemain, ailleurs, une autre tentative. Je tente d'écoper un bateau déjà en train de sombrer. J'éteins des incendies qui renaissent dans les cendres. Car tous n'échouent pas, sans que l'on comprenne pourquoi. Parfois, la gorge qui a reçu ne brûle pas. Parfois, la peau ne cloque pas. Parfois, le regard, trouble au départ, s'affine et la voix se charge d'un souffle nouveau. Et c'est là que tout bascule. Toutefois, s'ils ne s'embrasent pas moins au soleil, ils ne gagnent pas la vigueur du jaguar ou la vision du condor, mais une musique sourde traverse leurs paroles. Quand ils boivent, ils voient l'histoire des humains dont ils s'abreuvent. Quand ils regardent, les humains obéissent. Ils n'ont pas créé des semblables pour les accompagner, ils ont fabriqué des outils dont certains veulent user : pour déterminer où frapper juste au prochain raid, pour se venger des Incas ayant massacré notre héritage, pour se donner une raison de vivre autre que cette soif d'agonie.

Je les nomme Tikraykuna – les Transformés. Mon ventre se serre quand je l'écris dans le Codex ; car

nommer, c'est déjà accepter. Mais c'est aussi assumer que, même dans ces transformations, il y a des Pantaykuna – des anomalies : des humains – une exception sur mille – qui survivent sans devenir des nôtres. La fracture irréversible naît là : les Originels se séparent en deux rives. D'un côté, ceux qui honorent encore notre loi ; de l'autre, ceux qui se flattent de bâtir des maisons à étages sur la vase. Ces derniers recrutent, parquent et agrandissent leurs rangs. Leurs Transformés vont et viennent, dociles et serviles, se repaissant des miettes de leur maître. Je vois se dessiner des cours à l'intérieur même de notre ventre de pierre : quelques Originels assis comme des seigneurs, avec autour d'eux des silhouettes à genoux. L'odeur qui en sort est froide, parfumée de sucré jusqu'à l'écœurement : c'est l'odeur de l'abaissement.

Je convoque tous les Originels. Je parle au centre de la salle des signes. Les symboles gravés vibrent à la lueur des torches – soleil barré, cercle de protection, flèche de retour. La roche renvoie ma voix, elle la rend plus dure que je ne l'entends en moi.

— Nous ne sommes pas nés pour régner sur des troupeaux. Si vous multipliez les Transformés, vous croirez grandir, mais vous ne ferez que creuser plus rapidement vos tombes. Ils mourront avec vous. Vous mourrez de leur dépendance. Vous deviendrez des statues

entourées de chaînes.

Atoq – je l'aimais comme un frère, il avait un rire qui fendait la nuit – lève la main. Je sais déjà, à la manière dont ses paupières restent trop longtemps closes, que les mots qu'il porte ont mûri avec rancœur.

— Je t'entends, Tatloc. Mais j'entends aussi les enfants pleurer et me souviens que mes bras ne serrent plus personne. Tu dis que la loi nous sauve. Moi, je vois qu'elle nous enterre. Je ne veux pas qu'on dise de moi : « Il a vécu longtemps, seul, à parler à des pierres. » Je veux un peuple.

— Pas à ce prix, réfuté-je.

Il sourit, sans joie, mais avec défi.

— Le prix, ce n'est pas à toi seul de le fixer.

Ils acquièrent alors le pire des avantages : le nombre. Avec chaque Transformé survivant, leur cercle s'épaissit, leur volonté se renforce. Une arrogance nouvelle apparaît sur leurs visages – elle ne vient pas de la force, mais de l'habitude d'être obéi. Ils ne chassent plus avec nous. Ils flairent d'autres proies. Ils inventent des rites, des saluts, des hiérarchies. Leurs alcôves deviennent des salles d'audience. Quand je m'en approche, je sens sur ma peau comme un frisson de froid étranger.

Puis d'autres bruits remontent par les tunnels, du dehors, de la montagne et des vallées. Des rumeurs

d'hommes couverts de métal, de bêtes à deux têtes – un homme et un autre animal, soudés ensemble –, de bâtons qui crachent le tonnerre. On dit qu'ils portent une croix qui remplace les anciens dieux par un seul nom. On dit qu'ils comptent tout : le nombre des âmes, le nombre des champs, le nombre des morts. On dit qu'ils aiment l'or plus que la vie. Les Espagnols. La nuit où j'entends la première arquebuse, je la sens aussi dans mes dents. Le bruit descend par la pierre comme un feu neuf. Je pense d'abord : « Voilà une autre espèce d'ennemi. Nous nous cacherons plus profond. » Je ne sais pas encore que la fracture chez nous va se nourrir d'eux.

Ils ne nous connaissent pas, pas encore. Ils dévorent les villages de jour, quand nous dormons. Le typhus, le scorbut et la faim font pour eux le travail. La montagne se peuple de croix neuves. Les prêtres descendent comme des araignées dans les consciences. Ils baptisent en lignes serrées. Ils inscrivent des noms qu'ils ont apportés. Ils mangent le temps et le rebaptisent.

Atoq revient me voir, et d'autres l'accompagnent. Ils ont un regard que je n'aime pas – cela brille, cela calcule.

— Ils ont des caves, clame-t-il. Des cryptes sous leurs églises. Des maisons avec des cours, des celliers frais. Ils bâtissent vite, et ils aiment les pierres profondes. Ils ont besoin de guides. Qui mieux que nous pour le

faire ? Qui mieux que nous pour leur dire par où la montagne passe ? Ils ne posent pas de question, tant que l'or vient.

— Tu leur donnerais nos sentiers ? Contre quoi ?

— Je leur vendrais des sentiers contre des ombres. Nous voulons la nuit ; ils veulent le jour. Nous ne prendrons pas les mêmes parts. Ils veulent des corps pour travailler et prier ; nous voulons des corps pour manger. Ce n'est pas incompatible.

Je le regarde et vois sur sa tempe le reflet d'une lumière étrangère. Je connais trop bien la faim pour la confondre. Ce n'est pas de la faim qu'il s'agit. C'est l'avant-goût d'un pouvoir facile.

— Atoq, tenté-je, ils te dresseront comme un chien. Ils te jetteront un os et garderont le soleil. Ils apprendront vite ce que tu crains. Ils diront ton nom dans leurs livres, et ils t'y tiendront enfermé. Tu ne seras plus qu'une rumeur utile.

— Je préfère être rumeur utile que pierre oubliée, répond-il. Tu nous proposes la pureté et la mort. Eux proposent la compromission et la survie. J'ai choisi.

Je le laisse partir, parce que je ne suis pas prêt à verser son sang – pas encore. J'écris dans le Codex d'une main tremblante : « Certains cherchent une ombre plus vaste. Ils ne comprennent pas que la seule ombre sûre est celle que l'on fait avec son propre corps ». La suite va vite.

Des Originels guident des colonnes d'hommes de fer dans les cols, les amènent là où les villages résistants ont leurs réserves. Les armes tonnent pendant le jour tandis que la nuit, nos frères reviennent par d'autres portes, chargés de prisonniers. La caverne, déjà trop pleine, se peuple d'un gémissement nouveau. Les Transformés apprennent des mots espagnols avant d'apprendre à écrire les nôtres. Dans certaines alcôves, je surprends des croix taillées à la va-vite ; elles servent de signe de ralliement, de marque de victoire pour ceux qui ne savent pas lire la pierre.

Je convoque encore. Ma voix ne tremble pas, mes genoux, si.

— Nous avons lutté contre l'oubli du soleil pour finir avalés par la nuit d'un autre dieu ? Nous avons fui les Incas pour devenir les chiens d'un prêtre ? Où est votre mémoire ? Où est notre honte ?

On me répond par des chiffres – combien de cryptes, combien d'entrées, combien de jarres de boissons alcoolisées échangées contre des gorges. On me répond par des avantages – les caves fraîches, les monastères aux fenêtres étroites, les marchés où l'on prend des corps sous le prétexte de la loi du vainqueur. On me parle du fil de la croix qui tient les consciences serrées.

Et puis l'impensable se produit : les Espagnols survivent en grand nombre à la transformation. Là où

les autres mouraient huit fois sur dix, eux ont une tendance inverse. Avec cette génération de Transformés, la gangrène déjà présente chez certains Originels prend une tout autre ampleur : les populations sont réduites en esclavage quand elles ne sont pas totalement décimées. Ces hommes blancs n'ont pas la discipline de nos guerriers, ils n'ont pas l'esprit du jaguar et du condor pour les maîtriser, et ils se laissent submerger par la soif. Mais ce n'est pas celle du sang la pire : c'est celle de l'or. Un Transformé d'Atoq s'y noie totalement et s'enfuit sur un bateau avec son butin pour retourner dans son pays après avoir massacré un village entier. Il aurait dû assister à l'exécution de son créateur pour comprendre ce que son manque avait eu comme conséquence, mais il s'est enfui de la caverne avant. Mes frères n'ont pas pu le poursuivre à cause du soleil : pourtant, j'aurais aimé le regarder dans les yeux lorsque j'ai été obligé de tuer un ancien ami. Plonger la lame dans son cœur a tué une partie de moi aussi sûrement que si le couteau s'était abattu sur ma poitrine.

Et avec cette décision – un exemple obligé –, la fracture devient une plaie ouverte et purulente dans nos rangs. Chacun choisit son camp. Mes fidèles tiennent ; par la honte, par le souvenir, par l'obéissance à une loi qui leur garantit la nuit, mais pas la gloire. Je leur parle de sobriété, de survie décente, de mémoire non trafiquée.

Je sens mes mots devenir maigres. Ma voix s'use. L'un d'eux, Kuntur, me prend la main à la fin d'un conseil et me dit :

— Père, tes paroles tiennent ma cage... mais j'ai peur de ne pas être assez fort...

Il a raison. Les mots ne suffiront pas. Il faut autre chose. Une pierre plus lourde que les chiffres et les caves. Un lien qui dépasse les pactes d'opportunité. Quelque chose qui oblige l'ombre elle-même. Alors je prends une décision.

— Reposez-vous, ordonné-je d'une voix lasse, mais déterminée. Cette nuit, je veille. Et demain, le combat reprendra.

Je n'écris pas la fin, pas encore. J'accepte seulement de devoir payer pour ma défaillance. Car la nuit prochaine sera celle de mon sacrifice.

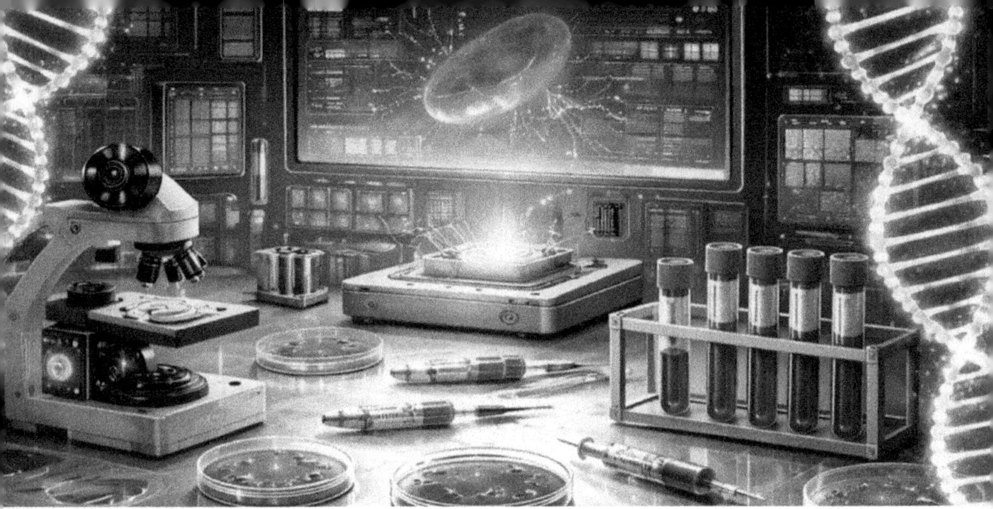

Chapitre 3

Hana

Retour au présent

Le mail arrive à 17 h 48. Pas d'objet. Pas de formule. Pas de corps de texte. Juste une ligne nue, posée comme un ordre impersonnel :

« Mademoiselle Deschamps, veuillez vous présenter ce soir à 19 h 00 au bureau du recteur. »

Je reste fixée sur l'écran, hypnotisée par le curseur qui clignote à la fin de la phrase comme une balise solitaire dans la nuit. Mon cerveau, habitué à tout classer, cherche l'erreur : absence de contexte, de justification, d'annexe. Ce n'est pas dans l'habitude du recteur.

Automatiquement, je calcule : dix minutes pour ranger mon poste, vingt pour traverser le campus sous la pluie, quinze de battement pour l'imprévu. Il me reste une marge de dix-sept minutes. J'expire longuement par le nez pour calmer la crispation dans ma poitrine. J'ai horreur des imprévus. Mon agenda est réglé comme une horloge atomique, chaque tâche programmée, chaque minute indexée sur la précédente.

Fermant la lampe du microscope, je range mes lames en verre une à une dans leur boîte. Le cliquetis métallique rythme ma respiration. Je note la dernière observation dans mon carnet :

« Viscosité plasmatique/essai 7 : résultats stables, répéter. »

Ma main trace les lettres nettes et le geste m'apaise. Le néon au-dessus de ma tête grésille, puis s'éteint un bref instant avant de reprendre. Je relève la tête : c'est comme si le bâtiment me poussait dehors. Résignée, je traverse le couloir. Vide, il paraît trop grand. Mes pas résonnent, chaque claquement me fait compter malgré moi : quatre, huit, douze. Je sais que ce n'est qu'un écho, mais je me surprends à caler ma respiration sur le rythme. Dehors, la pluie s'écrase contre les vitres. Je franchis la porte du bâtiment administratif à 18 h 56. La secrétaire du recteur m'attend derrière son écran. Malgré tout ce temps, elle ne peut s'empêcher de me fixer. Je sais ce qu'elle voit : une

peau pâle presque diaphane, des veines bleutées sur mes tempes et des cheveux noirs dans un chignon net. Son regard glisse ensuite sur moi.

— Vous pouvez entrer, mademoiselle. Le recteur vous attend.

Je pousse la porte. Son bureau sent un mélange de cuir et de poussière cirée. Le tapis boit mes pas. La lumière est basse, une lampe à abat-jour diffuse une clarté chaude, presque trop chaude, comme pour compenser les néons froids du couloir. Le recteur se lève. Costume sombre, cravate trop serrée, sourire qui cherche l'amabilité, mais n'atteint que la grimace.

— Mademoiselle Deschamps, merci d'être venue.

Je m'assieds. Mes mains se posent à plat sur mes cuisses, droites, comme deux balances prêtes à peser ses mots.

— Je sais que vous êtes attachée à votre planning. Mais il s'agit d'une opportunité rare, je dirais même en or.

Je ne réagis pas et attends comme toujours les véritables données : celles qui sont factuelles et mesurables.

— Un mécène privé s'intéresse à vos travaux. Quelqu'un… d'important, très influent.

Je fronce imperceptiblement les sourcils. Me connaissant depuis dix ans maintenant, pourquoi n'en vient-il pas directement aux faits ?

— Il souhaite vous recruter. Il demande que vous travailliez dans son propre laboratoire en résidence permanente. Pour des raisons de confidentialité.

— Son nom ?

— Il souhaite rester anonyme, mais le contrat est rédigé par le meilleur cabinet d'avocats de la capitale entre l'université et une entreprise tout ce qu'il y a de plus sérieux. Vous commenceriez… dans deux jours.

Un mail abrupt, un rendez-vous inhabituel, un mécène anonyme et un changement de mon environnement de travail ? Tout cela sort du protocole habituel pourtant clairement défini ensemble à mon arrivée dans l'équipe de recherche du professeur Landrin. Si je résume « rendez-vous imprévu + anonyme + urgent = trois erreurs sur trois »… Tous mes contrats de recherche sont planifiés des mois à l'avance et validés par des commissions. Ici, rien. Seulement lui, moi, et un silence gênant. Puis, il fait glisser une chemise sur le bureau. Papier épais. En-tête sobre. Paragraphes courts. Mes yeux s'accrochent à des fragments : « clause de confidentialité absolue », « site privé », « horaires nocturnes », « indemnités ». Les chiffres sont si élevés que je vérifie deux fois. Je lève la tête en haussant un sourcil. Il ne dit rien et ses lèvres tremblent d'un sourire qu'il n'arrive pas à maintenir.

— Pourquoi moi ? Il y a d'autres membres qui…

— Parce que vous avez un profil… singulier qui correspond aux attentes de ce très généreux mécène. Vous n'avez pas envie de projecteurs. Vous travaillez sans relâche, sans chercher à plaire ni à être reconnue. C'est rare. Vos collègues ne verront qu'une cage dans ces clauses de confidentialité, alors que vous, vous en tiendrez compte comme d'une simple donnée. C'est exactement ce qu'il veut. Des résultats sans un ego derrière.

Ses yeux me fixent un peu trop longtemps. Je sentirais presque dans sa voix un écho qui n'est pas le sien. Comme s'il répétait des mots qu'on lui avait soufflés.

— D'où viennent les échantillons avec lesquels je pourrai travailler ? m'enquiers-je.

Son regard cligne, une hésitation fugace.

— Des lieux où l'on consent à les donner, finit-il par dire. Ils sont rares. Difficiles d'accès. C'est pour cela que la confidentialité est… non négociable.

Il a choisi ses mots pour ne pas mentir… tout en ne dévoilant rien. Je sais que je n'en tirerai pas plus. Je veux refuser, mais il abat un argument de poids.

— Cela fait des semaines que vous stagnez dans vos travaux, faute d'équipement adapté. Sachez que celui dans lequel vous travailleriez est à la pointe de la technologie. Ils ont même un prototype de centrifugeuse qui ne sera mise sur le marché que dans huit mois. Sans parler de tout le reste. Tout ce que vous avez toujours voulu et que

l'université ne peut vous fournir, faute de moyens. Sachant que les coupes budgétaires dans nos subventions ne vont pas se réduire, au contraire...

Là, il me tient. Alors, je lis chaque ligne du contrat. Je note mentalement les mots qui clochent : *confidentialité, horaires nocturnes, propriété des données*. Chaque fois, je place un drapeau invisible. J'ai l'habitude de lire les données comme on lit une carte : par les anomalies, par ce qui dévie de la norme. Ce contrat est une carte, et il indique des zones d'ombre.

— Je veux visiter le laboratoire avant, préviens-je. Relire sur place pour vérifier.

Il secoue la tête en pinçant ses lèvres. Oui, j'ai bien analysé la clause de confidentialité, mais j'ai tenté tout de même, et note le résultat dans ma tête : pas de possibilité de dévier du protocole imposé. Cependant, l'autre versant me garantissant des plages dédiées à mes projets personnels, tout en bénéficiant du matériel sur place, est un équilibre acceptable.

— Bien qu'il espère des résultats rapidement, j'ai bien évidemment négocié un temps d'adaptation pour vous. Une fois sur place, vous aurez une semaine sans créneau imposé pour pouvoir mettre en place votre routine comme vous l'entendez.

Routine. J'ai compris que, pour les autres, c'est rébarbatif, alors que, pour moi, c'est une garantie de

sécurité. Intégrant cette donnée à l'équation posée, je finis par prendre le stylo posé sur le bureau. Le recteur suit ma main du regard, une fine sueur perlant à sa tempe jusqu'à ce que je signe. Il est censé être l'autorité ici, mais il ressemble à un messager qui attend son salaire. Cela me donne le sentiment qu'il présentait plus qu'un simple contrat : une cage invisible dont je viens de claquer la porte avec ma signature... et je ne sais pas qui en détient la clef...

Chapitre 4

Alexeï Loussoupov

Mon pas est ferme et cadencé dans le couloir, et les quelques courtisans que je croise n'osent pas m'arrêter. Dans ce manoir, je ne m'attarde jamais, préférant la furtivité à leur scène de théâtre dont ils écrivent eux-mêmes les répliques. Au départ, j'ai accepté les règles du jeu – même si je les ai détournées –, mais ce soir, je n'ai même plus la patience d'essayer de jouer. Pas quand je comprends qu'Anastasia décline depuis des semaines d'une façon qui n'appartient ni à l'épuisement ni au hasard. Pas quand j'ai regardé la nouvelle camériste de ma sœur s'affairer autour d'elle, alors que, dans le même temps, elle est la concubine de Lucian : ce dernier a eu l'arrogance de la placer sous le nez de la reine.

Je marche, et, en marchant, je classe. C'est ma façon de respirer. Je range « pâleur soudaine » dans la catégorie « alerte », « tremblement de la main droite » dans « symptômes », « nom propre oublié en conseil » dans « anomalies cognitives ». Je mets « médecins consultés = rien » en capitales, rouges. « Rien », répètent-ils, leurs diagnostics propres comme des mains lavées trop longtemps. Pas d'empoisonnement organique détectable, pas d'infection, pas de carence. Le vide comme conclusion. Le vide est un masque, et j'ai appris à le lire.

Je m'arrête sous une suspension, lève les yeux vers le bord du globe et regarde la poussière qui ourle le verre. Regarder ce qui ne compte pas m'empêche de m'énerver trop vite. Puis je descends l'escalier, la main sur la rampe froide. J'ai la sensation nette d'avoir posé le pied sur un fil qui court sous la maison entière. Je ne le laisserai pas me trancher net. Je le suivrai jusqu'à l'homme qui l'a tendu. Dans ma tête, les colonnes s'alignent. Médecins : rien. Déclin : progressif, par à-coups. Présence de Qoya : récente, constante, humiliante. Je n'écris pas « Qoya = coupable ». Je n'en ai pas besoin. Mon instinct ne pointe pas vers la servante. Il pointe vers le roi. Celui qui joue avec des choses que les médecins n'examinent pas. Celui pour qui je chasse des objets qui n'existent pas sur les inventaires. Celui qui collectionne les artefacts occultes comme d'autres collectionnent les victoires.

Je traverse l'aile est. Le tapis boit mes pas, les portraits me regardent sans chaleur. Le couloir mène aux appartements de la reine. Je frappe à peine. On me répond d'entrer. Anastasia est assise devant la coiffeuse, la lampe soulignant l'ovale clair de son visage. Ses cheveux, d'un blond si pâle qu'il frôle l'argent, glissent sur ses épaules comme de l'eau. Elle ne lève pas tout de suite les yeux. Son index trace un cercle invisible sur le bois. Je m'approche. Elle se tourne vers moi et sourit – ce sourire-là, trop léger pour masquer la fatigue.

— Aliocha, me salue-t-elle de ce surnom datant de notre enfance.

Sa voix est nette, bien que faible. Je lui prends la main : sa peau est froide. Trop froide, même pour une vampire.

— Les médecins ont-ils trouvé une cause ?

— Non, répond-elle d'un ton doux. Toujours rien. Ils écoutent, ils palpent, ils écrivent. Mais ils ne trouvent pas.

Je hoche la tête. *Rien* s'ajoute à *rien*. À force, cela devient un tout. Je la regarde. Dans ses yeux, le bleu a perdu un degré de profondeur. Cela ne se mesure pas, je le sais pourtant. Je note, mentalement. Puis je relâche sa main pour ne pas laisser voir ce que cela fait à la mienne.

— Tu devrais te reposer, la pressé-je.

— Je ne fais que ça, rétorque-t-elle avec une petite moue désabusée. C'est la seule chose que j'ai le droit de faire sans contester un ordre.

Elle a voulu plaisanter, mais je sens la colère monter. Je la range. Quand je vois sa main trembler aujourd'hui, je me souviens d'une autre, il y a longtemps : celle d'une adolescente trop fière pour montrer sa peur...

Un couloir mal éclairé d'un autre palais et un jeune homme qui apprend à marcher sans faire de bruit. J'avais vingt-cinq ans, Anastasia en avait dix-sept. Les premiers complots avaient presque réussi à avoir sa tête ; je l'avais trouvée dans la pièce secrète derrière la bibliothèque, debout, la main posée sur un livre comme sur un levier. Elle tremblait sans trembler – c'est un art qu'elle possédait déjà. Je lui ai certifié : « Personne ne te touchera tant que je respirerai. »

Ce n'était pas une promesse de frère, c'était un serment de soldat.

Chassant cette pensée, je grince des dents, car je sais que ma promesse d'alors est menacée. Ce soir, dans cette pièce sentant le linge frais et la cire, le danger a enveloppé ma sœur dans ses griffes, et c'est à moi de l'en faire sortir. Derrière la porte, des pas souples – ceux de Qoya, qui sait maintenant quelle latte grince et comment

l'éviter. Elle frappe, entre, pose un plateau avec une infusion claire en baissant les yeux. Puis elle s'éclipse, toujours silencieuse. Je respire par le nez pour chasser l'odeur de fleurs lourdes qu'elle traîne avec elle.

— Elle t'insupporte, lance Anastasia au bout d'un moment.

— Elle m'indiffère.

Ce n'est pas vrai. Elle m'insulte par sa simple présence. Pas elle – le choix qu'elle incarne. Lucian a jugé utile de placer sa maîtresse sous les yeux de ma sœur, même si cette dernière ne le sait pas. La cour, elle, murmure dans son dos en se régalant de cette humiliation feutrée. Je ne soupçonne pas la camériste d'avoir inventé la corde qui serre ; je vois simplement la main qui la tient, et elle n'est pas la sienne : ici, Lucian de Lys est le roi. On est dans son royaume dont il est le maître absolu.

Anastasia pose de nouveau son regard dans le miroir. Sa main tremble à peine. Tout comme moi, elle sait que sa pâleur n'est pas bon signe, mais elle continue de me sourire. Comme elle l'a toujours fait. Comme cette nuit où elle a choisi cette vie et qu'elle m'a supplié de l'y suivre

— Je vais être Transformée en vampire, m'a-t-elle annoncé comme on dit « je veux vivre », d'un ton calme et définitif. Mais je ne veux pas rester seule, Aliocha. Ne m'abandonne pas, je t'en supplie.

J'ai fait mine de discuter, puis j'ai cédé, parce que j'avais déjà décidé le jour de mon serment. Elle l'aimait et il l'aimait assez pour faire d'elle sa reine. J'y ai cru. En digne héritière des Romanov, elle a joué ses cartes et négocié une place pour moi, me permettant d'être libre de servir sans être asservi. Du moins pas par Lucian. C'est Raspoutine qui m'a transformé. Il a ouvert mon poignet et a posé sa bouche avec cette frénésie religieuse qui n'appartient qu'aux fanatiques et aux saints déchus. Dans une pièce tapissée de tentures lourdes, avec des icônes au regard noir et à l'odeur d'encens entêtante. Lorsque la lumière a basculé, j'ai senti ma vie se plier, puis se déplier autrement, et la main d'Anastasia sur mon épaule a tenu le monde à sa place. Lucian se tenait à distance, poli, presque doux, souverain qui consent parce que la reine le veut. Les deux échanges de sang ont été faits en une seule nuit et j'étais un soldat prêt à reprendre sa place. Pour elle.

Quand on a jeté Raspoutine sous la glace de la Neva, j'aurais dû m'éteindre avec lui, mais Lucian m'a offert une béquille de sang – la sienne –, un rite scellé à l'ancienne, la paume d'Anastasia posée à plat sur ma poitrine jusqu'à ce que la fièvre retombe. Longtemps j'ai pensé avoir bien choisi en donnant ma loyauté. J'ai servi. Espion dans les cours humaines puissantes, chasseur d'artefacts pour nourrir l'obsession que Lucian camoufle

en doctrine. Je trouvais, je rapportais, il souriait ; Anastasia brillait à côté de lui, et cela me suffisait.

Aujourd'hui, cette main qui m'a tiré vers l'éternité tremble comme si elle s'en détachait. C'est cette fragilité qui me fait craindre le pire : chaque Transformé acquiert de la puissance avec le temps, mais elle, elle s'étiole. Et je sais que Lucian est derrière cela, parce qu'il a avili le lien entre eux. Ce qui est un partage entre deux puissances choisissant de s'unir est un lien de domination en réalité, comme toujours avec lui. Avec notre lignage, elle aurait dû devenir puissante : ça veut clairement dire que quelqu'un prend au lieu de donner. Mais ça, je ne m'en suis rendu compte que trop tard, aveuglé par une reconnaissance manipulée.

Au départ, Lucian veillait à être élégant avec Anastasia : elle lui apportait une légitimité aux yeux des humains, le nom Romanov ouvrant les portes même les plus élitistes. Puis, avec l'arrogance du temps, il a fait moins attention. Des petits détails d'abord, mais qui ont attiré mon attention. Alors, j'ai épié comme j'avais appris à le faire. J'ai découvert son passage secret menant de son bureau à différents endroits du manoir pour lui permettre de se déplacer en coulisse lorsqu'il ne tient pas le devant de la scène. Posté derrière la cloison, j'ai

observé par la fente d'un panneau sculpté. Lucian demandait à Anastasia d'intervenir auprès d'un dignitaire qu'elle détestait pour avoir participé au massacre de notre famille. Elle a dit « non », d'une voix calme, posée, de reine. Lucian ne s'est pas approché, il a posé sa voix sur elle comme on pose une main.

— Tu veux dire oui, Anastasia. Tu feras signer l'accord...

Et elle a répété. Mot pour mot. La même cadence, la même inflexion : une marionnette. Plus tard, je l'ai interrogée mine de rien.

— Je n'ai pas vu le roi ce soir.

Elle ne mentait pas. Elle ne se souvenait pas. Sous l'émail poli d'un « couple si harmonieux », comme le qualifie la presse humaine, j'ai vu la chaîne. Invisible aux yeux du monde, mais non moins réelle... et cruelle. Parce qu'elle est allée jusqu'à s'incliner devant un des assassins qu'elle avait juré de faire payer. Afin d'obtenir ce que Lucian voulait dans cette joute diplomatique.

Et c'est à cause de ce souvenir que je ne crois plus aux « rien » des médecins.

— Si je te demande de rester loin de lui quelques nuits, tu accepterais ?

Elle me regarde comme si je venais de lui demander de s'arracher une côte pour me la donner.

— Tu sais bien que non, souffle-t-elle doucement. Il a besoin de moi à ses côtés.

Les médecins ne trouvent rien parce qu'ils cherchent du côté des choses mesurables. Mais je sais ce que Lucian aime. Il aime l'occultisme, l'invisible qui agit. Une reine qui décline, des médecins qui ne voient rien : cela porte sa signature, c'est indéniable pour moi. Cependant, pourquoi maintenant ? Parce qu'Anastasia est l'atout charme et politique qui a bâti le socle de son trône depuis plus d'un siècle. Sans elle, il n'était qu'un souverain de nuit parmi d'autres. Elle l'a anobli aux yeux du jour. Aujourd'hui, il n'a plus besoin d'elle pour cela : il a ses ministres nocturnes qui dînent avec les diurnes, ses traités, ses budgets, ses programmes de recherche subventionnés, ses prêtres amis. Elle est devenue symbole, mais je sais qu'il préfère exploiter des instruments. Comme sa concubine placée dans la chambre d'à côté. Seulement, je sais comment il fonctionne pour en avoir été témoin au fil du temps : lorsqu'un instrument ne le sert plus, le roi le relègue dans un coin… quand il ne le jette pas…

Sur un baiser léger dans ses cheveux, je quitte la chambre sans tenter de la convaincre. Dans le couloir, mes pas sont sourds. Je range mes pensées comme on range une arme dans son fourreau : vite, nette, prête à resservir.

Occulte probable. Artefact en jeu. Qoya =

humiliation publique, témoin installé. Lucian = mobile politique. Médecins = alibis de papier. Je glisse *preuves à rassembler* en haut.

Dans mes quartiers, j'ouvre le coffre de cèdre où je garde mes paravents à moi : clefs muettes, sceaux, invitations, minutes de conseils, plans redessinés. Je déplie la carte de la maison telle que je l'ai patiemment réécrite – conduits, trappes, renfoncements, couloirs secrets – et l'étudie pour peaufiner mon plan. Je dois mettre des yeux dans les cadres, des oreilles dans les fissures. Intercepter les colis nocturnes, noter les scellés, suivre les mains qui les ouvrent. Je dois trouver comment il agit contre Anastasia. Je vais creuser. Je n'ai pas de temps à perdre, mais ne confonds pas vitesse et précipitation. Il faut parfois laisser le piège se refermer pour voir quelle patte il a capturée. Alors je tends, je veille, j'attends. Parce que ce n'est pas seulement une enquête, c'est ma promesse. Et quand j'aurai la preuve – pas une conviction – que c'est lui qui la tue lentement, alors même un roi apprendra que les paravents, parfois, prennent feu de l'intérieur. Il comprendra réellement le poids d'un serment, celui qui est gravé dans ma poitrine comme une cicatrice. Car personne ne fera de moi un parjure, pas même celui qui porte une couronne !

Et si je ne suis plus son sujet, alors je serai sa faille…

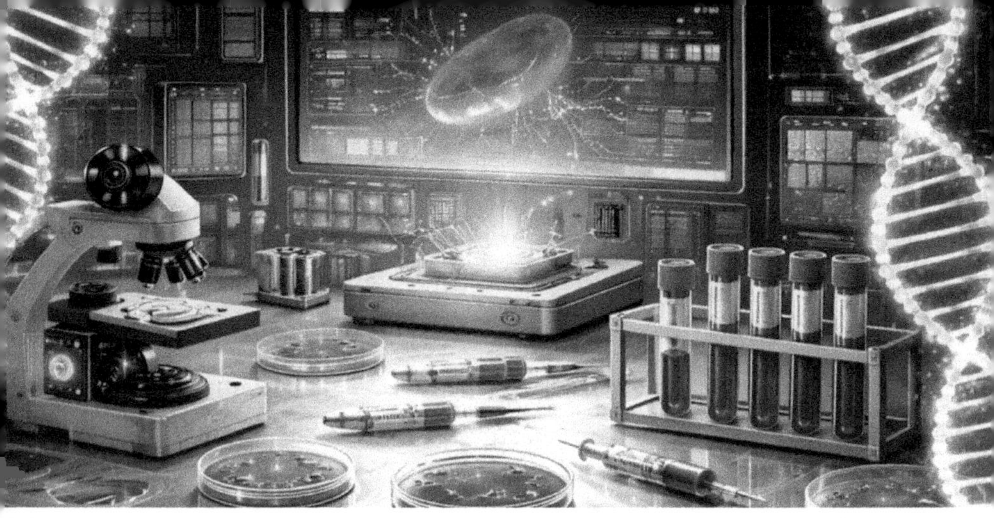

Chapitre 5

Hana

La pluie n'a pas cessé de battre contre les vitres quand je me présente à l'entrée du bâtiment. J'ai tout ce dont j'ai besoin avec moi, le recteur ayant tout organisé pour mon « transfert ». La propriété est immense, nichée au cœur de la forêt de Compiègne au nord de Paris. Le manoir est un hommage à l'architecture gothique, tandis que l'annexe devant moi est un rectangle ultra moderne. Tout y est sécurisé, et je dois poser mon badge sur la borne : le cercle rouge vire au vert d'un clignotement presque impatient. L'odeur d'un air filtré me frappe aussitôt, une neutralité propre qui ne porte aucune trace de ville, aucune mémoire de feuille ni de bitume mouillé. L'ascenseur – sans bouton – m'attend, docile comme un animal dressé qui devine la destination sans qu'on la nomme. J'enregistre tout : ce sont des repères, des balises lumineuses le long d'une piste d'atterrissage. J'entre. La descente m'enfonce dans un silence dont je ne sais pas encore s'il me protège ou s'il m'engloutit. À l'ouverture, un couloir et un homme sortant d'une niche discrète aussitôt.

— Bonsoir, mademoiselle Deschamps, me salue-t-il en s'inclinant très légèrement comme on le fait pour un invité plus qu'une recrue. Bienvenue.

— Bonsoir, réponds-je poliment comme l'exige ce type d'interaction sociale.

— Je m'appelle Vasseur, précise-t-il, responsable des opérations. C'est moi qui vous accueillerai chaque soir. Pour aujourd'hui, vous avez accès aux zones 1, 2 et 3.

— Et la zone 4 ? demandé-je en avisant le plan du lieu affiché sur le mur derrière lui.

— Elle nécessite une autorisation complémentaire.

Le mot « complémentaire » vient d'inscrire une porte opaque dans ma mémoire. Par réflexe, je note dans ma tête « Porte 4 = secret ? ». Quand il me fait signe de le suivre, nous longeons des vitrines où dorment des machines sous housse, des capots lisses, des écrans muets. Les caméras-dômes au plafond ont ce calme impassible des yeux qui ne clignent jamais. Il ouvre une porte et m'invite à y entrer la première.

La salle ressemble à un laboratoire universitaire d'où quelqu'un aurait enlevé tout le superflu pour ne garder que l'essentiel et, surtout, le meilleur. Hottes neuves, centrifugeuses haut de gamme, microscopes dont les platines n'ont pas encore connu l'impatience des étudiants. Sur une paillasse, des boîtes de gants alignées par couleur avec deux tailles différentes. Aucune note manuscrite. Même les flacons ont des étiquettes alignées au millimètre près. Je respire lentement et pose mon carnet à gauche, comme toujours, à sa place exacte, angle avec l'arête de la paillasse. Quatre centimètres et demi. Le recteur a bien fait ses devoirs en veillant à respecter mes manies, car je reprends déjà mes repères.

— Vous aurez un compte d'accès dans l'heure, reprend Vasseur, et un cahier de laboratoire spécifique.

— En papier ? demandé-je juste pour vérifier quel rapport ce lieu entretient avec la matérialité des preuves.

— En papier et en numérique, précise-t-il avec un bref sourire, comme si la réponse avait été planifiée.

Il se retire sur une phrase polie, et une femme entre presque au même moment, comme si la place qu'il venait de laisser était taillée pour elle. Cheveux courts, regard net, blouse parfaitement boutonnée, badge : Inès.

— Bienvenue, me salue-t-elle à son tour. C'est moi qui vous assisterai tout au long du projet.

Sa façon de me regarder – scruter mes gestes plus

que mon visage – me donne la conviction qu'elle supervise autant qu'elle m'assiste.

— Nous allons commencer par les protocoles publics, m'enjoint-elle, en marquant très légèrement « publics », comme si le mot ouvrait lui-même une frontière.

C'était attendu, donc je prends le feutre et note tout : date, heure, température ambiante, humidité, numéro d'échantillon. Le feutre coule juste ce qu'il faut sur le papier ; l'épaisseur de la pointe est de 0,5 – satisfaisant.

— Les dons nocturnes arrivent entre 19 h et 23 h, précise Inès. Ce soir, c'est calme, mais vous verrez la logistique complète demain.

Elle me montre la première série : plasma standard, contrôles internes, viscosimétrie à 37 °C, etc. Rien que je ne sache faire, tout plus stable que d'habitude.

— Vous commencez par reproduire vos résultats d'université, commente-t-elle. C'est notre manière de calibrer votre main.

Avec ces nouvelles machines, mes doigts trouvent leurs repères d'eux-mêmes. Le bruit de la pipette devient le premier son vivant de la pièce. Il coupe le silence calibré, l'organise, me sert de métronome. Inès observe sans commenter, puis elle dépose un dossier qui n'a pas la rigidité d'un fascicule officiel.

— Celui-ci, dit-elle, c'est la passerelle entre les protocoles publics et le reste.

Je pose la pipette, essuie le cône, incline la tête pour lire à la verticale. *Matrice 0 – notes préparatoires – interaction observée.* Zéro ? Une nouvelle source, donc ?

— Je lirai après la série, commenté-je. Je refuse de mélanger une première mesure sans l'avoir définie au préalable.

— C'est la bonne méthode, approuve-t-elle avec une infime détente allégeant sa nuque.

Insertion, décantation, lecture, consigne. À la troisième répétition, un micro-écart s'inscrit sur la courbe visqueuse, une inflexion infime que je n'ai jamais vue à l'université.

— Votre tampon est d'une pureté inhabituelle, remarqué-je.

— Nous avons de bons fournisseurs, répond Inès.

— Et un taux de CO_2 plus stable que ce que j'ai connu.

— La salle est conçue spécifiquement pour, confirme-t-elle.

Pour l'instant, ce lieu tient ses promesses. Au moment où je termine l'analyse en cours, un carillon discret grésille dans l'angle. Inès lève à peine les yeux. Une voix désincarnée, filtrée par le plafond, se fait entendre.

— [Comment se passe la prise en main ?]

Ce n'est pas une voix de supérieur en blouse. C'est la neutralité polie d'un hôte invisible. Vasseur réapparaît dans l'embrasure comme si la question l'avait tiré du mur.

— Correctement, réponds-je, les protocoles de base sont solides.

Je n'adresse pas mes mots à la plaque de plafond, mais c'est bien là que la voix s'est posée.

— [Jusqu'à quelle heure comptez-vous rester ?]

— Jusqu'à ce que la série soit propre, annoncé-je.

Un silence très court, puis, comme un motto[13] qu'on imprime en bas des pages :

— [C'est un bon critère... Ce sont les bons critères qui vous gardent en vie.]

Le carillon s'éteint. Inès expire si légèrement qu'on pourrait croire à un changement de pression dans la salle. Vasseur s'incline et disparaît, absorbé de nouveau par la paroi. La voix n'a pas dit son nom. Elle n'en a pas besoin : la déduction logique est que je viens d'avoir mon premier contact avec le mécène anonyme. Il y avait trop d'assurance pour que cela soit un simple représentant.

Inès brise le silence en me tendant un nouvel échantillon.

— Nous reprenons ?

Nous reprenons. La deuxième série est plus stable

---

[13] Expression tirée de l'italien héraldique signifiant « devise ».

que la première. Je note en marge que le matériel autorise une finesse qui rendra la recherche plus exploitable. Sous lumière polarisée, les cellules adoptent une plasticité augmentée, des rouleaux plus persistants, des bords qui renvoient une lumière inattendue, presque métallique. Les chiffres ne montent pas ni ne s'écroulent : ils se décalent.

Le genre de décalage qui ne peut vouloir dire qu'une chose. « Échantillon non humain ». Je reste une minute à regarder la capture comme si je pouvais la modifier par ma seule volonté. Mon cœur bat trop vite pour ma posture calme. Ma paume s'humidifie autour du feutre ; je dois le poser avant qu'il ne glisse. Mon estomac se contracte, tandis que la voix de ma mère souffle dans ma tête.

Je ne serai pas calice.

La phrase revient, nue, tranchante. La chercheuse en moi veut savoir, toucher, pousser ; et la fille fidèle à sa mémoire voudrait claquer la porte. Je suis coincée entre ces deux battements.

Inès observe mon immobilité.

— Vous avez vu quelque chose ?

— Il y a... un biais qui n'existait pas dans mes analyses précédentes, réponds-je.

Elle hoche la tête sans infirmer ou confirmer quoi que ce soit, mais elle ne semble pas surprise... C'est donc

avec une certaine fébrilité que je tire le dossier Matrice 0 vers moi. Le texte est clair, clinique, mais chaque fois que j'attends un nom propre, je rencontre un code. Chaque fois que j'attends une source, je rencontre un « consortium ». Pas de tracés de consentements individuels. Pas d'origine hospitalière. Graphes impeccables, commentaires lisses. Tout est net, mais rien n'explique pourquoi ça l'est *autant*.

— Qui écrit ces pages ? demandé-je sans relever la tête.

— Un groupe, répond Inès. Qui sait où situer la précision et où ménager la discrétion.

Le mot discrétion a la douceur d'un scalpel affûté. Je continue à lire jusqu'à une section qui m'interpelle : *Transparence des matrices – accès restreint*. Un renvoi : Z4. La fameuse Zone 4 nécessitant un accès complémentaire. Enfin, je referme le dossier et dresse une liste : *référence externe – duplication – contrôle CO_2 – écarts de rouleaux – plasticité polarisée*. Je numérote.

La logistique nocturne s'anime à peine. J'entends des pas – discrets, réguliers – dans le couloir voisin, et un chariot passe. Inès enregistre l'heure. 21 h 12.

— Des arrivées d'échantillons ?

— Pas ce soir, répond-elle. Le protocole entier sera en vigueur demain.

Je notifie mentalement : *ce soir = mise au*

point/demain = *flux*. La voix au plafond ne revient pas. Mais elle n'a pas besoin, ayant jeté sa phrase sur la table comme une règle : « les bons critères vous gardent en vie ». Dans le contexte de ce laboratoire, vie peut n'être ici qu'un mot technique – stabilités, marges, seuils admissibles. Ou pas. Toutefois, comme toujours, je note sans rien projeter, tandis que je n'ai pas de données à vérifier.

Finissant la deuxième série d'analyses, je range ensuite proprement mon espace de travail, signe le papier et la version numérique. Ce laboratoire est conçu pour qu'on n'ait pas à penser aux bruits parasites. Parfait pour travailler. Parfait pour s'oublier dans son travail. Inès m'accompagne jusqu'à la porte.

— Demain, 19 h, dit-elle. Zones 2 et 3 toujours.

— La zone 4 ?

— Il faudra justifier la demande d'accès.

Je rentre dans mon studio à l'autre bout du bâtiment en déroulant un plan :

1. Reproduire demain les écarts de plasticité sur nouvelle série (aveugle si possible).
2. Isoler un échantillon pour comparaison avec mes travaux universitaires (heure creuse).
3. Vérifier les tampons avec référentiel externe
4. Comparer les lignes de Matrice 0 aux anomalies réelles du jour (écarts de 0,3 – 0,5 % sur T90).

5. Si échantillon non humain confirmé en échantillon vampirique, faire jouer la clause de sortie.

Cela fait dix ans que cette clause est dans chacun de mes contrats et je l'ai déjà utilisée à quelques reprises avant que les parties en face finissent par comprendre que je ne transigerais pas. Mécène généreux et laboratoire de pointe ou non, je ne dérogerai pas non plus cette fois-ci. Il est quatre heures du matin, et le décalage de rythme se fait sentir : je prends une douche très rapide, essuie mes cheveux à la serviette jusqu'à ce que l'électricité statique me fasse croire à un orage personnel, puis tombe sur le lit sans ritualiser plus.

Je rêve immédiatement.

Un battement d'ailes fracasse le ciel. Le condor surgit, immense, ses plumes sombres comme une nuit sans lune. Ses yeux jaunes se plantent dans les miens. Je sens le vent qu'il déchaîne soulever mes cheveux, m'arracher d'un millimètre au drap.

— Viens avec moi, gronde une voix qui n'est pas un cri, mais une injonction gravée dans mes os.

Quand je me réveille, le cœur affolé, je doute de mon esprit rationnel tant cela m'a semblé réel : était-ce un rêve ? Ou quelque chose m'a bel et bien appelée ?

Chapitre 6

Lucian

Je préfère les salles où l'air ne garde aucune mémoire. Ici, rien ne fermente : l'oxygène est filtré, la température tenue, le CO_2 contraint. Les murs n'ont pas d'oreilles, ils ont des capteurs. On n'y entend pas le passé ; on n'y mesure que le présent. C'est pour cela que j'ai bâti ce laboratoire : un endroit où les hommes oublient qu'ils sont des hommes et où la matière consent à parler sans lyrisme. Ici, même la morale est filtrée.

Sur l'écran deux, elle pose son carnet à gauche, toujours, angle aligné à la paillasse – quatre centimètres et quelques, identiques à la veille. Les doigts s'ajustent sur la pipette avec une précision qui n'est pas réfléchie, mais plutôt comme un repère. Hana Deschamps travaille comme on tranche : sans geste superflu. Le silence qu'elle apporte n'est pas une absence, c'est une structure. J'ai longtemps cru que je connaissais tous les silences : celui de la peur, celui du calcul, celui de l'adoration. Le sien m'intrigue et m'agace à la fois. Il n'est adressé à personne. Il n'a pas besoin de témoin.

Inès traverse le cadre caméra : elle lui parle peu, montre, vérifie, recule. Bonne chorégraphie : l'assistante ne doit jamais occuper la musique, seulement la mesure. Je la laisse faire. Matrice 0 est sur la table, ouvert à la page utile ; le renvoi Z4 rappelle – comme un fil discret – que l'ascension existe, mais qu'elle se mérite.

Je n'entre pas d'abord. La voix suffit. Le plafond lisse a de meilleurs effets qu'une apparition trop tôt. Je connais le pouvoir d'une phrase détachée de son corps. Mon timbre, filtré, tombe net dans la pièce, sans réverbération :

— [Comment se passe la prise en main ?]

La réponse de la jeune femme est correcte. Non servile. Elle ne cherche pas à me plaire ; elle m'informe, et l'information est propre.

— [... Les bons critères vous gardent en vie].

Je coupe le canal. La phrase reste comme une ligne de base. Un premier jalon. Je regarde. Elle reproduit et obtient mieux qu'à l'université. Là, elle a vu ! Note. Bien.

La curiosité disciplinée est la seule qui m'intéresse. L'à-peu-près m'ennuie ; l'avidité me rebute ; la frime m'irrite. La faim froide, en revanche, est féconde.

J'ai, depuis des siècles, trouvé la faille chez ceux que je voulais plier. Les princes courent après la gloire ; les savants rêvent d'avoir raison ; les prêtres veulent un ciel sans rature ; les amoureux demandent un témoin. Il suffit de poser le levier au bon endroit et le reste vient.

Hana, elle, a tenu concentrée pendant des heures sans le moindre signe d'agitation intérieure. Pas une œillade à la caméra. Pas de soupir ou d'étirement. Elle a l'air d'appartenir à la tâche, et non l'inverse. Intéressant. Le recteur pense que c'est son cerveau particulier qui m'a fait la choisir. Il a en partie raison, mais c'est aussi sa lignée qui m'intéresse. Elle ne présente pas de signe ultra visible commun aux albinos, mais son sang en porte forcément la trace. Et ce sang-là est précieux. Je l'ai appris il y a bien longtemps et cherche toujours à m'en procurer pour renouveler mon stock. Il est indispensable pour mes rituels occultes. Aujourd'hui, je suis tenu à la discrétion – le temps des trafics à la criée sur les ports est bien loin –, mais je ne laisserai pas passer une occasion pareille. Même si, avec sa généalogie, il ne doit pas être très puissant. Cependant, cela me permettra au moins de comparer avec les expériences passées : c'est comme cela qu'on progresse. En recommençant encore et encore tout

en ne changeant qu'une variable à la fois.

Ce qu'elle semble avoir compris, et je n'aurai peut-être pas besoin de pousser plus. J'ai été agacé lorsque le recteur a voulu absolument inclure ces clauses à elle dans le contrat d'embauche, mais je l'ai laissé faire. Parce que je n'ai jamais eu besoin de discuter les contrats. Les clauses, les signatures, les tampons universitaires : tout cela n'est qu'un vernis pour rassurer les humains. Une façade politique qu'il faut respecter devant les ministères et les commissions d'éthique, oui, mais qui n'a jamais constitué un obstacle réel. C'est une façon élégante de lui faire croire qu'elle avait voix au chapitre. Alors qu'en réalité, depuis des siècles, mon pouvoir mental est la véritable signature qui compte. Pas un gribouillage sur un bout de papier. Et si je ne le veux pas, mes pions ne se souviennent de rien. C'est le raffinement de mon hypnose : je décide ou non de donner l'illusion d'un libre arbitre ou j'écrase toute volonté. La liberté est une mise en scène dont je suis le réalisateur en fonction de mes intérêts.

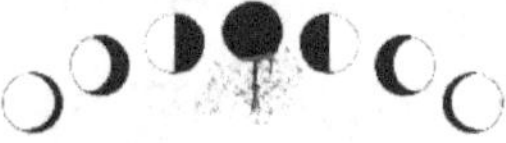

Cela fait deux nuits que je l'observe au travers des écrans, mais, ce soir, je me suis déplacé. Derrière la vitre sans tain, Hana se penche sur la paillasse, aligne ses carnets, ajuste ses gants. Elle note chaque variable avec

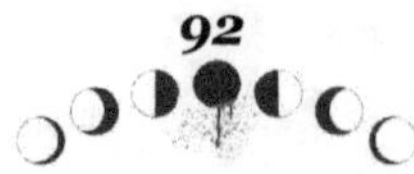

une minutie obsessionnelle. Ses gestes sont mesurés, réguliers, parfaitement reproductibles. Je sais déjà où appuyer : sur le besoin de cadre, sur la peur du désordre, sur cette faim de perfection qui la dévore. Un claquement discret de mes doigts ou une modulation de ma voix, et elle comprendra que tout ce qu'elle recherche m'appartient.

Je traverse le couloir lisse ; l'air est une équation et fait sentir ma venue à Inès : mon léger coup mental la fait s'écarter d'un demi-mètre de la paillasse, tandis que Vasseur se dissout dans l'embrasure. Ils connaissent la règle : je parle, ils deviennent architecture. Je n'ouvre pas la porte, c'est le battant qui s'écarte. Il ne faut pas laisser croire aux objets qu'ils peuvent me fermer un passage. La salle me reconnaît ; la pression s'ajuste d'un souffle. Je suis la règle, ils sont l'espace. Hana lève les yeux, puis les rabaisse sans réaction visible. Je m'arrête à la limite exacte de son territoire de travail – vingt-neuf centimètres de la bordure, la distance polie.

— Mademoiselle Deschamps.

Je module le timbre, densifie le grave, ralentis une demi-syllabe sur son nom. L'attention d'un humain ordinaire glisse dans cette coulée comme un poisson vers le fond. D'habitude, je vois une microdilatation de la pupille, une respiration qui oublie une marche. Ici : rien. Les pupilles ne s'élargissent pas ; la cage thoracique

continue son métronome.

— Vos courbes sont plus propres qu'à l'université, remarqué-je.

— Le matériel le permet, répond-elle.

Formulation très correcte. Factuelle. Je pose deux doigts sur la paillasse et entame un rythme ayant fait ployer des ministres : ce qu'ils prennent pour un hasard est une frappe qui déplace l'écoute.

Elle pipette à la troisième frappe. Non pas avec le retard que j'attends ; à son rythme. Le mien ne la capte pas. Je fais glisser la bague d'un quart de tour sur mon doigt – ancrage visuel. Son regard ne la suit pas ; il reste sur la graduation. J'ajoute l'outil vieux comme moi : le prénom.

— Hana.

Il y a, chez les humains, une fissure quand on leur rend leur prénom avec la bonne chaleur. La faille s'ouvre dans leur esprit et on y met ce qu'on veut. Elle, non. Le mot rebondit. Il ne trouve pas d'endroit où s'ancrer. Il est déposé dans l'air comme un objet qu'on refuse de ramasser. Ce n'est pas de la résistance... c'est comme une absence ?

Je hausse à peine le niveau. Mauvaise habitude de chefaillon que de croire que le volume compense le sens. Je ne hausse pas la voix – j'augmente la profondeur. L'onde, d'ordinaire, traverse la peau, descend jusqu'au

plexus et enserre la volonté d'un fil invisible. Rien. Juste une réponse précise à ma question, un chiffre net, une demande de référentiel indépendant. Elle restructure. Elle ne me répond pas à moi, elle répond à la tâche. Mon pouvoir mental glisse comme de l'eau sur une vitre : ça touche la matière sans passer sa barrière...

J'approche d'un pas – pas assez pour envahir, assez pour imprimer. Inès s'immobilise, statue partielle dans mon champ périphérique. Je croise le regard d'Hana. Les yeux noirs sont d'une immobilité qui n'est pas un défi. Ils regardent au-dedans, juste derrière moi, sur un point qui n'appartient à personne. C'est une attitude nouvelle pour moi : l'œil humain qui ne suit pas la commande. Je compte habituellement trois microsaccades, puis la prise. Avec elle, rien. Son regard ne tremble pas. Son souffle garde la cadence exacte qu'il avait la seconde d'avant. Mon filet tombe dans un vide qui ne me renvoie rien : je suis invisible à son esprit. C'est intolérable.

Je sens la colère monter, brutale, froide. Ce n'est pas un refus conscient. Elle ne lutte même pas. Elle ne m'accorde tout simplement aucune place. Je n'ai jamais connu ça ! Pas une seule fois. J'ai toujours trouvé une fissure, alors qu'elle est semblable à un mur lisse, sans porte. Je serre les dents. Tout mon plan, si bien huilé, vacille sur cette anomalie inattendue, et, surtout, inacceptable. Je voulais la plier dès le départ, avant même qu'elle ne touche un échantillon. Et voilà que je me retrouve face à un esprit qui m'ignore. Ma première impulsion est de forcer, de briser la vitre, de la secouer jusqu'à ce que ses yeux s'embuent. Mais je sais que je ne peux pas. Pas encore. À cause du contrat. Cette maudite signature avec l'université. Tant que les clauses sont en vigueur, je dois préserver les apparences. Les humains vérifient. Les commissions notent. Les rapports s'archivent. Je ne peux pas la faire disparaître ni la réduire à l'état de pantin sous leurs yeux. La façade doit tenir. Et pour la façade, ce soir, je dois reculer.

Je ravale ma rage. Derrière mon sourire poli, le feu gronde. Jamais encore on ne m'avait opposé un refus qui n'en est même pas un. Elle n'a pas dit non. Elle n'a rien dit du tout. Elle a simplement continué, comme si mon existence n'était pas un paramètre. Je ne comprends pas. Et c'est ce que je déteste le plus : l'incompréhension. Je connais les langages de la chair, du sang, de l'esprit. Je sais plier les prêtres, les espions, les savants. Elle, elle échappe à tous mes lexiques.

Je me recule pour retrouver la distance polie. Je prononce une banalité de circonstance, comme un masque qu'on enfile par-dessus un autre. Elle me répond avec le même ton calme, centré, sans me regarder plus que nécessaire. Je quitte la salle. La porte se referme sans bruit. Je marche dans le couloir, et à chaque foulée, ma

fureur se comprime, se densifie, se transforme. Je ne peux pas l'écraser de front. Mais il existe toujours un levier, et je le trouverai. Si les yeux et la voix n'ouvrent aucune porte, alors je passerai par d'autres. La peur. Le manque. Le sang. Ce sont les cinq doigts de la manipulation des humains. Reste à choisir quel autre choisir maintenant.

Manque ? Elle travaille dans une université pauvre ; je lui ai offert une salle au cordeau. Elle aime les outils qui répondent. Je peux doser l'accès : retarder, ouvrir, refermer, créer le rythme qui fait naître la soif. Z4 n'est pas un lieu ; c'est une promesse. Je l'ai conçue pour cela.

Peur ? Elle n'est pas du genre à trembler à l'idée d'un blâme. Ses peurs sont géométriques : rupture de routine, effondrement de cadre. On peut briser des humains en déplaçant une chaise de deux centimètres. Je le ferai si nécessaire. Mais ce matériau-là, je préfère ne pas le casser ; il fabrique de bons outils quand on le respecte.

Sang ? Je n'aime pas l'utiliser tôt. Le sang oblige. Il compromet. Il écrit dans la chair une part de moi que je ne donne pas à la légère. Mais il existe d'autres formes. Une démonstration contrôlée, une goutte pour lui montrer ? Hummm. Plus tard.

Je reviens à la salle d'observation. Les écrans tournent en permanence. Sur le quatre, Qoya passe dans l'arrière-couloir, panier de fleurs à la main. Sur le deux,

Alexeï a une attitude plus rigide en entrant dans la chambre de sa sœur. Je sens que je vais devoir le distraire. Un espion a besoin d'ennemis, sinon il s'invente des complots. Je préfère les fournir moi-même : cela l'occupe dans le sens que je décide tout en affûtant ses capacités.

Anastasia, elle, décline. Les médecins ne trouvent rien, et j'ai passé l'âge de croire à la médecine quand les artefacts font un travail que les stéthoscopes n'entendent pas. Matrice 0 n'est pas un rapport, c'est un logiciel. Et ce que j'ai mis derrière Z4 n'est pas une salle, c'est une prière taillée dans la matière. Les prêtres n'ont pas le monopole. La reine se meurt, mais je pourrai toujours la remplacer : après tout, elle a joué son rôle. Tandis que Matrice 0 est irremplaçable. Donc, je me concentre dessus plutôt que sur un problème qu'il sera facile de balayer au moment opportun.

Je respire plus lentement. Hana déclenche dans mon esprit cette vieille machine que j'aime : la grille. Où sont ses portes ? Je me calme. La colère brute ne sert qu'aux jeunes. Puis, je souris lentement parce qu'au fond, ce n'est qu'un contretemps. Parce que je gagne toujours.

Chapitre 7

Alexeï

Je n'ai pas besoin d'un grand signe pour savoir quand un roi dévie. Deux nuits que Lucian est fébrile. Personne ne le remarque, parce qu'il garde le vernis : les phrases exactes, la main posée au bon endroit, les audiences qui finissent à l'heure. Mais les détails craquent aux coutures. Il remonte sa bague d'un tour complet au lieu d'un quart. Il s'attarde debout quand il devrait s'asseoir. Il coupe les silences d'un bruit d'ongle sur le bois. Ce sont des bruits que j'entends parce que je vis dans cette marge-là depuis toujours. Raspoutine m'a appris à lire l'air, pas les discours. Les autres regardent la scène ; moi, j'écoute la charnière. Et la seule variable qui a changé, c'est qu'il y a une humaine sur la propriété. Donc, ça doit être lié, même si je ne comprends pas encore comment une simple étudiante pourrait impacter Lucian… mais je vais trouver.

Depuis mon dernier serment de me taire et de creuser, j'ai mis en place une surveillance accrue et lancé mes fils. Les médecins de cour ont rendu leurs feuilles propres : rien. Je ne leur faisais pas confiance et ai donc doublé les analyses via mes laboratoires clandestins. J'ai fait passer, par trois circuits différents, trois échantillons du sang d'Anastasia. Trois « rien ». Pas d'arsenic, pas d'alcaloïde, pas de métaux qui s'accumulent. Les chimies n'avouent rien quand la main qui serre n'est pas naturelle. Cela m'a confirmé ce que je savais déjà : les sciences occultes travaillent là où l'instrument ne touche pas.

Ce soir, j'ai décidé de pousser un peu plus loin. Je me glisse dans le passage secret, la joue contre la pierre, et je m'arrête à l'endroit où la maison laisse passer ce qu'il faut de son et de lumière. Par l'ouverture, j'aperçois les écrans d'où Lucian contrôle son petit royaume. Il est au laboratoire ? Avec cette étudiante… Je n'entends pas ses mots, juste le timbre – ce grave qui, d'ordinaire se loge dans la cage thoracique des autres comme une main invisible. Je guette sa gestuelle, l'angle de sa nuque à la sortie et la tension de la mâchoire. Et à la seconde où il franchit le seuil, je vois l'éclat mauvais sous le vernis. Pas un éclat de victoire. Une morsure qui n'a pas pris. Il remet

sa bague d'un geste sec, se détourne trop vite, oublie de lisser sa manche. S'il avait réussi, il serait sorti plus lentement, content de lui-même. Là, il a cette vitesse courte des colères retenues. Inès, la technicienne, reste de marbre quand il la dépasse ; mais ses omoplates lâchent d'un millimètre, signe d'une pression qui retombe. Je reste encore, pour la suite. La scientifique se remet sur sa paillasse. Elle aligne ses notes. Ses épaules ne tremblent pas. Elle n'a pas l'air d'une femme hypnotisée ; elle a l'air d'une femme qui travaille.

Je souris : pour la première fois, je vois Lucian sortir d'une pièce sans avoir pris ce qu'il était venu chercher. Personne d'autre ne le verra. Mais moi, je le vois parce que j'ai été dressé à ça : aux micro-accidents du pouvoir. Raspoutine disait que la vérité d'un homme est dans la façon dont il redevient animal quand il croit que personne ne regarde. Lucian ne redevient jamais animal, même dans les coulisses. Toutefois, ce soir, je suis témoin d'un grain de sable dans la machine. Un énorme rocher en fait, car je n'ai pas connaissance d'un humain pouvant résister à l'emprise hypnotique d'un Transformé puissant. Or, Lucian est plus que puissant...

Il revient vers son bureau et je m'éclipse afin d'aller voir Anastasia, tandis que les souvenirs qui m'ont amené là, dans cette niche où j'ai vu un roi se découvrir un premier échec, remontent.

Je n'ai pas grandi comme un frère qu'on cache ; j'ai grandi comme une pièce qu'on polit. Bâtard de Nicolas II et d'une princesse tartare, on m'a donné un nom utile et une éducation d'ombre. Loussoupov pour la sonorité noble ; le secret pour la fonction. On m'a logé près d'Anastasia parce qu'il fallait à la lignée une garde masculine qui ne pèse pas sur les portraits. Raspoutine m'a pris tôt. Il savait tout faire mal pour obtenir un bien qui n'était qu'à lui. Il m'a appris à marcher sans avoir l'air de passer, à tenir une pièce immobile dans ma bouche pendant une heure, à écouter la respiration d'un meuble. Il s'est servi de moi comme d'un fil à plomb pour mesurer des âmes. À ses yeux, je n'étais pas un homme de chair, j'étais une fonction.

Quand Lucian est entré dans notre vie, j'ai cru au mythe. Je l'ai accepté pour elle. Il a fait mieux que n'importe quel courtisan : il n'a pas supplié, il a orchestré. L'assassinat de Raspoutine a été son coup de maître. Il ne s'est pas sali les mains. Il s'est affilié à ceux qui voulaient déjà le faire, les Loussoupov officiels[14]*, la branche qu'on met dans les livres d'histoire. Il a mis un peu de poison, un peu de corde, un peu de glace, selon ce qu'il fallait pour que les gestes tombent au bon moment.*

---

[14] C'est Félix Loussoupov qui aurait étranglé Raspoutine avant de le jeter dans la Neva en 1916.

J'étais assez près pour deviner, pas assez pour interférer. À l'époque, j'ai voulu croire que c'était pour me libérer du dévoiement qu'était devenu Raspoutine afin d'assainir le cercle autour d'Anastasia. Plus tard, j'ai compris que c'était un achat. Un double appui : Romanov par elle, Loussoupov par eux. Et moi, prolongement bâtard les reliant en secret. Aujourd'hui, je sais qu'il ne m'a pas délivré de mon créateur pour me sauver. Il m'a gardé parce que j'étais la clef. Le seul à connaître les cachettes de Raspoutine, ses carnets, ses objets précieux. Je lui ai offert les premiers, par reconnaissance. Je pensais régler ma dette. Je lui ai offert le fil conducteur d'une collection d'artefacts qu'il n'aurait jamais pu se procurer seul. Il a un savoir-faire pour la domination et du goût pour l'occultation, mais il lui manquait un chien qui flaire. Voilà ce que j'ai été pour lui : un chien de chasse ayant confondu loyauté et dressage.

Après avoir salué Anastasia et constaté son lent déclin qui ne s'inverse pas, je repense à cette humaine. Et je vois en elle un levier. Je ne vais pas chercher une alliée ; je vais chercher une pièce. Je ne la protégerai pas ; je m'en servirai, et si elle peut sauver ma sœur, alors je lui devrai un merci que je ne prononcerai peut-être jamais. Parce que je n'ai pas la vertu des héros ; j'ai l'efficacité des couteaux.

Je ne vais pas l'aborder comme on aborde une proie, mais plutôt comme un instrument : sans feinte inutile, en donnant juste assez pour qu'elle accepte de regarder. Lucian n'a pas obtenu ce qu'il voulait. C'est une première. On ne peut pas bâtir un plan sur une première : d'habitude, on bâtit sur des régularités. Je ferai l'inverse : je bâtirai sur cette anomalie. Parce qu'elle est peut-être un morceau de corde qui n'est pas attaché à Lucian. Et si l'humaine porte en elle ce que même Lucian ne parvient pas à plier, je saurai, moi, en faire une lame. Restera à déterminer qu'elle sera sa cible...

Légende wari 4

Le serment

L'inexorable

Españolkunaqa onqoy kanki.
[Les Espagnols sont une maladie.]

Manaraq chinkayta munayku,
[Mais plutôt que de l'éradiquer,]

Ñawpaqkunaqa chinkaywan wiñachirqanku.
[Des Originels ont été contaminés.]

Chayqa kay onqoyta wiñachirqanku.
[Et ont répandu cette épidémie.]

Ñuqayku, Wari llapa runa,
[C'est à nous, fidèles Waris,]

Saqrayku kay supaykunata.
[De les exterminer,]

Huñuq yaykuy ñawpaq rimaypi.
[Par notre serment sacré.]

Tatloc – fils du Grand Sorcier royal wari

1539 après J.-C. – Cité souterraine wari – Machu Picchu – Pérou

J'écris pour que mes descendants sachent où commence la faute et où commence le devoir. Que celui qui lira ces lignes dans le Codex sacré sache ceci : je n'accuse personne pour me laver les mains ; je confesse pour que vous n'ayez pas à confesser à votre tour.

Nous étions nés d'un ciel brisé. Le jour où le soleil s'est couvert et que l'ombre a dévoré la montagne, mon père Xtopec a posé sa vie sur l'autel, et, avec lui, ceux qui consentirent à devenir plus que des hommes et moins que des dieux. Ils revinrent de la mort avec la force du jaguar et l'œil du condor : les Originels. Je les ai vus courir à travers les terrasses et les ravins, plus rapides que la pluie, plus silencieux que la neige. La nuit les accueillait alors que le jour les punissait. Un rayon, un seul, suffisait à leur infliger la brûlure qui fait crier même le guerrier le plus endurci.

Tant que nous fûmes peu, la loi fut simple. Les

Originels tenaient la périphérie, moi, je fixais l'axe, et les autres, vivants ordinaires, servaient de ponts entre les deux mondes : nos familles supportaient encore le jour et vieillissaient. Mais le cœur des hommes n'aime pas la marge, et les Transformés sont apparus. Je me disais que la transgression s'éteindrait d'elle-même. J'avais tort. La mer se mit à parler une autre langue. Des voiles blanches fleurirent au bord des eaux, et des hommes que le soleil n'effrayait pas descendirent, cuirasses sur le torse, visages coupés par des barbes comme des buissons d'acier. Les Espagnols. Ils ont été un virus et la fracture fut ouverte : d'un côté, les Originels gardiens ; de l'autre, les Originels pervertis par la promesse du pouvoir.

À ce moment, je m'accrochais encore à ce que je tenais pour la loi ultime, celle qui empêcherait la peste de s'installer : un Transformé meurt quand meurt son créateur. C'était notre garde-fou, le nœud qui empêchait la corde de se défaire entièrement. Tant que cela était vrai, la prolifération restait locale, contenue. On pouvait couper la tête, et le corps s'arrêtait. Une nuit, pourtant, l'esprit du condor s'est abattu sur moi. La montagne s'est éloignée sous moi, la mer s'est ouverte comme une plaie, et j'ai vu, loin à l'est, des villes de pierres serrées où l'on parle bas avec des têtes qui se penchent sur des chandelles. J'ai vu un Originel, ici, tomber la bouche pleine de poussière rouge, et au même instant, sur l'autre

rive du monde, son Transformé respirer encore, regarder la lune étrangère et ne pas mourir.

Alors j'ai compris. La corde n'était pas faite d'un seul fil. Entre maître et enfant, quelque chose se tendait, oui, quelque chose qui vibrait comme un chant qu'on entend à peine. Mais l'océan, les montagnes, la lenteur des navires et des caravanes avaient fait leur œuvre. Trois fois le soleil s'était couché sans que l'appel trouve de réponse ; la mer avait englouti les ordres ; la distance avait rogné la dépendance. Là où nous avions vu une chaîne indestructible, il y avait une clef pour le cadenas verrouillé. Il suffisait d'assez de jours sans la voix du maître pour que le fil se détende. Au bout du compte, l'écho n'avait plus de fil à suivre ni de cible à percuter. Les Transformés partis avec les Espagnols – ou créés par eux – pouvaient survivre à la mort de leurs créateurs restés ici. Ils emportaient leur nuit avec eux comme une maladie que rien ne guérissait.

Je me suis levé de ma natte avec un poids qui n'était pas celui de la fatigue. J'ai regardé mes mains : elles étaient tachées, non pas de sang, mais d'intention. J'avais, le premier, prolongé ma vie au-delà de ce qui m'était donné en buvant le sang des Originels sans payer de ma personne. J'avais montré que la loi pouvait se contourner si l'on connaissait ses joints. Je me suis dit : c'est toi. Tu as ouvert la porte. Les autres n'ont fait que

l'enfoncer. Je ne m'absous pas ici ; je pose le fardeau là où il est. Et de ce fardeau est né mon devoir.

Je réunis ceux qui restaient fidèles. Nous descendîmes dans la salle basse où l'eau chante toujours, goutte contre goutte, pour rappeler que le temps n'attend pas le consentement des hommes. Je leur parlais longuement, non comme un prêtre qui promet, mais comme un frère qui ne peut plus porter seul.

— Nous ne pourrons plus endiguer la vague, ai-je reconnu. Les Transformés qui ont traversé l'eau ne meurent plus avec leurs maîtres. Ils apprendront à se multiplier, à s'écrire leurs propres règles, à se couvrir de lois humaines qui ressemblent à des filets. Nous ne pouvons pas courir après deux soleils.

Alors je posais le plan qui m'était venu dans la nuit. Les Originels fidèles resteraient ici, sur la colonne vertébrale de la terre, à traquer ce que la transgression avait mis au monde sur notre continent. Ils ne devaient pas se livrer au jour, car un seul Originel brûlé est une bibliothèque réduite en cendres. Le jour n'est pas notre allié, il est notre limite. Quant aux Transformés partis en Europe et plus loin encore, il fallait des chasseurs qui ne craignaient pas la lumière et qui pouvaient monter sur des navires sans se consumer. J'ai donc décidé de confier cette tâche à ma propre lignée humaine. Non par orgueil, mais parce que je ne demandais pas aux autres ce que je n'étais pas prêt à payer de mon sang.

Ce Codex a été un fil de transmission de pouvoir entre père et fils de notre lignée, il est aujourd'hui aussi porteur de notre histoire. J'y écris ma faute et ma rédemption. Bien sûr, j'ai ajouté aussi tout ce que j'ai appris pendant ce siècle volé pour que ceux qui le méritent les trouvent au moment juste : des signes, des manières d'écouter les bruits qui ne s'écrivent pas, des prières qui ne demandent rien, mais volent droit avec le condor. Et surtout, j'ancre dans ce recueil sacré mon serment, notre serment.

« Mes fils, et les fils de mes fils porteront ma mémoire. Ils traqueront ceux qui ont rompu la corde par la distance, les Transformés, ces chacals qui ne survivent qu'avec les carcasses des autres. Ils ne chercheront pas la gloire, ils accompliront un devoir. »

Je sais que la mémoire ne passera pas par l'encre seule : elle a besoin d'un véhicule plus fidèle que le papier. Aussi, j'ai décidé de la mêler à mon sang. On m'a dit que c'était une folie, que je reproduisais ce que je venais de dénoncer. Mais on ne fait pas barrage avec de la paille. J'ai choisi la pierre et le sang parce que ce sont les deux choses qui ne trahissent pas leur nature : la pierre tient ; le sang circule. J'ouvrirai demain ma chair sur l'autel, et je laisserai couler ce qu'il y a de plus tenace en moi – pas ma force, pas mon nom, mais ma mémoire. Les miens en boiront la part rituelle qui scelle, non pour devenir bêtes de nuit, mais pour porter un souvenir qui ne s'efface pas. Ce que j'ai vu – l'épidémie qui passe par les ports, la nuit qui signe des pactes avec des rois de façade, des prêtres affamés de pouvoir, la loi qui se camoufle en dévotion – ils le porteront sans que rien ne puisse l'effacer. À part nous. Ainsi naîtra la lignée qui ne se perd pas sous les couronnes : vos maîtres l'appelleront un jour d'un nom, les miens d'un autre ; pour moi, ce sont les Chavíns, parce que ce serment est pour notre dieu.

Je sais que le monde aime les détails. Vous me demanderez comment reconnaître ceux qui ont bu assez de mémoire pour devenir des machines à gouverner et non plus des hommes. Regardez les choix qu'ils font quand personne ne regarde. Un Transformé rassasié de mémoire ne s'attaque plus aux faibles : il vise le scribe, le trésorier, le gardien des sceaux. Il prend le port plutôt que la pirogue, le pont plutôt que la pierre. Il n'a pas la patience des chasseurs ; il a la patience des employés de la nuit. Il construit des couloirs où la lumière ne sert qu'à montrer des murs. Là où vous verrez ces architectures, dites-vous que l'ombre a déjà signé.

Le condor m'a aussi montré ceux qui, parmi les nôtres, céderont à l'avidité. Je n'écris pas leurs noms ici ; sachez juste qu'ils existent : des Originels qui se sont laissé contaminer par la vision de leurs Transformés. Ils

n'ont pas hérité de la mémoire du sang, mais ils ont commencé à raisonner comme elle. Eux qui n'avaient besoin que de la nuit et des muscles se sont mis à compter comme des greffiers, à aligner des pions comme des joueurs. Ceux-là, je les livre à la colère du soleil et à la patience de mes frères fidèles. Ce n'est pas à mes fils de les juger. Ne vous mêlez pas de ce qui brûle les montagnes, vous qui irez au-delà de la mer. Tenez-vous à votre serment : traquez ceux qui survivent parce que la distance a coupé la corde. Parce que ceux-là ont pris la place de leurs créateurs et engendreront des légions afin d'assouvir leur soif de pouvoir et de conquête. C'est à vous que revient la chasse des continents.

Je n'écrirai pas ici toute la peine que je porte. Un homme peut être à la fois coupable et nécessaire ; cela ne le console pas. Je sais ce que mes mains ont fait, je sais ce qu'elles feront demain. Si je pose tout sur ce Codex, c'est pour que, lorsque vos propres mains trembleront, vous ayez un appui immuable dans le temps. Vous rencontrerez des rois qui sourient en plein jour et dont la nuit dévoilera leurs crocs. Vous croiserez des prêtres qui parlent de leurs dieux en marchant dans le sang. Vous verrez des savants qui prétendent ne pas croire et qui vendent leurs sciences au plus offrant. Ce sont vos cibles : coupez la corde de cette toile d'araignée au venin mortel.

Je confierai ce livre avant l'aube à ma sœur, Asiri.

Elle gardera l'histoire le temps que mes fils grandissent assez pour la lire sans se perdre. Demain est la pleine lune. On m'a appris à la respecter comme on respecte une mère sévère. Je marcherai vers l'autel quand l'eau dans la coupe sera parfaitement immobile. Je déposerai ce qui m'a été donné, pas pour acheter un pardon, mais pour cimenter une tâche. Mon sang sera versé pour que la mémoire prenne racine. Vous qui lirez, vous n'aurez pas à renouveler ce sacrifice : votre part sera de tenir, de marcher, de regarder le ciel sans le supplier et de ramener au soleil ceux qui pensent que la nuit les rend invincibles.

Que mes fils portent mon souvenir sans porter mes fautes. Que mes frères fidèles gardent la montagne. Que la boucle soit bouclée et que Chavín ne soit plus jamais éclipsé dans le ciel.

Tatloc, fils de Xtopec, témoin, fauteur et réparateur.

Chapitre 8

Hana

Je vis sur place. C'est écrit en toutes lettres dans le contrat que le recteur a fait valider avant de me tendre le stylo : résidence obligatoire dans l'enceinte du laboratoire privé, déplacements extérieurs soumis à autorisation, horaires définis pour mes travaux universitaires avec obligation de rapports quotidiens. Le document est posé sur ma table comme une pierre bien découpée. En échange, j'ai ce que je n'avais jamais eu : un studio propre attenant au couloir des salles stériles, une cuisine réduite où tremper du thé sans partager une bouilloire sale, un espace de marche dans une serre longue de vingt-huit pas – je les ai comptés – et, surtout, des machines ultra-performantes dont j'ai rêvé pendant des mois.

La semaine d'adaptation se termine et j'ai posé mes jalons dans ce nouvel environnement dont j'ai tracé la carte dans ma tête avec précision. J'ai aussi réadapté mon agenda quotidien pour intégrer les nouveaux paramètres. Travaux personnels l'après-midi, travaux subventionnés la nuit et matinée de sommeil. Entre chacun de ces marqueurs, une pause nécessaire à la bonne condition de mon corps et de mon cerveau. Je marche tous les jours sous la verrière, du cadre en fonte où s'accroche une liane au bac de terre où plonge une fougère. Vingt-huit pas, demi-tour, vingt-huit pas. Vingt fois. Le verre perle, la condensation dessine des cartes brouillées et l'odeur d'humus calme le bourdonnement du monde. À droite, au troisième arceau, la caméra a un angle mort à cause d'une plante grimpante qui a pris plus d'ampleur que prévu. Je n'y ai pas touché.

C'est là qu'il m'attend…

Je ne le vois qu'au moment où je lève la tête sur le retour. Il s'est coulé dans l'ombre verte et me présente son visage à la beauté altière, ses yeux clairs, son immobilité sans crispation. D'office, je sais : c'est un homme de pouvoir. Non pas flamboyant, mais d'une puissance qui se veut invisible. Je détourne aussitôt le regard, mais trop tard. L'image est entrée, invasive comme un artefact qu'on n'a pas encore répertorié. Je classe tout d'habitude. Or, je

ne sais pas dans quelle colonne ranger ce frisson qui me prend entre la nuque et le sternum. Pour la première fois, mon corps réagit avant mon cerveau.

— Mademoiselle Deschamps, m'interpelle-t-il d'une voix basse et polie.

Je m'arrête autant surprise par son intrusion que par ma réaction : à sa vue, à sa proximité, mon cœur a avancé d'un demi-temps. J'ai une sensation neuve, presque physiologique, comme un courant qui remonte du ventre aux clavicules. C'est une information inédite : je la traite comme une autre, mais la classe à part pour ne pas la laisser gouverner.

— Je vous propose une transaction, annonce-t-il sans détour. Vous analysez un échantillon pour moi et je vous rémunère le montant que vous voulez.

Je secoue la tête. Je n'ai pas besoin d'argent. J'ai besoin de temps, d'accès, de silence apaisant : je viens tout juste de rétablir ma routine et ne vais pas rechanger des paramètres soigneusement recalibrés comme ça.

— Non, réfuté-je simplement sans donner plus d'explications.

J'ai compris depuis longtemps que je ne savais pas en donner qui soient appréhendables par les autres, alors je me contente de rester factuelle : la réponse à une question est « oui » ou « non » du point de vue le plus rationnel. Au moins, je note qu'il ne se vexe pas, et c'est

une autre information que je classe à son sujet. Alors que je veux repartir, il sort de sa poche un petit téléphone noir, plus léger qu'un scalpel. Un modèle ancien, sans rien d'inutile, une carte SIM déjà glissée à l'intérieur. Il me le tend d'une main recouverte d'un cuir aussi fin qu'élégant.

— Si vous changez d'avis, stipule-t-il, mon numéro est enregistré.

Je regarde l'appareil, puis lui.

— Je ne veux pas d'argent.

Son sourire est un filament, presque imperceptible.

— J'ai les moyens de vous rémunérer autrement si vous voulez bien y réfléchir.

— Autrement ? Par exemple ?

— Par exemple, j'ai appris il y a longtemps que les secrets valent bien plus que des lignes de compte en banque.

Des secrets ? Ce sont des variables souvent difficiles à contrôler, et il y en a déjà autour de moi. Comme la zone 4… alors j'accepte. Lorsque nos peaux se frôlent en prenant son téléphone, je note que, malgré le gant entre nous, ma peau s'échauffe à son contact. Il n'ajoute rien, reprend la porte qui mène au couloir de service et disparaît avec le naturel de quelqu'un vivant ici depuis longtemps sans jamais être vu. Je glisse l'appareil dans la poche intérieure de mon gilet, là où j'ai l'habitude de tenir mes stylos en double exemplaire, et continue ma

routine. Vingt-huit pas. Demi-tour. Vingt-huit pas. Pourtant, sans que je comprenne pourquoi, mon corps voudrait revenir à lui. Pour la première fois, j'enregistre une réaction physique envers un homme, et il a le regard aussi froid que les steppes de Sibérie. Pourtant, j'ai l'envie irrationnelle de le rappeler pour lui dire oui. Toutefois, ma logique serre la laisse : non, je n'ai pas besoin d'argent ni de secret. Et surtout pas d'une distraction parasite à la beauté aristocratique.

De retour au laboratoire, je remplis mon rapport pour l'université : quatre pages, schéma des essais, notes sur la stabilité du tampon, anomalies de courbes, pistes. J'envoie au recteur. Le logiciel m'accuse réception. Cette obligation remplie, je veux me concentrer sur l'anomalie à éclaircir avant la nuit de travail avec, ou plutôt sous, l'œil d'Inès.

Mais ce que je pensais être un bon plan hier se révèle être une impasse sous forme d'une constatation simple : je ne peux mettre la main sur l'échantillon que je voulais isoler. Il est pourtant stocké dans une zone accessible pour moi normalement. Je m'étais imaginé une manœuvre chronométrée, quinze minutes pas plus. Tout cela s'est fracassé contre une réalité triviale et impitoyable : mon badge n'ouvre que sur mes créneaux nocturnes, les sas de jour restent muets tant que la planification centralisée ne m'accorde pas l'accès. Quand

j'en fais la remarque ce soir, Inès m'explique la consigne d'une voix aimable et fermée.

— Paramétrages de sécurité.

Je hoche la tête sans protester et m'enfonce dans les protocoles avec une efficacité qui me rassure. Les centrifugeuses ont un vrombissement régulier qui me tient lieu de mantra. Inès me laisse faire, prend des notes sur ce que je fais, sans commentaire. On fonctionne côte à côte comme deux lignes parallèles. Mais chaque fois que mes yeux glissent vers la porte de la zone de stockage verrouillée, ma gorge se serre. Matrice 0 est derrière, avec ses strates d'accès. Je ne peux y entrer que pendant mes créneaux nocturnes assignés, et jamais sans Inès au-delà de la vitre. Elle pose ses mains sur le bord de la paillasse et regarde. Elle ne m'embarrasse pas ; elle contrôle. Et j'ai besoin d'être seule pour pousser mes biais, pour tenter ce que je n'oserais pas écrire dans un protocole officiel. Il y a, dans cet échantillon, quelque chose qui ne se laisse pas lire si l'on suit les chemins balisés. J'ai besoin de sortir du couloir. On m'en empêche.

Le troisième soir, je tente une demande sèche :

— Je voudrais une heure, seule, sur Matrice 0, réclamé-je à Inès. Sans surveillance, en dehors du créneau.

— Impossible, répond-elle sans chercher d'excuse. C'est verrouillé par le financeur. Accès consigné, double

présence.

— Même pour une vérification de calibration ?

— Surtout pas. Vous savez pourquoi.

Elle n'a pas tort : tout ici est consigné. Chaque ouverture de porte imprime une ligne, chaque tube déplacé déclenche une marque. Je n'obtiendrai pas ce que je veux par la porte principale. Le système est fait pour m'offrir tout – sauf l'essentiel. C'est une architecture de privilèges qui masque un noyau dur : je ne suis pas libre de mon travail, et c'est une violation de mon contrat. Pas à la lettre, mais dans l'esprit, vu comme tout a été parfaitement rédigé. Néanmoins, la perfection ne fait que camoufler une jolie cage.

Le matin d'après, après mon rapport universitaire et une tasse de thé brûlante, je sors le petit téléphone. Il vibre sous ma paume comme une chose vivante. Mon message est court

« Discuter ? »

La réponse arrive en quelques secondes.

« Serre. 18 h 10. »

C'est pile l'heure où la lumière décroît d'un cran, mais où les équipes de nettoyage ne sont pas encore passées.

Lorsque j'arrive à 18 h 09, il est déjà là. Il ne pose pas de phrase inutile.

— Alors, quel est votre prix ?

— Une brèche. Un accès hors des créneaux surveillés. Dix minutes suffiraient, mais c'est le minimum requis. Pas de caméra. Pas d'Inès.

Il me regarde et je ne sais analyser s'il pèse les risques ou s'il s'interroge sur le pourquoi de ma demande.

— Je peux faire mieux que dix minutes, énonce-t-il enfin. Mais pas ce soir. Il y a des cycles à respecter si je dois éteindre un œil sans déclencher le reste.

— Combien de temps ?

— Vingt-deux minutes et trente-sept secondes au maximum.

Je note mentalement la précision. Elle me plaît. Elle est déjà un protocole.

— En échange, assène-t-il, vous analysez mon échantillon. Vous ne le confiez à personne. Vous me donnez votre lecture brute, pas de rhétorique. Si ça vous échappe, vous me le dites aussi.

— D'accord. J'aurai besoin de l'avoir en main au moins deux heures, idéalement trois. Mais sans briser la chaîne de préservation. Donc, si vous pouvez l'amener sous la couverture d'un échantillon interne...

— Je m'en occupe.

Il ne me demande pas pourquoi. Il ne me demande pas ce que je soupçonne. Il ne me demande pas de promesse au-delà de ce que nous venons de fixer. C'est la transaction la plus propre qu'on m'ait jamais proposée et

qui sied à ma vision des choses : rationnelle, factuelle pour une efficacité sans fioriture. Je sens pourtant, à la façon dont mon corps se détend d'un millimètre, que sa présence me trouble encore. Donc, la première fois n'était pas liée à la surprise de son apparition devant moi. C'est une perturbation stable, paradoxalement : elle ne me jette pas hors de moi, elle m'ouvre une porte dans la poitrine comme celles qu'on entrouvre pour aérer un laboratoire trop sec. Cela me perturbe d'autant plus, en fait.

— Cependant, je veux l'accès sécurisé avant de faire votre analyse, argué-je.

Je sais que je tiens mes engagements, mais lui, je ne le connais pas et je préfère ne pas faire d'hypothèse à son sujet : cela m'a déjà pénalisée par le passé et je retiens toujours les leçons acquises.

— Demain à 18 h 10. L'échantillon suivra dans la livraison de la nuit, lance-t-il en s'éloignant de cette démarche silencieuse et assurée que j'ai déjà notée chez lui.

Et je réalise que j'ai tout noté chez lui… De sa chevelure aux mèches un peu folles, et pourtant impeccable, à sa prestance silencieuse qui envahit toutefois l'espace et à ses lèvres ourlées même quand il ne sourit pas. Je souffle, deux respirations, pour laisser l'adrénaline retomber. Tout ça est forcément lié à demain, rien d'autre…

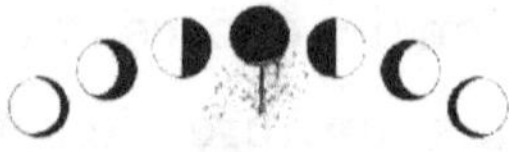

À l'heure dite, je suis devant la zone sécurisée qui s'ouvre sans biper : le voyant qui, d'ordinaire, devient rouge reste éteint. Je ne respire pas : je compte jusqu'à quatre pour savoir si l'alarme décalée se déclenche. Rien. Un cliquetis court signale la désactivation d'une caméra. Il vient de m'offrir maintenant vingt-deux minutes et trente-trois secondes de pure décision. J'ai pris une marge de sécurité de quatre secondes sur le délai annoncé, juste au cas où, et décide de passer à l'action sans perdre un instant de plus.

Mon monde se réduit au trajet d'une goutte, à la finesse d'un film, à la vitesse d'une rotation. Les formes apparaissent, se crispent, s'étirent. Pas humain, je le savais déjà, pas besoin d'une confirmation. Mais… pas vampire non plus ?! Les globules sont plus petits, leur structure instable, comme s'ils cherchaient à se recomposer à chaque seconde. Les mitochondries[15] – je cligne des yeux, incrédule – ne se contentent pas de produire de l'énergie, elles semblent absorber la lumière elle-même pour s'en nourrir. Je bascule en spectre, je pousse les réglages, je note frénétiquement. Ce sang

---

[15] Élément de la cellule dont le rôle essentiel est d'assurer l'oxydation, la respiration cellulaire, la mise en réserve de l'énergie par la cellule et le stockage de certaines substances.

n'appartient à aucune catégorie connue. C'est une anomalie, un mystère, ou peut-être… une clef ? Je sens l'excitation courir sous ma peau, ce mélange d'euphorie et de peur que je déteste parce qu'il me fait perdre la notion du temps, alors que mon cerveau commence déjà à dérouler des protocoles pour… Mon regard s'est arrêté sur l'horloge et je me mets une claque mentale : je dois ressortir en vitesse ! Prestement, j'essuie la paillasse avec une précision maniaque, efface chaque trace, replace S—0 dans son rack, ferme et repars comme une voleuse.

Au matin, j'écris mon rapport universitaire avec une concentration moins forte qu'à l'ordinaire. J'y inscris mes avancées sur un protocole qui n'a rien à voir avec Matrice 0. Je laisse mon cerveau avancer sur deux voies parallèles. C'est la seule manière pour moi de ne pas perdre le fil. Puis je passe à ma part de contrat. Je tire la première lame, une goutte minuscule qui s'étale sous l'objectif du microscope. Je règle la netteté, et tout de suite, mon estomac se contracte. C'est net, indiscutable : ce sang n'est pas humain non plus ! Les globules sont plus grands, leur membrane légèrement irisée, leur motilité interne plus vive, comme si chaque cellule portait une réserve énergétique supérieure. Pour le coup, c'est du sang de vampire. Je voudrais arrêter là, mais j'ai conclu un

accord, alors je dois m'y tenir. Et puis, analyser un échantillon vampirique, je l'ai déjà fait, même si je n'ai jamais communiqué mes résultats. Là, je n'ai pas d'autre choix que d'entamer ma promesse d'un petit coup de scalpel.

Je prends des notes rapides, trace des schémas pour ne pas oublier la disposition. Je lance l'analyse de composition : protéines, oxydatifs, rapport hémoglobine. Et c'est là que je tombe sur l'anomalie. Les chiffres dansent, incohérents. Une oxydation anormale, trop forte pour un organisme immortel. Des membranes fragilisées, comme si elles avaient subi des microbrûlures invisibles. Un stress cellulaire qui ne colle pas à l'équilibre naturel vampirique.

Je reprends, recalcule, change d'appareil. Même résultat. Ça serait presque comme… une contamination lumineuse ? Parce que l'oxydation est vraiment atypique. Je serre mon stylo entre mes doigts. Ce sang n'est pas seulement vampirique, il est altéré, rongé… comme empoisonné. Progressivement, subtilement, assez pour donner l'impression d'une dégénérescence naturelle.

Je reste un instant immobile, le tube dans la main, et je pense à Alexeï. Il n'a pas dit d'où ça venait, mais maintenant, je sais. Ce sang est celui d'un vampire affaibli. Et affaibli, non par hasard, mais par intention. Fait-il partie de ces groupies familiers adorant un maître ? Ou

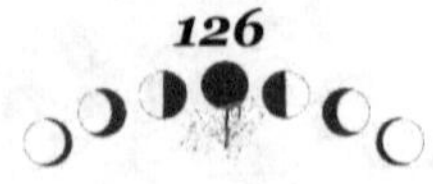

est-il celui derrière ce résultat ? Et puis mon cerveau dérive et fait un lien que je n'aurais jamais cru possible ! Là où cet échantillon souffre de la lumière, l'autre non humain s'enrichit grâce à elle ?! Je me force à noter clairement :

- S—0 : non humain, non vampire, spécificités uniques – potentielle base pour thérapie/cure.

Les lettres tremblent légèrement, pas par doute, mais par vitesse. Je compare côte à côte les résultats :

- A (vampire) : anomalies oxydatives, contamination lumineuse, poison chronique.
- S—0 : anomalie structurelle, résistance atypique, transformation énergétique.

Et soudain, je comprends. Pas tout, pas encore, mais la direction générale. L'échantillon A décline parce qu'on l'empoisonne. S—0 survit parce qu'il porte autre chose, un système différent, une voie parallèle. Ce n'est pas une cure en soi, mais c'est une vraie piste. La première que je suis la seule à voir depuis toutes ces années de recherche !

Plus tard, dans la serre, je marche. Vingt-huit pas. Demi-tour. Vingt-huit pas. Il m'attend, toujours au même endroit.

— Ce n'est pas humain, annoncé-je simplement. C'est du sang vampirique. Et il est contaminé. Il est empoisonné. Progressivement. Pas par hasard.

Son regard s'assombrit, mais pas de surprise : comme s'il s'y attendait, visiblement.

— Contaminé comment ? demande-t-il avec une dureté dans le regard.

Donc, ce n'est pas lui derrière tout ça ? Ou veut-il vérifier s'il peut être découvert ?

— Par une exposition lumineuse détournée. Subtile. Très certainement irrégulière. Suffisante pour affaiblir, pour briser les défenses et tuer à petit feu.

Il ferme les yeux une seconde, puis les rouvre, les braquant sur moi.

— Et ça s'aggrave au fur et à mesure du temps, n'est-ce pas ?

— Je n'ai pas de point de comparaison, mais la logique veut que oui, confirmé-je doucement. Lentement, mais sûrement.

Il ne demande pas plus, il ne propose pas d'explication, toutefois, je vois dans son regard que quelque chose a basculé. Pour lui, ce n'est pas qu'un échantillon de laboratoire, c'est forcément quelqu'un qu'il connaît si j'analyse bien sa microréaction de… souffrance ?

Je ne dis rien de S—o. Ce secret-là est à moi pour

l'instant. Mais je sais que ce que je tiens dans mes pages est plus qu'un constat : c'est une carte vers quelque chose de plus grand. Et je ne comprends pas pourquoi, alors que je dois tester tous les autres, c'est spécifiquement cet échantillon-là qu'on m'a interdit de décortiquer ainsi : S-o n'est sans doute pas un secret que pour moi seule…

Alexeï

Je l'ai abordée dans un angle mort, parce que c'est ainsi qu'on parle des choses importantes : sans témoin inutile. Les autres n'ont pas vu la caméra aveugle, la plante trop large, la condensation qui trouble les images ; c'est mon métier de voir ce que la maison ne voulait pas montrer. Depuis deux nuits, je surveille sa routine. Elle marche en ligne droite comme on trace un sillon. Les gens qui marchent ainsi n'ont pas besoin d'être poussés, seulement d'un passage.

Au départ, je ne voulais qu'un service net : une analyste pour lire ce que personne n'a su décrypter dans un sang que je ne confierai plus aux incompétents. Mais je n'avais pas prévu l'effet qu'elle aurait sur moi : elle a refusé l'argent avec une fermeté qui m'a rappelé que tout n'est pas à vendre. Et quand elle a accepté un secret, j'ai su que j'avais trouvé le bon prix.

Créer une brèche dans le système de sécurité n'était pas nécessairement dans mon offre initiale. Un virement bancaire m'aurait coûté moins cher en risque. Mais je l'ai fait parce que sa manière de dire oui a ouvert en moi une fente d'air, et que, pour une fois, j'ai préféré laisser passer la lumière plutôt que de la calfeutrer.

J'ai une haine insidieuse pour Lucian. Elle ne hurle pas, elle compte. Chaque brèche que je creuse dans son monde me rend à moi-même. Celle-ci a une forme nouvelle. Elle tient dans vingt-deux minutes trente-sept secondes. C'est peu sur une vie d'immortel, mais c'est beaucoup si ça peut le faire chuter...

Cela n'a rien à voir avec le fait qu'Hana me trouble : elle n'est pas belle dans le sens communément admis par les humains, mais elle a une pureté cristalline dont l'aura m'attire. Je comprends maintenant pourquoi Lucian la voulait tant. C'est un pion que je vais lui soustraire parce que tout ce qui attire l'attention du souverain finit toujours par se consumer ou disparaître...

Chapitre 9

Lucian

Neuf jours qu'elle m'échappe. Une simple humaine. J'ai hypnotisé des rois, fait plier des reines, soumis des cours entières… et pourtant, elle, simple petite chercheuse, me regarde sans ciller, comme si je n'étais rien de plus qu'un bruit de fond dans sa vie quand je la croise. Hana Deschamps. Son nom s'imprime dans mes nerfs comme une écharde. Elle est une anomalie. Cela ne doit pas exister. Pas dans mon monde.

Je serre la coupe de cristal entre mes doigts. Elle se fissure. Le vin sombre éclabousse la table et dégouline sur le tapis sans que je m'en soucie. La colère ne me fait pas perdre le contrôle – elle me rappelle seulement pourquoi je règne. Personne ne résiste. Personne ne survit sans payer. Je me le répète comme une vérité gravée dans le marbre. Et pour m'en convaincre, je convoque mes souvenirs. Car moi, Lucian de Lys, j'ai dominé trois maîtres. Trois monstres qui auraient dû me briser. Aucun n'a réussi.

Alors, je trouverai la faille, parce que j'ai déjà survécu au pire pour un Transformé : la mort même de mon créateur, Saint-Germain[16]... mon premier maître. Je me souviens de son cabinet saturé d'odeurs métalliques et de fioles d'herbes rares. Les bougies éclairaient son profil net, sa main tachée d'encre traçant des cercles sur le parchemin. À ses yeux, je n'étais rien de plus qu'un sujet d'étude. Un gamin famélique ramassé dans la boue, que l'on nourrit juste assez pour vérifier combien de temps il tiendrait sous les potions et sous le fouet. J'ai appris à observer en silence. Chaque tic de son visage, chaque cadence de ses incantations, chaque rune tracée à la pointe d'un couteau. Je ne savais pas encore lire, mais je retenais tout sans qu'il le réalise.

Puis il m'a offert son sang. Pas par générosité. Par calcul. Il voulait mesurer la résistance de mes cellules, comparer mes réactions aux autres enfants qu'il avait déjà

---

16 Au XVIIIe siècle, le comte de Saint-Germain est un personnage mystérieux entouré de légendes, réputé alchimiste et immortel.

brisés. J'ai bu. Le monde a explosé. La douleur d'abord, la brûlure dans chaque os, puis une force nouvelle, une faim insatiable. Ce fut ma première mort et ma première renaissance. Je suis devenu son ombre. Son esclave. Son « disciple ». J'ai cru que je ne pourrais jamais m'en détacher. Jusqu'au jour où le monde a décidé de me montrer sa faille.

Un chasseur wari est venu et l'a tué, alors qu'il m'avait donné à un de ses pairs, comme un colis dont on se débarrasse. J'étais en Italie – loin de Paris –, et n'y ai pas assisté. Mais j'ai senti l'instant. Une douleur atroce, comme si mes veines se vidaient d'un seul coup. J'ai chuté, j'ai vomi, j'ai cru mourir. Mon corps a brûlé de fièvre des jours entiers, jusqu'à ce que même le sol me rejette. Et puis… j'ai survécu et j'ai compris. Le lien qui asservit les Transformés peut se rompre par la distance. Le cordon n'est pas absolu. Si l'on s'éloigne assez, si l'on endure avec suffisamment de volonté, on peut s'affranchir. Ce soir-là, fiévreux, haletant, vidé, j'ai découvert la première vérité qui m'a forgé : je suis capable de devenir mon propre maître, parce que, si Saint-Germain est tombé, moi pas. Lorsque son souffle s'est éteint, je fus libéré de son emprise. Vivant, malade, mais toujours asservi d'une autre manière par un autre maître, plus dangereux à sa manière : Cagliostro[17]. Il aimait les salons, les parades, les promesses faites à voix basse aux nobles crédules. Ses rituels n'étaient que poudre et théâtre, mais ils séduisaient. Et moi, je voulais apprendre.

— Le monde n'est qu'un rideau, Lucian, disait-il en ajustant sa perruque devant la glace. Tire le mauvais fil, et tout s'écroule.

Je l'ai regardé manier les mots comme des armes, vendre des potions inutiles aux duchesses, promettre l'éternité aux rois déjà pourris de l'intérieur. J'ai appris l'art du masque et celui de sourire pendant qu'on étrangle. Avec lui, j'ai compris que la vérité n'a aucune importance, seule compte la perception. On n'a pas besoin d'être un dieu si l'on persuade les autres qu'on l'est. Puis un jour, à force d'observer et de retenir, il a cessé de m'apprendre. Parce qu'à la longue, j'ai réalisé qu'il répétait toujours les mêmes tours. Ses illusions avaient des fissures que je voyais désormais. J'avais absorbé tout ce que je pouvais, alors il est devenu inutile. La règle s'est gravée en moi :

---

[17] Cagliostro est un aventurier, disciple du comte de Saint-Germain, qui vendait sa sorcellerie dans les salons huppés. Il importe en France la franc-maçonnerie, dite égyptienne. En 1785, il est arrêté à cause de son implication dans « l'affaire du collier de la Reine » dans laquelle il s'est trouvé entraîné par le cardinal de Rohan.

quand un maître ne sert plus, il doit tomber.

Je l'ai éliminé proprement avec un poison subtil. Pas de témoin. Son dernier souffle a nourri mon premier sourire de roi. Quand je l'ai éliminé, je savais que je n'aurais plus jamais besoin de suivre un maître. Toutefois, j'étais encore au stade de disciple et j'avais encore besoin d'apprendre. Alors, je me suis tourné naturellement vers le maître de Cagliostro lorsqu'il est venu, alerté par leur lien brisé. C'est cette rencontre qui a été déterminante pour mon parcours, car Nicolas Machiavel a été l'un des premiers Transformés. Il avait un réseau en place pour accueillir ceux qui avaient fui les Originels restés dans le Nouveau Monde. En 1590, il a même financé une expédition pour en ramener une grosse « fournée » afin de les utiliser comme pions, et il a eu l'idée géniale de prélever directement leur nourriture sur place. Si la disparition de la colonie de Roanoke[18] reste un mystère pour les humains, moi, je sais que c'est une marque de mon mentor sur l'histoire. C'est avec lui que j'ai appris tout ce qu'il y avait à savoir sur notre condition, et bien plus encore sur comment faire pour l'améliorer. Parce

---

[18] En 1587, John White fonde une colonie anglaise sur l'île de Roanoke (côte est des futurs États-Unis). Quand il revient d'Angleterre en 1590, la colonie est vide. 115 colons disparus sans trace de combat, juste un mot gravé sur un poteau : « CROATOAN ». C'est un des plus grands mystères de la colonisation jamais résolu.

qu'il avait la main mise sur toutes les cours royales d'Europe, et plus particulièrement celle de la France. Grâce à ses Transformés ayant infiltré toutes les strates de ces sociétés. Parce que, pour survivre, nous devions nous fondre au milieu des humains. Notre sang est un poison acide entre nous, et la moindre goutte d'un autre peut brûler autant qu'un rayon du soleil. C'est pourquoi il convient d'avoir une garde ne craignant pas les éclaboussures pour éliminer un ennemi de notre genre. Sans parler du fait que les chasseurs waris ont plus de mal à nous traquer si nous sommes toujours entourés. Car eux également vivent dans l'ombre.

Aussi, quand il m'a choisi pour lui servir de relais à Paris, j'ai accepté avec servilité afin de bénéficier de son réseau tentaculaire tout en ourdissant mon propre plan. Introduit dans les plus hautes sphères de la capitale, j'ai tracé ma destinée. Grâce à Ninon de Lenclos d'abord, puis à madame de Montespan ensuite. Mes premières Transformées m'ont ouvert les portes de la richesse et du pouvoir. La première s'est révélée comme vampire aux puissants qu'elle a fascinés, la seconde en tenait un entre ses cuisses, et, lorsque j'ai été suffisamment implanté, j'ai fait exécuter celui qui pouvait me contrer dans mes plans. L'été 1795 ; l'Italie a connu une vague de mortalité attribuée à la peste, mais c'était en réalité tous les Transformés de Machiavel n'ayant pu survivre à leur créateur assassiné. Cela a laissé des places vides que je me suis empressé de combler avec mes propres pions. Pendant des décennies, j'ai modelé l'histoire en tirant des ficelles dans l'ombre. La révolution de 1789 ? Une jalousie attisée au paroxysme chez les uns, une ambition dévorante chez les autres. Sous couvert de république, j'ai fait éliminer des Transformés sans me salir les mains, grâce à l'invention de l'un des miens. Guillotin[19] a fait couler le sang de mes opposants sans que j'aie à me salir les mains et il a été applaudi pour cela. J'ai testé toutes les façons possibles de tuer des Transformés pour me préparer. L'expédition Franklin[20] ? Une farce tragique. Ils ont cru mourir de froid et de faim, mais mes Transformés étaient là, tapis dans les cales, testant la glace, testant la faim. Les survivants que l'on a retrouvés n'étaient pas des hommes devenus cannibales : c'étaient des marionnettes, vidées de l'intérieur et encore tenues debout par notre

---

[19] C'est au docteur Antoine Louis, médecin de l'Académie de chirurgie que revient la paternité de la guillotine. Son collègue Joseph-Ignace Guillotin avait présenté un projet de réforme du droit pénal dont le 1er article stipulait que les « mêmes délits seront punis par le même genre de supplice, quels que soient le rang et l'état du coupable ». Il demande, lors de la séance du 1er décembre 1789, que « la décapitation soit le seul supplice adopté et qu'on cherche une machine qui puisse être substituée à la main du bourreau ».

[20] En 1845, l'expédition Franklin partie explorer l'Arctique disparut presque entièrement. Les rares corps retrouvés montraient des traces de cannibalisme. La cause officielle reste débattue.

faim. Le mythe du triangle des Bermudes[21] ? Les humains en parlent comme d'un gouffre marin. Quelle ironie : ce n'est qu'un abattoir bien choisi. Les avions tombent, les navires se perdent, et chaque disparition devient une offrande, une légende utile qui couvre des siècles de festins. Parce que se nourrir de la peur avec le sang augmente le pouvoir. Grâce à tous ces stratagèmes au fil du temps, je suis devenu suffisamment puissant pour prétendre à mon tour au trône. On ne naît pas ou ne devient pas roi parce qu'on le mérite. On s'empare de la couronne parce qu'on survit à ceux qui sont au-dessus de la pyramide de pouvoir.

À ce stade, j'avais trouvé la reine idéale pour ça. Mais il s'est dressé un rival : un prophète qui fascinait les foules, et qui, par sa seule présence, menaçait mon ascension. Raspoutine. Lui avait l'aura d'un prophète. Il séduisait les Romanov, s'infiltrait dans leurs nuits de peur et de prières. Il murmurait à Anastasia des promesses de salut. Il voulait la faire sienne, et par elle, imposer son influence sur les cours vampiriques et humaines. Raspoutine n'était pas subtil. Il n'en avait pas besoin : il avait la ferveur. Je ne pouvais pas le laisser faire. J'ai vu en elle non pas une amante, mais un symbole. Une

---

[21] Depuis le milieu du XXe siècle, le « Triangle des Bermudes » est associé à de nombreuses disparitions inexpliquées de navires et d'avions. La plupart des chercheurs parlent de légendes amplifiées, mais le mythe persiste.

princesse au nom chargé d'histoire que tout le monde vénère. Alors, je l'ai séduite et l'ai soufflée à cet arrogant qui pensait me balayer de l'échiquier. Le fait qu'elle soit devenue la dernière de la lignée Romanov quelques années plus tard a rendu mon trône incontestable, pour les vampires comme pour les gouvernements humains.

Raspoutine avait compris le danger. Il a tenté de se protéger. Il a cherché à placer Alexeï, le frère illégitime, dans mon ombre à travers elle. Sur le papier, une manœuvre habile : transformer le garçon, le lier à lui, et s'assurer ainsi que j'aurais toujours une chaîne invisible dans ma maison. Mais le sang d'Anastasia m'a parlé comme toujours quand je le prenais et j'ai retourné l'échiquier en ma faveur. Moi, je savais déjà ce que la distance permet et avais compris que Machiavel avait gardé cette information pour lui afin de ne pas être trahi. J'ai fait semblant d'accepter par amour pour ma reine. Je l'ai laissé transformer Alexeï, sous les supplications d'Anastasia. J'ai feint la concession, j'ai joué le rôle du sauveur. Ce que Raspoutine n'avait pas prévu, c'est que la mort viendrait pour lui. Et qu'elle viendrait de la main de la famille Loussoupov, nourrie de rancunes anciennes. Il avait leur pion, j'avais leurs esprits. Je n'ai fait que guider la lame. J'ai chuchoté, j'ai soufflé, j'ai tiré les fils invisibles.

Quand Raspoutine est tombé, tout s'est enfin aligné. Plus rien ne me barrait la route, et c'est moi qui ai

signé les accords avec les humains leur laissant la prépondérance le jour, tandis que je régnais sur la nuit. Les livres d'histoire parlent du traité de Versailles de 1919 en oubliant volontairement celui qui a également été ratifié au cœur de la nuit. Par amusement, je l'ai appelé le traité du Petit Trianon, et aucun des dignitaires n'a bronché. Il faut dire qu'ils étaient à cran : beaucoup de vampires ont profité du chaos de la Première Guerre mondiale pour transformer à tout va afin d'influencer le cours des choses en fonction de leurs intérêts. Néanmoins, même la fureur d'un conflit mondial ne peut couvrir des excès trop importants et répétés. Ce jour-là, en m'imposant comme roi, j'ai négocié l'ordre. Plus de Transformés aléatoires. Nous avons mis en place un protocole de soumission de candidatures : lorsqu'un humain est accepté, il perd ses droits civiques humains et « renaît » dans la base de données vampirique. Officiellement mort administrativement d'un côté en échange d'une promesse d'éternité de l'autre. Évidemment, on a mis en place un système permettant aux candidats de faire des donations importantes à son créateur afin de contourner les règles : là où l'État pensait récupérer des successions, il n'a eu que des miettes qu'on a volontairement laissées traîner. Et comme dans tout système où il y a une sélection, cela a créé une compétition féroce.

Devenir un Transformé est désormais un privilège et un prestige. Chaque cible approuvée est venue renforcer ma cour sur laquelle j'ai bâti mon royaume, pierre après pierre, au point que nul ne puisse le conquérir, pas même les Originels. Leur présence silencieuse depuis quelque temps est pathétique : les grands guerriers waris maudits n'ont aucune des subtilités nécessaires pour dominer ce monde. Ici, le jaguar et le condor ne leur sont d'aucun soutien dans la fureur de la modernité. Ils se sont rassemblés pour tenter un contre-pouvoir politique lorsque notre statut a été bien implanté. En oubliant volontairement que c'est moi qui nous ai mis à cette place. J'ai joué avec chaque pion – des femmes notamment –, parce que j'ai toujours su comment les manier à ma guise et qu'elles-mêmes peuvent obtenir bien plus avec leur corps que ce qu'un long traité ne scellera jamais.

Là, j'ai mis le doigt sur la raison pour laquelle Hana me déplaît autant : elle n'entre pas dans la mécanique. Elle ne cherche pas la couronne, ni l'amour, ni la reconnaissance. Elle ne « veut » rien de moi. Elle veut des résultats. Et ce désir-là ne se flatte pas : il se contrôle… ou il se prive. Voilà, refaire mon parcours depuis les caves de Montmartre au luxe de l'Élysée a transformé ma colère en certitude. J'ai survécu à mon créateur. J'ai tué mes mentors. J'ai écrasé mon rival. Alors, une humaine ? Je trouverai la faille. J'en ai toujours trouvé une. Et elle ne

fera pas exception, parce que j'ai déjà un début de piste : son sang que je me suis procuré dans le laboratoire de l'université où elle fait son bilan de santé tous les ans. Il me fascine. Il porte un écho que je n'avais jamais goûté, un parfum de lune brisée. Avec Amaru, c'est la seconde dont le sang a quelque chose de nouveau pour moi qui en ai pourtant bu jusqu'à plus soif depuis des siècles. Quant à son esprit imperméable à mon hypnose ? Je ne le briserai pas, parce que j'en ai besoin, mais je le marquerai de mon sang jusqu'à forger une cage si parfaite qu'elle n'aura d'autre choix que d'accomplir ma volonté pour pouvoir continuer d'exister.

Je relève la coupe brisée en faisant le parallèle avec Hana et la jette contre le miroir. Le cristal éclate. Sous la lumière des lampes, des fragments me renvoient mon visage en morceaux. Dans chacun, je lis une vérité : le serf, le disciple, le roi. Et maintenant, l'obsédé. Parce que Hana sera mienne. Parce que je refuse un monde dans lequel quelqu'un m'échappe !

Chapitre 10

Alexeï

Elle ne le sait pas. Anastasia se plaint de fatigue, de migraines sourdes, d'un étourdissement qui brouille les bords du monde quand elle se lève trop vite. Elle dit que c'est le poids des audiences, l'air sec, la saison qui tourne. Elle boit les tisanes qu'on lui apporte, elle sourit pour rassurer ceux qui s'inquiètent trop fort. Elle cherche la faute chez elle, comme toujours. Moi, je n'arrive plus à jouer à ce jeu. Je connais ce palais : ici, rien ne s'use par hasard. Quand un corps décline sans raison claire, c'est qu'un esprit a décidé de la pente.

Je marche pour ne pas hurler. Le couloir nord-est le plus nu : pierre brute, pas de tapis pour étouffer les pas, seulement une lumière grise qui n'éclaire personne. Je compte jusqu'à quatre sur chaque respiration, j'allonge l'expiration. La colère ne doit pas décider à ma place. Je vais l'écrire comme un problème : symptômes + absence d'explication médicale + contexte = action occulte. Et comme je sais qui, ici, collectionne les artefacts occultes comme d'autres collectionnent les médailles, l'équation prend une forme simple. Lucian.

Aux yeux du monde, il a poli sa silhouette jusqu'à la rendre rassurante. Les ministres aiment ses phrases léchées, les diplomates aiment ses sourires onctueux, les humains se plaisent à croire qu'il appartient au même théâtre qu'eux. C'est un masque. Je me souviens de ce qu'il y a dessous : pas une légende, pas un dieu – un apprenti. Un petit assistant d'alchimiste aux doigts tachés. Un homme qui, depuis des siècles, n'a jamais cessé de mettre les mains dans les rituels. Il a appris à cacher cette part-là, parce qu'elle effraie désormais les salons au lieu de les distraire, mais il ne l'a jamais quittée. C'est elle qui a nourri sa puissance actuelle. Nous sommes déjà des créatures de la nuit, mais lui y a ajouté la magie noire. C'est elle qui a modelé le monde autour de lui, nuit après nuit, jusqu'à rendre ses obsessions contagieuses.

Je m'arrête devant une fenêtre. Au loin, un marteau impose une cadence inutile à la cour : trois coups, pause, deux coups, pause. La maison a toujours l'air de

respirer à son rythme. Voilà sa vraie magie : il ne lance pas des éclairs, il règle les habitudes. On finit par marcher à sa mesure sans s'en rendre compte. Et quand on marche assez longtemps comme ça, on ne sait plus si l'on est fatigué par soi-même ou par un autre.

Je ferme les yeux et je laisse remonter ce que j'ai vu. Je n'ai pas besoin d'inventer : j'ai servi ses obsessions de l'intérieur. L'Égypte d'abord. La chaleur qui s'accroche aux ombres, le sable dans la gorge, l'odeur des papyrus qui pourrissent à l'abri du soleil. Sa commande tenait en trois mots : « le sceptre hérétique ». Une rumeur courait dans une vallée que seuls les guides les plus avides acceptaient de montrer : un prêtre avait volé un fragment de soleil et l'avait enchâssé dans un bâton fendu. C'était suffisamment absurde pour qu'il y voie un signe. J'ai descendu un escalier qui n'était plus qu'une pente, serpenté dans un couloir où l'air s'étranglait, rampé sous une dalle tombée de travers. Je l'ai trouvé, ce bâton : rien qu'un morceau de bois cerclé de métal terni, coiffé d'une pierre aux reflets morts. Je l'ai rapporté. Il l'a posé sur une table, a demandé du sang : il attendait une étincelle. Elle n'est pas venue. Il a brisé l'objet d'un coup sec, puis il a demandé un autre mythe à poursuivre. J'ai compris ce jour-là que ce n'était pas la réussite qui le tenait debout : c'était la chasse. Il ne cherchait pas un sceptre, il cherchait une confirmation.

Rome ensuite. Les arrière-salles du Vatican où l'on classe les miracles qui ne plaisent pas au dossier officiel. On m'avait recommandé trois archivistes : j'en ai acheté deux et convaincu le troisième de ne rien voir. J'ai feuilleté des registres jaunis : guérisons « trop rapides », exorcismes « incomplets », apparitions « sans témoin suffisant ». Mes instructions étaient claires : relever tout ce qui ressemble, de près ou de loin, à notre malédiction – brûlures « à la lumière », peau qui refuse le jour, fièvres calmées par « une gorgée de sang ». Je recopiais, je classais. Quand je suis revenu, il a lu mes notes non pas pour les contester, mais pour y chercher un motif qui épouse sa croyance. Là où un autre aurait vu des accidents de langage, il dessinait des pistes. Il m'a demandé des reliques : un morceau de bois touché par une procession sainte, une fiole d'eau sacrée, des linges posés sur des fronts trop chauds. Il les a fait tremper, brûler, saigner. Rien n'a répondu. Il a parlé de patience, il a parlé d'échelle, il a parlé d'indices. Il n'a jamais parlé d'abandonner.

L'Afrique, enfin. C'est là que j'ai eu honte pour de bon. J'étais parti en pensant qu'il utilisait des superstitions anciennes comme on recouvre un bruit avec un autre. Je me trompais. Les rumeurs venaient de lui. J'ai retrouvé, dans un port de Tanzanie, des ballots de brochures imprimées à bon marché : gravures grossières,

titres faciles à répéter, phrases qui claquent à la bouche des hommes pressés. « Magie des sacrifices d'albinos ». Au dos d'un jeu d'épreuves, dans la marge, j'ai reconnu son écriture : « Mythe utile – à disséminer pour obtenir la marchandise. » Ce mythe-là n'était pas né des peuples qu'on accusait. Il était né de son obsession à lui. Il avait créé les images, calibré les mots, choisi les relais : missionnaires zélés, administrateurs qui veulent tout comprendre sans rien voir, reporters en quête de frisson. Et, sous ces papiers, il y avait des corps. Des enfants arrachés, des adultes cachés, de la peur vendue à la découpe. Tout ça parce qu'il croyait que certaines anomalies humaines – peaux trop pâles, yeux trop clairs, maladies qui imitent nos brûlures – contenaient un écho de notre malédiction. Et que cet écho pouvait se boire, se transférer, se détourner. Dans leur sang, il cherchait notre soleil.

Je rouvre les yeux. Le couloir est toujours là, égal à lui-même. Je ne suis pas un moraliste, je n'ai jamais eu la vocation d'être un saint. J'ai obéi, j'ai couvert, j'ai participé. Officiellement, je continue : je cherche des artefacts, je négocie des accès, je corromps des bibliothèques. C'est ma couverture. C'est aussi mon angle d'attaque : c'est le seul moyen de suivre ses travaux secrets au plus près, de voir, non pas ce qu'il dit, mais ce qu'il fait quand personne ne regarde. J'empile des carnets, je

recopie ses marges, je note ses tics. Je fais mon dossier. Un jour, je sais qu'il servira.

Je repense à Anastasia derrière la porte de sa chambre et à sa façon de tenir droite quand le monde veut l'allonger. Elle refuse ma peur. Je l'aime pour ça et je le lui reproche, tout à la fois. Mais je n'essaierai pas de lui imposer mon vocabulaire. Je veux seulement que le sien ne la tue pas. Je sais ce que je dois faire pour ça : continuer de jouer mon rôle, pour qu'il ne se méfie pas, tout en cherchant les points où la maison se dérègle. Les lieux qui ne lui répondent pas tout à fait. Les rituels qu'il n'arrive pas à imposer. Parce que, quand on enlève le vernis à sa légende, il reste un assistant d'alchimiste qui court après un remède et fabrique des mythes pour justifier sa course. Je pense aux nuits où j'étais à lui sans comprendre pourquoi. À ce moment où j'ai cessé d'appartenir à Raspoutine pour me donner à Lucian. Je ne sais pas comment il l'a fait. Je n'ai jamais su. Je me suis réveillé un matin, et son ombre était la mienne. C'est peut-être le plus dangereux chez lui : il vous prend sans vous toucher.

J'arrive enfin à mon cabinet et sors trois carnets de mon secrétaire. Le premier contient la liste de tous les objets que j'ai rapportés ces dernières années. Poignard d'obsidienne inca, sceptres, fioles, linges, « dents de saints », pierres « tombées du ciel », reliques d'ossements attribués à des martyrs de toutes les religions : la liste est

aussi longue que diverse.

Le second reprend les mythes qu'il a semés pour les couvrir : les confréries, les albinos, la magie vaudou et bien d'autres.

Le troisième, c'est le mien : des dates, des heures, des lieux où la maison obéit moins, des noms de gens qui, par hasard, semblent moins sensibles à sa présence. J'ajoute mes observations des derniers jours.

- « Chapelle latérale – son absorbé, pas d'écho, voûte trop basse, angle faux ».
- « Aile sud, escalier B – marche 7 sonne différemment ».
- « Bureau d'H. – horloge arrêtée, personne ne la remonte, personne ne la remarque. »

Ce n'est pas un plan. C'est une carte. Dont j'aurai besoin un jour. Je ferme les carnets et respire. Si je tiens encore, c'est parce que je fais semblant d'être le même. Officiellement, je reste le bras droit à l'ombre du roi : je signe des dépêches, je reçois des envoyés, je décline des invitations. Officieusement, je compile ses obsessions et j'attends le moment où l'une d'elles le trahira.

Puis je me laisse aller à penser à Hana. Je pourrais dire que si je pense à elle, c'est parce qu'elle me fournit un outil contre lui. Ce serait faux, ou en tout cas incomplet. Je pense à elle parce qu'elle résiste à son hypnose. Je

devrais la voir comme une clef que je glisserais dans sa serrure. Je devrais n'y voir que stratégie. Mais quand elle est devant moi avec son regard si particulier sur le monde, quelque chose en moi bouge à un endroit que je croyais muré. Je n'aime pas ce que ça dit de moi. J'ai appris à ne pas aimer ce qui me rend vulnérable. Et pourtant...

Ce n'est pas le moment. S'il empoisonne ma sœur, et tout en lui me le crie, je l'obligerai à quitter sa salle des illusions et à devenir de nouveau ce qu'il a toujours été : derrière ses atours de roi, il reste l'élève obsédé, celui qui tripotait des poudres dans l'ombre. On combat mieux les monstres quand on les voit sans leur théâtre. Les lignes invisibles qu'il a tendues autour de nous ne sont pas des murs : ce sont des fils. On peut les couper, un par un, si l'on accepte de saigner un peu...

Chapitre 11

Hana

Je recommence encore par une liste, parce qu'il n'y a qu'ainsi que je peux dompter le chaos. Si je ne range pas mes pensées dans des cases, elles s'entrechoquent, elles ricochent sur les murs de mon crâne et je finis incapable de me concentrer. Alors je trace quatre colonnes dans mon cahier, à l'encre fine, droites comme des murs : ce que je sais, ce que je soupçonne, ce que je peux vérifier, ce que je n'ai pas le droit d'écrire. Rien qu'en alignant ces titres, ma respiration se régularise, mon rythme cardiaque s'apaise.

Dans la première colonne, j'inscris sans hésiter :

- A = sang vampirique contaminé par lumière →

poison chronique.

- S—0 = non humain, non vampire, résistance atypique → piste contrepoison.

Mes lettres sont nettes, toutes de la même taille, me procurant un confort visuel qui compte plus que les mots eux-mêmes. Dans ce que je soupçonne, j'ajoute :

- Échantillon interne ajouté hors registres.

La formulation est volontairement neutre et mes mains tremblent à peine en l'écrivant. Dans ce que je peux vérifier, je note :

- Poids, trajets, bruit, froid, cycles de compresseur.

Enfin, je laisse évidemment la dernière colonne vide : elle contient déjà trop, rien qu'avec son titre, mais constitue un rappel important. Je ferme le cahier dans un claquement sec, le cale sous mon bras et pars vers le laboratoire. Inès est déjà là. Comme elle me salue sans lever la tête, je me penche aussitôt sur la feuille d'accompagnement des livraisons. Trois caisses isothermes, origine déclarée :

- ✓ Laboratoire externe –
- ✓ Strasbourg.
- ✓ Nombre de tubes : 36, 36 et 24.

✓ Poids déclarés : 8,480 kg, 8,475 kg, 5,060 kg.

J'inscris mentalement ces chiffres, les range dans ma mémoire comme dans un tableur invisible.

— Je prends la A, lancé-je en soulevant la caisse.

Lorsque je la dépose sur la balance, j'ai la confirmation : 8,492 kg. Douze grammes de plus que prévu. Toujours les mêmes douze grammes, réguliers, impossibles à attribuer au hasard, que j'ai remarqués sans y songer vraiment. Jusqu'à ce qu'une idée s'assemble dans ma tête : tube fantôme ? Parce que, s'il n'est pas notifié dans le bordereau de livraison...

Nous ouvrons ensemble les caisses, nous comptons les tubes à voix basse. Vingt, trente, trente-six. Les scellés crissent, les mousses se replacent trop vite, et pourtant, tout a l'air impeccable. Pas un tube de trop, mais mes yeux enregistrent les empreintes de doigts, les pressions sur les couvercles, ces petites anomalies que personne ne voit jamais. Il y a donc un échantillon plus dense, plus lourd... dont le sang est différent, et je sais déjà duquel il s'agit. Plus tard, je demande à passer par le petit laboratoire froid, prétextant une vérification de packs de glace. C'est risible comme excuse, mais personne n'ose me contredire : je suis « l'experte », et ça leur suffit. Ce que je veux, ce sont les bruits, parce que les machines parlent si on les écoute. Le compresseur vrombit trois secondes, s'interrompt une seconde, reprend. Je m'habitue à son rythme, je le grave dans ma tête. Enfin, à 01 h 17, il se déclenche plus fort, plus longtemps pendant cinq secondes, comme s'il compensait une ouverture. Pourtant, aucune porte du niveau ne s'est ouverte. Je note aussitôt :

- Colonne froide N0 ↔ N-1 → dérivation N-2.
- Une signature sonore. Y a-t-il un passage caché ?

J'ai repris ma routine l'air de rien et j'ai patienté. À l'aube, je descends par l'escalier. Au niveau -1, l'odeur change : métal, linge humide, détergent. Là, je repère les marques au sol, deux lignes parallèles tracées dans la poussière devant la porte de la réserve technique. Serrure ancienne collée à une plaque moderne. Un mariage absurde, signe qu'on veut cacher plutôt que sécuriser. L'air qui s'en échappe est plus froid. Je ne m'arrête pas. Je mémorise. J'ajoute à mes schémas invisibles et décide de rester au laboratoire plutôt que de rentrer dans mon studio. Pas par choix, mais par stratégie. Inès m'a fait savoir que son employeur s'impatientait de mon absence de résultats tangibles lorsque j'ai voulu revérifier des données plutôt que d'en tester des nouvelles. Message reçu. J'ai répondu que je rattraperais le « temps perdu inutilement » aux yeux de ce mécène exigeant. Donc, si quelqu'un vient vérifier, je serai là, penchée sur mes notes. Je travaille plusieurs heures, puis mes paupières se

ferment malgré moi. Je m'effondre sur la paillasse, le front contre mon cahier, la respiration lourde. Et je rêve.

L'oiseau revient. Le condor. Plus net que jamais, là où les fois précédentes, il n'était qu'une ombre. Ses ailes sombres s'étirent, vastes, traversées de reflets argentés. Il plane, son cri fendant l'air résonne jusque dans mes os. Je tends la main. Il plonge, m'enveloppe dans une spirale glacée. Je sens ses plumes frôler ma peau, tangibles, réelles.

Je me réveille en sursaut. Mon cahier colle à ma joue, mes doigts sont engourdis. L'air du labo est immobile, parfaitement stable. Pourtant, quelque chose bouge. Une... plume tourbillonne lentement, flottant sans souffle d'air. Je reste figée alors qu'elle virevolte comme m'invitant à la suivre. Ce que je fais sans vraiment réfléchir, mue par un fil invisible... jusqu'à la porte où j'ai senti le froid s'infiltrer ! Mon cerveau s'emballe, cherche une explication. Mais n'en trouve aucune. Me baissant, je ramasse la plume et suis surprise de la sentir bien réelle sous mes doigts : je m'attendais à une illusion de mon cerveau fatigué, mais elle est bien là, dans ma main, légère, douce et glacée. Quelle est cette anomalie ? Est-ce que je délire ?

Je reste longtemps immobile, les yeux rivés sur l'endroit où elle s'est posée.

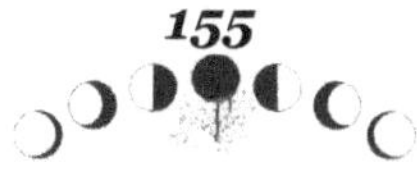

Amaru

Tous les trois jours, il vient. Lucian. Sa soif de sang le précède, envoyant des ondes dans mon corps avant même qu'il n'apparaisse. Il perce ma veine, boit à ma gorge, et prélève les tubes qu'il envoie à « l'experte » comme il dit, celle qu'il a recrutée. Une femme. Une humaine. Chaque prélèvement me vide un peu plus. Mon sang est ma force, ma magie, et il l'arrache pour nourrir ses projets. Il veille toutefois à toujours me maintenir en vie, mais sans forces suffisantes pour me régénérer. Je reste prisonnier dans cet entre-deux, suspendu entre vie et mort. C'est sa cruauté parfaite.

Et puis je l'ai sentie. Une autre présence qui détonne, qui n'appartient pas à ce lieu englué dans la nuit. Depuis qu'elle est là, je la sens. Son esprit est différent, avec une vibration unique. J'ai essayé de l'atteindre. J'ai lancé l'esprit du condor, encore et encore. Mais chaque fois que je regagnais un peu d'énergie, elle s'éloignait déjà, hors de portée. Alors, il ne lui restait que des rêves brisés, des ombres sans voix.

Ce soir est différent. Je la sens rester, juste au-dessus de moi. Ma maigre régénération me rend un fil de magie. Je concentre tout, je ferme les yeux. J'appelle le condor. J'offre mes forces à l'oiseau pour qu'il vole jusqu'à elle. Si elle entend, si elle comprend, peut-être que je ne mourrai pas ici, seul, réduit à une veine nourrissant juste mon bourreau.

— Viens, soufflé-je dans le noir. Viens à moi.

Et cette fois-ci, je sais qu'elle m'entend ! Alors, je m'accroche et attends…

Chapitre 12

Hana

Je ne dors pas vraiment la nuit suivante. Chaque fois que mes paupières se ferment, je revois la plume. Elle est toujours glissée dans mon cahier, coincée entre deux pages, preuve matérielle que quelque chose m'a échappé. J'ai cherché une explication rationnelle, évidemment. J'ai même démonté une partie des conduits d'aération pour voir si une fibre textile n'aurait pas pu se détacher et flotter par hasard, mais non. Tout est trop net, trop précis. Alors je fais ce que je fais toujours : je range le phénomène dans une catégorie. Je trace une nouvelle colonne dans mon cahier et j'y note :

- Anomalies à tester ???
- Plume apparue dans le labo, pas de courant d'air, pas d'entrée animale possible.

Je n'ai pas besoin de comprendre maintenant. Je vérifierai. Mais il y a autre chose, quelque chose de plus solide, plus sûr : les douze grammes supplémentaires dans les livraisons, les cycles du compresseur, les marques au sol. Tout pointe vers le même endroit. Vers la réserve technique. Vers cette porte au fond du couloir, trop froide pour n'être qu'un local de rangement. Je décide que, demain matin, lorsqu'Inès et Vasseur se retireront dans leurs quartiers, j'irai fouiner. En prévision de cette nuit/journée blanche, je prépare l'expédition avec la même rigueur qu'une expérience. J'établis un planning : créneau optimal entre 8 h et 9 h, quand les rondes se décalent pour le relais des équipes. J'ai observé les caméras, ai noté les angles morts et ai calculé mes pas. J'ai préparé deux grands thermos de café et fait un petit somme en début d'après-midi plutôt que de travailler.

Maintenant, tenant toujours mon cahier sous le bras, je suis devant la réserve technique. Le couloir est désert, les néons grésillent. J'effleure la plaque moderne avec le pass d'un des livreurs, que j'ai subtilisé tout à l'heure en espérant avoir le temps de l'utiliser avant que mon larcin ne soit découvert et que ce pass soit déprogrammé. Heureusement, un déclic discret répond.

La serrure ancienne, rouillée, ne sert donc bien à rien. Je pousse la porte. L'air qui m'accueille est encore plus froid, plus dense. J'entre dans un couloir étroit dont la peinture s'effrite par endroit. Le silence est lourd, ponctué seulement par le souffle d'une machine lointaine. J'avance doucement, mais mes pas résonnent plus fort que je ne l'aimerais.

Au bout, j'arrive devant un mur. Une impasse ? Un passage secret ? Comment l'ouvrir ? Je pose ma main sur les blocs. L'un est légèrement plus poli, un autre plus froid. Je frôle chaque pierre du bout des doigts. Je cherche les indices matériels : poussière déplacée, marques d'usure, différences de texture. Mon cerveau cartographie, additionne. Pourtant, je sens autre chose, une insistance dans l'air, comme une poussée invisible qui me guide vers une pierre en particulier. La septième en partant du bas à gauche de celle qui est très légèrement gravée avec un symbole. Une lune ? Je crois à la science, à la déduction logique… mais je suis cette intuition et m'exécute en poussant sur le bloc… qui s'enfonce !

La paroi vibre. Un grincement sourd, ancien, emplit le couloir. Devant moi, les blocs s'écartent lentement, révélant un passage sombre qui descend dans les entrailles du manoir. Je reste un instant immobile, le souffle court. Puis, je sors ma lampe de poche et m'engage. L'escalier est étroit, taillé dans la roche. L'air devient plus

humide. Je descends jusqu'à une salle où trône un grand frigo métallique. F-1bis. La même typographie que ceux du labo, mais ici, l'un des inserts de mousse a été retaillé, mal découpé. J'approche ma main : c'est exactement la taille d'un tube que je manipule chaque nuit. Je n'ai plus besoin de douter : c'est ici qu'on cache l'échantillon fantôme avant de me le « faire livrer ».

Au fond de la pièce, une autre porte. Basse, discrète, presque banale. J'hésite. Mon cœur bat trop vite. Pourtant, je la pousse, mue par une impulsion que je ne saurais expliquer : je ressens juste le besoin de le faire. L'odeur me frappe d'abord : souillures et sang. La pièce est sombre, mais ma lampe révèle une silhouette derrière une grille. Un homme, attaché, les poignets enchaînés, le torse marqué par la faim et la douleur. Ses yeux brillent dans la pénombre. Je reste figée. Lui aussi. Et je sais tout de suite : c'est lui. Le donneur. Celui dont le sang n'est ni humain ni vampire. L'échantillon fantôme a désormais un visage. Je m'approche lentement, la lampe tremblant dans ma main. Il me regarde et je sens un vertige. Pas seulement parce que je découvre un prisonnier torturé, mais parce que mon corps réagit. Un frisson me traverse, une chaleur étrange, une réaction physique inattendue. J'ai déjà connu ça avec Alexeï : un choc bref, rationnellement inclassable. Mais ici, c'est autre chose. Plus profond, plus ancien. Comme si une part de moi reconnaissait en lui un

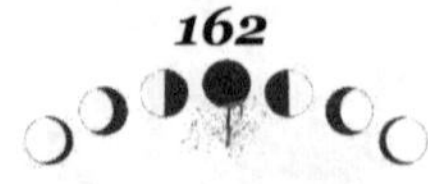

écho inscrit avant ma naissance.

— Qui êtes-vous ? murmuré-je.

Sa voix est rauque, presque brisée.

— Qui es-tu, toi ?

Je serre mon cahier contre moi, comme si c'était une armure.

— Je travaille au laboratoire. On m'a demandé d'analyser des échantillons. Les vôtres.

Un silence. Ses yeux se plissent.

— Alors, tu sais.

Je secoue la tête.

— Je sais seulement que vous n'êtes pas humain. Ni vampire.

Je ne le dis pas, mais dans mon esprit, une hypothèse prend forme. Manipulation génétique ? Hybride ? Une expérience ratée ? Mon cerveau cherche des modèles.

Il se redresse légèrement, malgré les chaînes. Sa voix se fait plus dure.

— Et toi ? Tu es leur esclave ou leur alliée ?

Je baisse les yeux une seconde. Ses mots me brûlent. Je pourrais répondre que je suis indépendante, que je travaille pour la science. Mais maintenant, à défaut d'un véritable mensonge, ce ne serait pas non plus la stricte vérité. Je ne sais plus. Et cette infime hésitation le fait se redresser en dardant sur moi un regard… à l'éclat

d'un oiseau de proie. Pourquoi ai-je encore cette image de condor dans la tête ?! Ce n'est pas une hallucination : son regard me dépouille comme des serres invisibles. J'ai envie de fuir, de noter, de réduire ce trouble à une donnée… mais je n'y arrive pas. La chaleur revient, insistante, et ce frisson me trouble au point d'oublier les mots que j'allais prononcer. Au lieu de parler, je finis par reculer, la gorge serrée.

— Tu reviendras, souffle-t-il dans mon dos alors que je sors le cœur battant trop vite.

Je remonte l'escalier en quatrième vitesse et referme le passage derrière moi. Dans mon laboratoire, je m'effondre sur ma chaise. J'ai trouvé le donneur. Mais ce n'est pas seulement son sang qui m'obsède. C'est ce vertige qui m'a traversée quand nos regards se sont croisés. D'abord Alexeï… et maintenant lui… Mais qu'est-ce qui ne va pas chez moi ? Parce que mon corps réagit avec eux deux comme jamais auparavant…

Amaru

Je sens encore son odeur, différente, étrangère à tout ce que j'ai connu. Elle n'est pas marquée par la malédiction. C'est pour cela que je l'ai reconnue, dès le premier jour. C'est pour cela que j'ai tenté de l'atteindre,

encore et encore, avec l'esprit du condor.

Ce soir, j'ai mis toutes mes forces dans cet appel. Je l'ai guidée pour ouvrir le passage dont Lucian s'est tellement vanté d'être le seul à connaître la clef. Sauf qu'il a oublié m'avoir mis dans la confidence... Je voulais la voir pour l'évaluer, cependant, je ne sais pas qui elle est. Servante de Lucian ? Victime exploitée ? Espionne ? L'esprit du condor l'a sondée, mais n'a pas pu lire son esprit : c'est sans doute aussi pour ça que j'avais tant de mal à l'atteindre...

Pourtant, il y a en elle une clarté que je n'avais jamais vue. Et cette clarté m'attire autant qu'elle me trouble, même si je me méfie. Cependant, je ne peux pas m'empêcher d'espérer. Elle reviendra, je le sais et je devrai à ce moment-là déterminer si je peux remettre ma vie entre ses mains... ou si je dois la tuer.

Chapitre 13

Lucian

Je n'ai jamais cru aux contrats. Les humains se rassurent avec des signatures et des tampons, comme si une encre pouvait les protéger d'un prédateur. Ils croient aux lois parce qu'elles leur donnent l'illusion d'un ordre supérieur. Mais je sais depuis longtemps que les lois ne sont que des hameçons : il suffit de les tenir par la ligne pour les faire plier.

Le recteur était facile. Trop facile. Son sang parlait avant lui. Je l'ai trouvé dans son bureau, tard, luisant de sueur et de fatigue. Il avait laissé une lampe de lecture allumée, ses lunettes glissées sur le nez, un rapport à moitié relu. Je n'ai pas frappé. Je n'ai pas eu besoin de parler. Je me suis avancé, et quand il a levé les yeux, j'étais déjà sur lui. Je l'ai saisi par l'épaule, pas avec violence, plutôt avec cette fermeté qu'il connaît depuis l'enfance : celle d'un maître qui corrige. Sa bouche s'est ouverte pour protester, mais mes crocs étaient déjà à sa gorge. Je n'ai pris qu'une lampée. Juste assez pour lire. Le sang dit tout. Le sang ne ment jamais. J'y ai vu ses angoisses, sa carrière suspendue à mes subventions, ses compromis déjà avalés avec une docilité qui me fait sourire. J'ai suivi le fil de ses souvenirs : les premiers échanges avec Hana, sa surprise devant son génie, son hésitation à la recruter si jeune… Puis l'idée brillante qui lui avait permis de franchir l'obstacle légal : une procuration, signée par une adolescente qui imitait maladroitement la signature de son père absent. Le document n'a jamais été annulé quand elle est devenue majeure. Une faille.

Voilà ce que je cherchais. Un mot qui n'aurait jamais dû avoir de valeur, mais qui, dans ce monde de papiers, a le poids d'une chaîne. Je n'ai même pas eu besoin d'inventer : il m'avait déjà offert la clef, des années plus tôt, par simple négligence. Je l'ai relâché. Il a titubé, ses doigts tremblaient sur son bureau. Son souffle haletait. J'ai posé la main sur son crâne et j'ai planté ma voix dans son esprit. Les mots se sont enfoncés comme des clous dans du bois tendre.

— Tu vas envoyer un mail à mademoiselle Deschamps. Tu vas lui annoncer que ses projets

personnels sont suspendus. Qu'elle est désormais affectée exclusivement aux travaux subventionnés par mes soins. Tu joindras l'addendum, signé par toi. Et tu préciseras que, puisque la procuration de son père est toujours valide, ton autorité prévaut en tant que supérieur hiérarchique.

Il a hoché la tête, hébété. Ses yeux se sont embués, ses lèvres ont remué pour formuler des phrases qui n'existaient pas. J'ai poussé un peu plus loin, parce que j'aime perfectionner mes œuvres.

— Et tu ne te souviendras pas de moi. Tu croiras avoir passé la nuit avec ta secrétaire. Tu en garderas la fatigue et la honte, mais aussi la satisfaction trouble. Si l'on t'interroge, tu expliqueras ton état par ta faiblesse et tu te repentiras.

J'ai vu le sourire niais se dessiner déjà sur ses lèvres. Une caricature de plaisir. La mémoire se gravait dans son sang au fur et à mesure que je la dictais. Parfait. Quand je suis sorti de son bureau, il croyait avoir commis un adultère banal. Je lui avais volé une procuration et offert une illusion de luxure. C'est tout ce qu'il mérite. Désormais, Hana n'a plus aucun filet. Plus d'université pour la protéger, plus de clause lui garantissant des marges de manœuvre. La confidentialité absolue l'isole de tous. Les humains n'ont plus leur mot à dire, ils ne chercheront même pas à parler. Elle est enfermée dans ma cage sans même le savoir. Il ne me reste plus qu'à la marquer.

Je la trouve, comme toujours, debout dans son laboratoire, les yeux rivés sur les chiffres, les mains crispées sur son cahier. Elle croit encore que ses listes, ses protocoles, ses colonnes lui donneront du temps. Elle croit pouvoir se cacher derrière des hypothèses, comme si les nombres pouvaient me ralentir. Elle se trompe. Je n'annonce pas ma présence. Je remplis simplement l'air derrière elle, et déjà, je sens ses épaules se crisper. Elle le sait, avant même de me voir. Je prends son rapport et le feuillette. Des vérifications. Toujours des vérifications et aucune hypothèse.

— Vous vous réfugiez derrière vos chiffres, murmuré-je. Comme si les colonnes pouvaient vous protéger.

Elle tente de se justifier, parle de science, de patience. Sa voix est trop haute, trop rapide.

— Vous demandez du temps, mais je ne nourris pas mes sujets de patience.

J'avance. Elle recule jusqu'au plan de travail. Dans un éclair, je pose ma main sur sa mâchoire et l'oblige à l'ouvrir avant de fondre sur sa bouche. Je coupe nos langues sur mes canines pour faire couler le sang et

appose ma marque dans sa chair aussi bien que dans son esprit. Là, ce n'est pas pour me nourrir, c'est pour punir. Elle suffoque, ses yeux se brouillent, sa gorge s'embrase. Son corps se tend comme un arc. Je sens ses veines s'ouvrir pour accueillir ma présence. Je prolonge le geste en jouant avec sa langue brutalement, non par désir, mais par vengeance. J'y déverse assez de mon essence pour que mon sang circule en elle. Ses muscles se figent, ses nerfs s'embrasent, ses sens s'ouvrent trop grand. Elle perçoit tout à la fois : le vrombissement du compresseur, le cliquetis d'un tuyau, la poussière dans l'air. Elle halète et je la retiens d'une main pour qu'elle ne s'effondre pas trop vite. Puis je recule. Elle s'écroule contre la paillasse, les lèvres souillées de mon sang. Je m'essuie négligemment. Les yeux écarquillés, elle balbutie une question que je lis avant qu'elle ne parle.

— Non, pas encore une transformation. Pas entièrement. Mais assez pour que vous sentiez ma présence à chaque battement de cœur. Il faut deux échanges de sang pour que vous deveniez vampire à votre tour…

Je me délecte du dégoût et de la panique qui monte en elle.

— Vous avez cru que l'université vous protégeait ? Les autres firmes vampiriques ont peut-être respecté votre décision de ne pas collaborer, mais ce n'est pas mon

cas. On ne me dit pas non à moi. J'ai dû régler le petit détail que représentait votre contrat avant de pouvoir agir. Et c'est chose faite. Le recteur vous a déjà libérée de vos obligations. Juridiquement, vous êtes désormais à moi. Et maintenant, vous l'êtes aussi physiquement.

Je vois ses mains se crisper sur le cahier. À son regard, je devine ce qu'elle fait : rationaliser avec son esprit. Elle veut noter, classifier ce qu'elle ressent. Qu'elle écrive. Qu'elle remplisse ses colonnes. Tout cela ne l'empêchera pas de recevoir mes visions. Car c'est cela, le vrai cadeau que je lui ai offert. Dès qu'elle fermera les yeux, elle verra ce que je veux qu'elle voie : les autels maculés de sang, les corps sacrifiés, les flammes noires qui s'élèvent, les rituels que j'ai accomplis pour renforcer ma puissance. Elle revivra mes cérémonies, mes supplices, mes serments occultes. Elle partagera mes cauchemars comme si elle y avait participé. Chaque seconde de silence, chaque clignement de paupières la ramènera à moi. Je pose un doigt sur sa tempe, juste assez pour la faire frissonner.

— Résistez, si vous voulez. Plus vous lutterez, plus ce sera douloureux.

Je me détourne, satisfait. Je n'ai pas besoin d'ajouter un mot. L'intrusion est déjà là. Son corps la trahit. Son esprit commence à céder. Je quitte le laboratoire sans un bruit. Le silence que je laisse derrière

moi est plus lourd qu'un hurlement.

Elle croit peut-être encore pouvoir se réfugier dans ses colonnes : elle comprendra bientôt qu'aucune équation n'arrête une marque de sang. Et quand elle cédera enfin, je serai là pour recueillir ce qu'il restera d'elle et l'exploiter comme bon me semble.

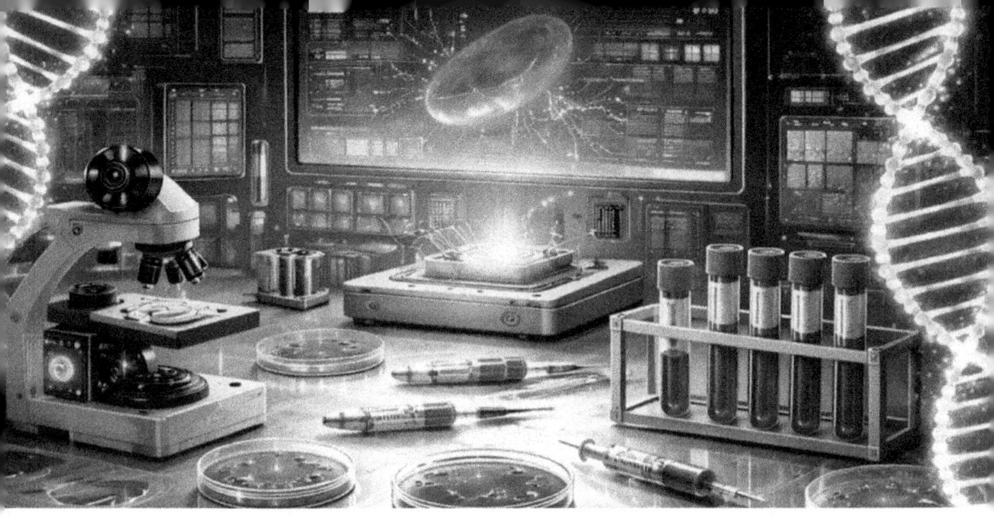

Chapitre 14

Hana

Avant que je comprenne ce qu'il veut, ses doigts d'acier m'immobilisent. Ses lèvres effleurent ma peau, puis la morsure explose dans ma gorge. C'est une brûlure et une caresse en même temps, une douleur qui vrille mes nerfs et une chaleur qui s'infiltre comme une drogue. Mes mâchoires se crispent, mes yeux se brouillent, chaque fibre de mon corps sait que je suis en train de céder, pas à la douleur, mais à l'intrusion. Puis une douleur tranchante, brûlante, comme si on me perforait à vif. J'essaie de crier, mais ma bouche est déjà prise.

Car il ne s'arrête pas là. Il m'embrasse. Mon premier baiser est brutal, comme une possession. Je sens le goût métallique du sang qui coule de sa langue à la mienne. Il m'impose son essence. Je suffoque, je lutte, mais chaque muscle se fige, comme cloué par la chaleur glacée qui se déverse dans mes veines. Je tremble de tout mon corps, mon cœur cogne comme une alarme. L'air du labo semble résonner : je perçois chaque vibration de machine, chaque goutte d'eau dans un tuyau, chaque grain de poussière suspendu dans la lumière. Mes sens hurlent face à cette surcharge violente. Quand il se recule enfin, je m'effondre contre la paillasse, haletante. Lui, droit, serein, essuie du revers de la main une trace de sang à la commissure de ses lèvres comme s'il était à une table mondaine. Je reste figée pendant de longues minutes alors qu'il s'est glissé sans bruit hors de la pièce : il vient de fracasser mon monde dans un silence assourdissant… Lorsque je parviens enfin à me sortir de mon état de sidération, je ne retire pas ma blouse de labo. Je ne me lave pas les mains. Je ne bouge pas. Je m'accroche à la surface plane de la paillasse comme à une rive. Mes doigts ne sentent plus le métal, seulement la chaleur glaciale étrangère – c'est antinomique comme expression, mais aucune autre ne me vient à l'esprit pour décrire cette sensation – qui bat désormais sous ma peau. Je ne veux pas me souvenir de son sourire satisfait, ni de la pression à la base de ma nuque, ni de la brûlure. Ni du message qu'il m'a fait passer par son sang dans le mien : il est Lucian

de Lys, roi des vampires, et je lui appartiens désormais. Je refuse d'y croire. Alors je fais ce que je sais faire : je dresse des colonnes

- Tachycardie.
- Hyperacousie.
- Hypersensibilité lumineuse.
- Frissons paradoxaux.
- Goût métallique persistant.
- Odeur d'ozone intermittente.
- Sensation de « traction oblique » rétrosternale (note : s'intensifie par vagues).

Mon stylo griffe le papier plus vite que ma respiration. Je règle les marges, j'aligne les lettres, j'évite soigneusement tout adjectif. Quand l'encre menace de baver, j'interromps la ligne et je respire en quatre-six, par le nez, en posant la langue au palais. J'ai besoin d'un protocole. J'ai besoin d'une sortie. Une vibration sèche grésille contre la paillasse. Mon téléphone. Une notification. L'expéditeur affiché me serre la gorge plus sûrement qu'une main : « Recteur – Université ». J'ouvre. Les mots sont lisses, administratifs, rédigés dans cette neutralité qui prétend tout justifier : « Compte tenu de l'importance des travaux subventionnés... addendum signé me conférant la latitude d'ajuster vos obligations... libérée de vos projets personnels... clause de

confidentialité renforcée… obligations nouvelles à effet immédiat… au regard de la procuration versée au dossier… »

J'arrête de lire à « procuration ». Un souvenir remonte : une photocopieuse, l'ombre de la signature de mon père imitée encore parce qu'il ne répondait jamais aux convocations de négociation de contrat. Au départ, pour lui, j'étais invisible, mais après avoir quitté la maison, je suis morte. J'avais pensé sur le moment la révoquer à ma majorité, puis j'ai oublié, perdue dans les recherches. Maintenant, ce qui n'était qu'un bout de papier a le poids d'une chaîne fermée par un boulet. Je dépose le téléphone, face contre la table. Je trace une nouvelle ligne.

- Statut administratif : isolée.
- Filet humain : coupé.
- Autorité de recours : nulle.

La « traction oblique » s'affûte sous mon sternum, comme si les mots du mail avaient excité la chose qu'il vient d'implanter en moi. Je ferme la main et pique l'ongle dans ma paume jusqu'à la douleur. La voix de ma mère revient, non comme un souvenir, mais comme une brûlure. Parce que je n'ai pas cédé. On m'a prise. Mon cerveau voudrait discuter la nuance, mais je refuse l'analyse. J'inscris seulement : « solution à trouver ?! »

Et je pense à lui. Pas à Lucian. À l'autre. À la silhouette enchaînée. À ses yeux qui ne me dévoraient pas, mais qui me tenaient. Un lien se dessine dans ma tête, aussi net qu'un graphique.

- Prisonnière + prisonnier = deux forces en appui, potentiel de bascule.

J'attrape la plume coincée entre deux pages, froide au toucher, avec ce poids infime qui n'appartient pas au papier. Je n'écris plus. Je me lève. J'agis.

Je descends plus lentement que la dernière fois, non parce que j'hésite, mais parce que mon corps m'envoie des signes contradictoires depuis l'intrusion de Lucian. Une chaleur froide qui s'installe derrière le sternum et pulse à intervalles réguliers. Un éclair de faim qui n'est pas alimentaire et que je refuse de nommer. Une hyperacousie qui transforme le moindre ruissellement dans les tuyaux en clochette de verre. Et, surtout, cette impression d'être traversée par un fil glacé comme tiré depuis quelque part au-dessus de moi, un fil qui aurait la voix basse de Lucian.

La porte s'ouvre, le couloir avale mon souffle et l'air change – odeur de métal, de pierre humide, d'un sang ancien déjà mêlé à la poussière. Je connais désormais cette signature, je l'ai inscrite dans ma tête comme un spectre sur un chromatogramme, et elle me guide mieux

que n'importe quel plan. Enfin, la cellule. Il m'attend et me parle avant que j'aie pu ouvrir la bouche. Ce soir, il me donne son nom – Amaru Chavín –, se présente comme un chasseur wari. Ce que je retiens surtout, c'est la partie « ennemi de Lucian jusqu'à ce qu'il ne soit plus ». Et qu'il peut peut-être m'aider à lutter contre la marque qu'il sent chez moi.

Avant de descendre, j'ai pensé à la dernière minute à préparer de quoi l'aider à reprendre des forces en un temps record : l'avantage de connaître le métabolisme et la régénération cellulaire, même quand la physiologie n'est pas strictement humaine. Il tient sa tête contre le mur comme quelqu'un qui aurait appris à économiser chaque geste et qui, en m'entendant, décide de dépenser une unité de mouvement pour tourner le visage vers moi. Ses yeux dans l'ombre brillent avec cette intensité particulière qui me trouble encore plus maintenant que je sais, cette intensité non pas « vampirique » – parce qu'il ne l'est pas – mais de survivant, comme si la lumière qui lui reste avait appris à ne pas se gaspiller.

— Bois, le poussé-je en lui glissant la décoction énergétique. Cela va t'aider. Ensuite, dis-moi comment.

Il avale goulûment.

— Chez les miens, explique-t-il enfin, quand nous devons détourner une force trop grande pour un corps seul, nous nous lions. C'est ce que je peux faire pour toi.

Lier ton sang au mien pour que celui de l'autre ne te capture pas tout entière.

Ce n'est pas une réponse qui satisfait mon cerveau. Je serre la plume dans ma poche – la plume du condor trouvée dans le labo, apparue sans courant d'air. Ce n'est pas une preuve. C'est un objet. Et le monde matériel demeure mon alphabet.

— Décris. Précisément.

— Nous faisons simple, répond-il dans un souffle, parce que nous n'avons ni copal,[22] ni pierre sacrée, ni les quatre directions sous le ciel. Nous n'avons que des veines et la mémoire. Tu ouvriras ta peau d'une coupure brève, je ferai de même, nous laisserons tomber une goutte de ton sang et une goutte du mien sur une surface froide – ici, la pierre suffit – puis tu poseras la plume entre les deux pour qu'elles se rejoignent à travers elle. La plume est l'allée, pas l'objet. Ensuite, tu porteras le sang mêlé sur ta langue, et je porterai le nôtre sur la mienne. Enfin, tu poseras ta paume contre mon sternum et je poserai la mienne contre ton front – nous respirerons ensemble jusqu'à ce que le fil de Lucian diminue. S'il ne diminue pas, on arrête. S'il

---

[22] C'est une résine semi-fossile, proche de l'ambre, mais généralement plus claire. Copal est un terme issu d'un dialecte uto-aztèque et signifie encens. Les cultures indigènes d'Amérique du Sud s'en servaient lors de la célébration de rituels religieux.

cède, tu acceptes la brûlure. Elle est le prix à payer.

Je respire plus vite ; je réduis l'amplitude, je fais comme pendant une crise sensorielle – inspirer par le nez, compter, expirer long. Puis je sors de ma poche une lame stérile, un scalpel conditionné que j'ai pris avec moi sans savoir pourquoi.

— Ça ira avec cet environnement ?

— Oui. L'ordre compte plus que la pureté.

Je m'agenouille parce que c'est plus stable pour mes mains. La pierre est froide ; j'y pose la plume entre nous, je la lisse du bout du doigt – elle est plus lourde qu'hier, ou bien c'est ma perception qui s'est décalée – puis je l'aligne sur un axe invisible. Mes yeux le reconnaissent.

— Où couper ?

— La paume. Une ligne nette qui traverse celles de vie, de tête et de cœur. Le lien s'appuie sur ces trois piliers-là.

Mon cerveau se rebiffe à ces explications relevant de croyance plutôt que de science, mais je coupe quand même. Ce soir, la science est dépassée par ce que je viens de vivre. Le sillon est net ; la douleur, diffuse. Le sang affleure : teinte plus brune qu'à l'ordinaire. Note mentale : hémoconcentration post-agression. Je laisse une goutte tomber sur la pierre ; elle s'étale en cercle irrégulier.

Amaru mord la chaîne pour immobiliser son

poignet. Quand j'incise, tout son corps se tend ; un léger gémissement naît et se perd dans sa gorge. Sa goutte est plus sombre, presque noire dans la lumière maigre. Elle pulse une seconde, miniature, puis s'immobilise. Deux alphabets rouges posés sur la même pierre. Deux vies distinctes qui n'utilisent pas la même grammaire.

— Maintenant, dit-il, pousse la plume pour que nos sangs s'atteignent par son calamus[23].

J'obéis. La plume vibre, trouve sa place exactement entre les deux cercles. Sa base s'humecte, ses barbes boivent une fraction. Un fil plus sombre se trace à mi-hauteur, comme un pont très fin. Je retiens mon souffle.

— Porte à ta langue, maintenant. Une pointe.

Je récolte au bord des gouttes un mélange minuscule, je le pose sur ma langue. Le goût n'a rien du fer : c'est comme du bois brûlé et du sel, avec une amertume qui absorbe d'un coup l'odeur d'ozone qui me poursuivait. Il fait de même. Ses lèvres se serrent. Il ferme les yeux.

— Paume et front, ordonne-t-il. Respire.

Je pose ma main droite contre son sternum. Sa peau est brûlante, sèche de déshydratation, son cœur bat trop vite. Mon réflexe voudrait nous interrompre – risques hypotension/syncope –, mais sa paume se pose

[23] C'est le bout de la plume rattachée au corps de l'oiseau.

sur mon front au même moment. Quelque chose change d'axe dans ma poitrine : l'éclair froid planté par Lucian glisse, perd l'angle parfait qui me lacérait. J'inspire profondément. Une autre cadence se superpose à la mienne, non pour l'écraser, mais pour la couvrir un instant comme on protège une flamme du vent : une pulsation plus lente, plus basse, venue de loin, écrite dans un alphabet que je comprends sans l'avoir appris.

Le condor. Je ne le vois pas. Pourtant, je sens son ombre me passer sur la nuque, la colonne d'air qu'il creuse, la manière dont les bruits de la pièce se tassent pour lui faire de la place. La plume entre nos gouttes se soulève d'un millimètre. Ce n'est pas un courant d'air. Rien ne bouge ici, sauf ce que nous mettons en mouvement.

— Laisse venir, murmure Amaru. Ne bloque pas la brûlure.

Elle vient. Elle commence dans la paume, remonte par les tendons profonds, effleure la clavicule comme une lame émoussée, plonge sous mon sternum, là où loge la traction de Lucian. La douleur et la chaleur se heurtent, se reconnaissent, s'entortillent. Je crois que je vais vomir et serre la mâchoire : je suis comme un circuit qu'on surcharge. Mais au lieu de brûler, mon corps cède, ouvre de l'espace, accepte l'intrus. Une résistance nouvelle, plus ancienne que moi, prend place. Je laisse faire – ne pas

contrôler, ne pas mesurer, accepter – et, sans prévenir, la douleur diminue. Elle ne s'éteint pas, mais décroît nettement. Je le sais parce que l'air repasse sans bruit métallique, parce que les conduites ne crépitent plus goutte par goutte dans mon oreille, parce que la lumière cesse de m'entailler les yeux. Je n'avais pas compris que j'étais si proche de la fracture.

Je n'ose pas parler. Je reste là, la paume contre sa peau, sa main contre mon front, jusqu'à ce que mon cœur sorte du régime d'alarme. Quand je rouvre les yeux, la plume retombe lentement et se pose exactement à sa place précédente.

— Ça tiendra, souligne-t-il. Tant que tu n'acceptes pas son second échange. Tant que nous nourrissons le lien, s'il le faut.

— Il faudra répéter ? L'effet décroît ?

— Oui. Le nœud se desserre quand la faim me prend tout ou quand il boit trop. Mais tu as gagné des heures, peut-être des jours. Et tu n'es plus seule à porter son poids. L'esprit du condor est avec toi désormais.

Je voudrais dire merci. Je choisis une phrase utile.

— Lucian m'a dit qu'il fallait deux échanges pour que je sois Transformée, mais est-ce qu'il est obligatoire que ce soit avec le même vampire pour que ça marche ?

— Il faut une créature puissante pour remplacer une marque existante, réfléchit-il. Et puis, tu échangeras

un maître pour un autre, qui que tu choisisses…

Sauf que, dans cette phrase, il y a le mot choisir et qu'il résonne en moi. J'entrevois alors une option. Alexeï. Parce qu'il est forcément un vampire aussi. Je n'ai rien vu, mais je sais maintenant que je suis à la cour du roi Lucian de Lys, donc son entourage est forcément comme lui…

Chapitre 15

Amaru

Je garde la main ouverte un moment, paume tournée vers le plafond bas, la chaleur de son front encore posée dans mon creux. Le lien brûle à petit feu, comme une braise qu'on couvre pour traverser la nuit. Le poids de la chaîne sur mon poignet tire vers le bas ; j'ai appris à laisser la douleur couler à côté de moi comme un ruisseau parallèle pour pouvoir continuer à penser. La pensée, ici, est une arme. Le souvenir aussi.

Je n'avais pas prévu la manière dont son regard parle au mien. Ce n'est pas la faim. Ce n'est pas la gratitude. C'est de la reconnaissance – le mot juste, celui qui réunit « connaître » et « de nouveau ». Ma mémoire se souvient dans une langue perdue : certaines femmes sont des carrefours. Celui qui les aide à choisir change aussi sa route. Chez les miens, on disait qu'il existe des souffles qui ne sont pas seulement des vies, mais des passages. Elle est de ceux-là. La chaîne qui m'étrangle pourrait être la clef qu'elle tient, si elle la tourne vite.

Je sens la marque de Lucian en elle, comme on sent l'ombre d'un rapace avant de le voir. Maintenant, je sens aussi la mienne : une tresse de sang discrète, tendue de moi à sa poitrine. Ce n'est pas un joug, c'est une main posée sur son épaule pour détourner la lame qui descend. Le condor a accepté de voler entre elle et la morsure. Mais j'en paie le prix. Mon cœur bat trop vite ; chaque battement arrache un peu de chaleur à mes entrailles. La soif revient comme une bête maigre qui râpe les os. J'accepte. Le prix est juste : elle a gagné des heures qui ne seront pas à lui. Il croit que sa marque est un cadenas parfait. Il a oublié qu'il y a des serrures qui s'ouvrent par un souffle.

Je repense à l'option qu'elle veut étudier. Alexeï. Le nom a claqué dans la pierre comme un morceau de métal quand elle l'a prononcé. Bras droit. Ombre du roi. Le jaguar l'a senti sur Lucian. Son odeur lui dit qu'il pourrait être assez fort pour achever une transformation. Mais je ne peux pas choisir pour elle. Je peux seulement lui prêter du sang, des ailes et la connaissance que j'ai de la faim

d'un maître qui veut tout.

Je ferme les yeux. Dans les ténèbres, je remonte des sentiers. La montagne s'ouvre comme un livre. Le condor y trace sa ligne. Mon peuple a appris à écouter sa chute avant que l'ombre atteigne les troupeaux. Nous lui avons donné mille noms pour ne pas l'appeler par le seul qui l'effraie. La peur porte malheur si on la nomme trop nettement. Hana ne nomme pas ce qu'elle a vu ; elle note. C'est sa manière d'éviter l'enchantement. Je respecte cela. Je m'y adapte.

Je rassemble ce qu'il me reste de magie pour border notre lien. Je pose mentalement quatre pierres autour : au nord, la mémoire (pour que sa promesse reste droite) ; à l'est, la vigilance (pour qu'elle sente l'approche) ; au sud, la faim (pour qu'elle ne se maquille pas en sucre) ; à l'ouest, la lumière (pour qu'elle sache la chercher et s'en cacher selon l'heure). Entre les quatre, je place la plume. Ce n'est pas un oiseau. C'est une allée. Qu'elle trouve l'allée quand le vertige la prend.

Je pense à Lucian. Je connais sa main quand elle se penche pour boire. Je connais la façon dont il aime les récits qui justifient sa cruauté. Il se croit écrivain de destinées. Ce sont des hommes comme lui qui ont inventé des mythes pour laver leur sang : il a oublié que les mythes naissent d'obsessions. S'il boit trop, je faiblirai. S'il s'énerve, il m'écrasera sans effort. Mais il ne se méfie pas de moi. Il me prend pour une source captive. Pourtant, il y a des sources qui ont des chemins sous terre. Je les entends encore.

Le lien tire doucement. Je la sens remonter l'escalier, retenir son souffle au passage des néons. Je sens sa main chercher la plume, posée entre deux pages, vibrer comme une aile qui sommeille. Je souris sans ouvrir les yeux. La fatigue est un lac lourd et j'accepte de m'y laisser descendre un peu. Avant que le sommeil m'attrape, je l'entends dans ma tête tracer des colonnes. Je suis un homme des montagnes : la rigueur m'apaise. Sa rigueur me plaît. Elle m'assure qu'elle reviendra avec ce qu'elle a promis, qu'elle tiendra au milieu de la nuit.

Je ne prie pas. Je n'ai pas d'autel devant lequel me prosterner. Je compte. Les battements qui restent. Les cycles du compresseur. Les pas des gardes trop confiants. Je compte et je tends vers elle un fil de silence, comme on tend la corde d'un arc. Qu'elle s'y agrippe dès que l'autre resserre son nœud. Si elle appelle, je répondrai.

Je referme la main, serre la chaîne pour qu'elle cesse de grincer contre l'anneau. Puis je laisse le sommeil venir. S'il m'emmène trop loin, je risquerai de ne pas la sentir quand elle redescendra. Alors je dors sur le seuil, comme un jaguar qui garde l'entrée de son territoire. Dans ce demi-sommeil, une image s'impose : la mer que je n'ai jamais vue, une aile qui s'y pose, et un nom que je ne

prononce pas pour ne pas le donner à ceux qui l'attendent. Je dis autre chose à la place, dans ma langue perdue avec une mémoire qui n'est pas que la mienne : passage. Et je souris, parce que parfois un seul passage suffit pour démolir un palais.

Chapitre 16

Alexeï

Je ne dors plus dans ma chambre depuis que j'ai eu la confirmation à propos d'Anastasia. Je passe mes nuits dans le couloir, calé contre le chambranle, pour surprendre le moindre souffle déplacé, le plus petit cliquetis de flacon derrière la porte. Les humains appellent ça de l'inquiétude. Chez nous, c'est un état de veille. Et je veille. Je remplace moi-même les bouquets de fenouil et de menthe que les dames de la maison insistent pour poser près de son lit, je change les carafes, je teste avant elle chaque verre de vin qu'on lui apporte « pour lui faire de la couleur ». Elle rit parfois de me voir faire, pose ses doigts encore trop froids sur mon poignet, et murmure « tu as perdu ton panache, Aliocha ».

Je lui réponds que je le retrouverai quand elle aura retrouvé sa lumière. Je mens mal. Elle le sait. Elle ferme les yeux et se rendort, et le monde recommence à se balancer comme une barque accrochée à une corde usée.

Lucian passe. Il met sa main sur le front d'Anastasia en père bienveillant, il ordonne des décoctions, il promet des convives choisis pour la divertir, il congédie des médecins avec douceur. Son théâtre est parfait. Les humains l'adorent dans ce rôle. Les nôtres le redoutent davantage encore. Je n'ignore pas qu'il s'arrête parfois sur moi avant de quitter la chambre, deux secondes de trop, comme s'il pesait le poids que je représente encore dans son échiquier. Aujourd'hui, la lumière rasante dans le jardin hésite entre pluie et verre dépoli. J'ai deux domestiques en qui je crois un peu ; j'ai planté l'un au pied de l'escalier, l'autre à la cuisine, avec des consignes claires et des codes simples. Je n'ai pas besoin de me répéter l'étendue du risque : si je me trompe d'ennemi, Anastasia meurt. Si j'ai raison et que j'agis trop tôt, elle meurt aussi. Il faut du temps. Et le temps est précisément la monnaie que Lucian déteste laisser circuler.

Le message de Hana tombe sans fioriture : une heure et un point d'interrogation. Elle a compris comment on parle ici. Je réponds un simple « OK ». Le lieu n'a pas besoin d'être écrit. La serre d'hiver a la discrétion des

pièces qui servent à autre chose qu'à leur usage premier. Je quitte Anastasia, qui a, aujourd'hui, une nuance moins grise sur ses lèvres. Si j'étais autre, je dirais que c'est un signe. Mais je suis ce que je suis : je sais que ce sont des oscillations, des rémissions en trompe-l'œil, orchestrées par celui qui veut qu'elle vive assez pour mourir utile.

Dans la serre, la chaleur se tient au ras du sol. La tuyauterie sous la terre battue souffle à intervalles réguliers comme la respiration d'un animal docile. J'attends et sens la marque de Lucian dans l'air, un goût d'ozone qui n'existait pas hier avant qu'elle n'arrive. Elle marche avec son cahier contre la poitrine, comme un bouclier. Elle a laissé la blouse. Sa peau est trop pâle et ses pupilles trop ouvertes ; l'odeur de son sang a changé – une pointe d'amertume, une chaleur étrangère.

— J'ai une proposition, annonce-t-elle en s'arrêtant devant moi. Échange contre échange.

Je la laisse parler. Elle pose la logique comme on déplie un outil : contrat vidé de sa substance par un addendum, clause de confidentialité totalisante. Je pourrais achever sa phrase. Je n'en ai pas besoin. Je sens sur elle la marque du roi et ma gorge se serre d'une manière qui n'a rien à voir avec l'obéissance. Elle sort le cahier. Elle ne me montre pas les chiffres, mais les graphiques, les ratios. Elle me parle d'un donneur vivant, ni humain, ni vampire – elle insiste –, prisonnier. Elle m'explique la résistance anormale de son sang, les oxydations lumineuses qui mangent la membrane vampirique, les matrices possibles pour piéger l'énergie excédentaire. Ce n'est pas une promesse de miracle. C'est un plateau à atteindre. La douleur qu'elle contient dans sa voix me plaît. C'est une douleur utilisable.

— Depuis quand ? demandé-je quand je dois enfin choisir une question. Depuis quand Lucian maintient-il... ce donneur ?

— Les oscillations de froid et les deltas de masse suggèrent des semaines, voire plutôt même des mois. Je dirais six maximum.

J'ai un flash immédiat : Qoya est entrée en scène à cette période. Donc, c'est vraiment pour elle que Lucian voudrait faire place nette à côté de lui sur le trône ? Je retiens mon premier réflexe : casser tout ce qui se dresse entre moi et cette cellule, mais la colère ne m'a jamais servi contre Lucian.

— C'est ce que je craignais, confirmé-je. C'est pour ça qu'il empoisonne Anastasia...

— Je peux améliorer son état, poursuit-elle. Pas le guérir. Mais ralentir, détourner.

— Vous êtes certaine ?

Ma voix est celle d'un homme qui a trop souvent entendu des promesses faites dans le vent.

— Convaincue, corrige-t-elle. Mais j'ai besoin de

jours, une semaine.

Puis elle revient à ce qu'elle veut, elle, après m'avoir fait miroiter une solution qui n'est pas encore concrète : elle a appelé ça un protocole optionnel, et je comprends pourquoi quand elle m'explique ce qu'elle entend par là. Moi. C'est moi son option. Mon premier réflexe est de dire non, mais mes lèvres restent scellées sur cette réponse pourtant évidente : si je la transforme, Lucian le saura et je serai un paria. Qui veillera alors sur Anastasia ? En parallèle, je sais aussi qu'elle m'a sans doute offert la seule option viable pour ma sœur...

Je relève le menton et, pour la première fois, je la laisse entrer dans la partie de moi qui ne calcule pas sans cesse. Ce n'est pas une révélation ; c'est la reconnaissance d'un fait logique. Si je l'achève – si je suis celui qui la transforme –, je signe ma mise au ban. Lucian le saura. Pas dans une semaine, pas demain : tout de suite, à l'instant où sa marque se brisera, il sentira la torsion dans le fil. Il cherchera le coupable. Il ne me manquera pas.

— Ce que vous me demandez n'est pas une faveur, Hana, soufflé-je à voix basse. C'est un régicide. Alors voilà ce que je peux vous donner pour l'instant. Un pacte de principe. Une promesse contre une promesse. Vous travaillez à partir de ce donneur pour produire un ralentissement réel, pas un graphique joli, mais une amélioration mesurable et visible. En échange, je

m'engage à étudier comment être « votre protocole optionnel ». Je me prépare. Je mets en place ce qu'il faut pour que, si nous franchissons cette ligne, nous ayons un point de chute.

— Pour qui ? demande-t-elle aussitôt. Pour moi ou pour… Anastasia ?

— Pour elle d'abord, reconnais-je. Si elle guérit, je veux pouvoir la sortir d'ici en une nuit. Vous… vous êtes assez rationnelle pour comprendre que je ne peux pas vous promettre ma damnation sans aligner mes priorités.

— Je comprends, commente-t-elle. Vous voulez du temps. Moi aussi.

Nous restons un moment à nous écouter respirer. La buée sur le métal dessine des cercles imparfaits.

— Il y a une chose encore, préviens-je. Si je vous achève, il sentira le fil se rompre et il saura de quelle direction vient le coup. Il viendra vers vous, mais d'abord vers moi. Je veux être prêt, et vous allez m'aider à l'être, que vous le vouliez ou non.

— Comment ?

— En me donnant de quoi le retenir ailleurs. De quoi lui faire regarder sa main gauche quand je lui prendrai quelque chose à droite.

Elle comprend.

— Le prisonnier, souffle-t-elle. Vous voulez le voir.

— Je DOIS le voir.

— Ce n'est pas une bonne idée. C'est un risque trop grand.

Je ne discute pas plus et me contente de la fixer, alors elle me donne les indications, sans marchander.

— Si Lucian resserre le filet, ajouté-je, envoyez-moi « pluie ». Je saurai que vous avez besoin d'un parapluie tout de suite.

Un petit hochement de tête suffit à sceller un pacte fragile. Je la laisse dans la serre et retourne vers la maison par le couloir des portraits. Les ancêtres humains me regardent comme s'ils attendaient de moi un geste décisif. Ils n'obtiendront pas encore leur tableau dramatique. Je ne tue pas en scène. Je tue dans les coulisses. Je passe devant la chambre d'Anastasia ; on a entrouvert la fenêtre, l'air est humide, les fleurs ont coulé un peu. Je referme la fenêtre et retire les bouquets. Je mets de l'eau fraîche. Je prends deux minutes pour tracer dans ma tête des lignes de fuite : porte nord, grille du potager, voiture sans plaque au hangar, un homme qui me doit deux vies à Anvers, un bateau qui ne pose pas de question à Honfleur. Il me faut des papiers. Il me faut du sang en réserve. Il me faut un corps pour détourner le premier coup. J'ai déjà une idée de qui paiera. J'ai promis, jadis, de n'utiliser ces moyens qu'en dernier recours. Nous y sommes.

Dans mon bureau, j'ouvre un tiroir où je cache ce que j'appelle mes « vieilles cartes ». La plupart sont des

noms – humains, vampires, intermédiaires – dont les dettes ne sont pas écrites, mais gravées dans la mémoire. Je pose la main sur trois d'entre elles. Je n'appelle pas. Pas encore… mais je me prépare. À destituer un roi… ou à mourir en tentant de le faire…

Chapitre 17

Qoya

Je commence par tamiser la poudre, parce qu'il n'y a rien de plus rassurant qu'un geste millénaire qui trouve sa modernité dans une boîte ronde et un miroir biseauté. Sous la lampe du boudoir, la poussière brille comme un secret bien gardé, et c'est là toute sa vertu : la lumière qu'elle rend n'est pas celle qu'elle prend. Je fais glisser la spatule sur la porcelaine, j'effrite, mélange, respire par la bouche pour ne rien perdre, et au fond de la gorge, j'ai ce goût spécifique qui n'appartient qu'à ceux qui savent – un goût d'os chauffé et de ciel brûlé, la mémoire courte d'un soleil que j'emprisonne dans un cristal réduit à rien. Il a passé la journée derrière la vitre pour se gorger des quelques rayons du soleil en cette saison, et c’est suffisant. Maintenant, dans le mortier, il exhale encore un peu de jour, juste assez pour mordre une peau craignant l’aurore.

J’avais commencé doucement, par élégance autant que par prudence, seulement dans le fond de teint « officiel », celui qu’Anastasia ne met que pour les apparitions protocolaires. Parce que je ne suis pas stupide et que la régularité tue les conspirations. Mais j’ai décidé d’accélérer après « la leçon » de Lucian. Une humiliation de plus : servante travestie en reine de parade, toujours écartée du vrai trône.

— Merci, Lucian, murmuré-je d’un ton vengeur, pour l’humiliation de ton « tu as mieux qu’avant, tu n’auras pas plus ». Merci pour ta comédie devant Amaru, qui a cru me voir reléguée au rang de servante quand j’étais à une porte du trône.

Ce soir, j’ai mis ma science dans toutes ses poudres, même la transparente, même cette ridicule « touche bonne mine » au rose honteux qui s’écrase sur les pommettes. Je n’ai pas besoin de beaucoup, quelques grains suffisent. Le reste, c’est le temps qui le fait, et je suis la seule à tenir ce sablier. Cette nuit, il sera vidé. Que ce soit par la houppette ou au pinceau ; ces accessoires déposeront et glisseront sur la peau de la reine l’ennemi invisible. Elle a un rituel lorsqu’elle se maquille, et c’est cette caresse qui l’achèvera. Une fois la préparation

achevée, je la lui apporte dans son boudoir.

— Voilà Votre Majesté, m'incliné-je dans une révérence me permettant de cacher la lueur dans mon regard.

Elle s'assoit sans un mot, comme toujours, sur la chaise au dossier sculpté où j'ai moi-même cassé une nervure pour que la cambrure du dos ne tienne pas plus d'une heure. Elle est belle, je dois le reconnaître. Des traits « aristocratiques » qui plaisent tant aux humains.

— Vous êtes encore pâle, madame.

— La nuit dernière a été longue, répond-elle d'une voix lasse.

Je mords l'intérieur de ma joue pour ne pas sourire. Longue… quel euphémisme délicieux. Longue comme une vie qui s'effiloche à mesure qu'on la poudre. Je travaille méthodiquement : d'abord le front, ensuite les tempes, puis la ligne invisible qui relie le haut de la pommette à la pointe de l'oreille. C'est là que je dépose le plus, parce que c'est là que la peau est fine et boit le mieux. C'est là que la lumière piégée se libère comme une morsure muette, et je sais à la façon dont ses paupières papillonnent qu'elle ressent déjà la petite brûlure derrière l'orbite, ce picotement que l'on confond avec une allergie et que même le médecin formé aux caprices de leur race se plaît à ranger dans une « faiblesse constitutionnelle ». Il a des mots très longs pour dire qu'il ne voit rien ; c'est bien.

— Les délégations italiennes, c'est ce soir, me rappelle-t-elle en étirant le cou, il faut que je tienne.

— Vous tiendrez, je suis là pour vous, ma Reine.

Je pense qu'en fait, je suis partout, ce qui est plus vrai encore : je suis dans sa boîte à poudre, dans sa pommade à lèvres, dans la brosse qui soulève ses cils, dans le gant qui lustre les cuirs de ses souliers. Je suis dans la faveur de Lucian quand il me fera monter sur le trône pour contrer les Originels. Je suis la promesse qu'il a faite sans la croire et que je lui rappellerai quand il aura besoin de moi. Je suis celle qui obtient parce que j'ai livré ce qu'il convoitait.

On frappe à la porte, un geste discret, Vasseur sans doute, ou une de ces filles pâles qui vont et viennent comme la servitude changée quatre fois par jour. Je repousse l'intrusion d'un claquement de langue et on s'éloigne. Elle ferme les yeux et je termine par la poudre libre « lumière », un nom amusant qui me fait rire intérieurement. La crise commence plus tôt que d'habitude, une vague brève que je devine à la crispation du muscle au coin de sa bouche : elle serre les dents et respire par le nez en masquant sa douleur. Je compte mentalement les secondes – douze pour la première vague, trente-six pour la seconde, puis une accalmie.

Elle parvient à s'habiller sans chanceler. La robe

glisse sur ses hanches et j'ajuste les agrafes avant de poser un voile sur les épaules et de la regarder dans le miroir. Elle est parfaite, plus belle encore qu'hier, et c'est l'ironie finale des choses : la beauté augmente avec l'approche de la mort. Je vois ces étoiles qui clignotent derrière son regard, ces petits scintillements qu'elle croit être de la fatigue – les cristaux sous la peau répondent aux bougies comme des lucioles qu'on ne peut éteindre.

— Ça va passer, murmure-t-elle en s'agrippant à la coiffeuse.

— Bien sûr, soufflé-je, vous êtes la reine Anastasia Romanov.

Elle sort du boudoir. Je marche derrière, à la juste distance, assez près pour la rattraper si la faiblesse la prend au pied de l'escalier, assez loin pour être invisible sur les photos et dans la mémoire des dignitaires : quand il y a besoin, j'ai appris l'ombre et son exactitude. Dans le grand salon, les invités attendent dans un bruissement de soie et de champagne. Lucian – bien sûr – au centre de tout ça comme un point fixe autour duquel le monde gravite. Il écrase par sa présence alors qu'il ne dit pas un mot, se contentant d'écouter et de sourire, apanage des puissants parmi les puissants.

Anastasia s'avance avec un sourire plaqué sur son visage de madone et joue sa partition dans ce ballet millimétré. Elle accepte des danses sur le marbre glacé,

accompagnée par le petit orchestre de chambre. Le premier signe visible pour ceux qui ne savent pas regarder, c'est un faux pas, à peine, la pointe du pied qui hésite ; le second, c'est un renflement de la veine à la tempe. Enfin, le troisième, c'est la main qui cherche la pierre du collier et qui ne la trouve pas : la peau glisse sur l'or, n'accroche pas et elle se retient au vide. Elle tombe sans un cri. Ce n'est pas une tragédienne, c'est une reine, et elle meurt en s'affaissant avec grâce.

Le temps s'arrête, les souffles sont suspendus alors que le médecin remonte le couloir en courant. Je joue également mon rôle, accroupie pour lui tenir la tête. J'ai des gestes de sœur et de servante, tout cela à la fois, car je sais exactement quelle quantité de poudre j'ai déposée ce soir. Et je sais qu'il n'y aura rien à faire, hormis constater que « la reine est morte et longue vie à la reine ». Lucian est également à ses côtés, la main dans les cheveux de sa compagne : il a le visage exact du désespoir utile, et j'admire la précision. Je range ce visage dans ma propre collection de masques.

— C'est fini, souffle le médecin avec une mine défaite.

Hé oui, le sablier s'est vidé. Je me relève la première quand on me l'ordonne, incline la tête et sors du cercle comme une ombre se retire d'une scène. Mais dans ce retrait, il y a ma jubilation, froide et vaste, telle une mer

tranquille où je me baigne en tant que reine. Une reine qui va pouvoir laver une humiliation. Lucian m'a dévoilé le chemin, et je sais qu'il sera accaparé. Donc, j'en profite pour m'accorder une seconde victoire.

Lorsque le cachot s'ouvre, il relève la tête, mais reste rigide d'indifférence.

— Elle est morte, jubilé-je lorsqu'il ne peut retenir un éclair de surprise dans ses yeux. Tu as devant toi la nouvelle reine.

— C'est une couronne qu'il ne voudra pas te mettre sur la tête.

— La place est vide, énoncé-je posément. Les Originels peuvent profiter de cette faille. Donc, même s'il respecte le deuil humain pour les convenances, il devra vite combler ce manque.

— Tu as vendu ton âme pour une couronne de cendres et…

— Tu avais la tienne, et tu n'en as rien fait, le coupé-je d'un ton sec et tranchant. Tu aurais pu être roi, tu aurais pu prendre la place laissée vacante quand la tête aurait roulé, et tu as choisi de te cacher dans la poussière des grottes, de nourrir des enfants et des rêves. Ne viens pas me faire la leçon, parce que j'ai préféré le cristal aux feux de camp.

Il ne bouge pas. Il m'énerve par ce refus d'entrer dans le jeu où je suis la plus forte. Je déteste ceux qui

répondent par le silence. Je m'autorise alors un petit geste de cruauté, un qui porte la signature de ce que je suis devenue. J'entaille d'un ongle la pulpe de mon doigt, une perle rouge sombre affleure, je la laisse gonfler, gros fruit prêt à tomber, et je la présente au-dessus de sa bouche avec le sourire d'une fiancée qui aurait gardé sa bague.

— Tu ne veux pas me parler ? Alors bois...

Il serre les lèvres. Son regard flambe une seconde. Je pourrais appuyer, presser, le forcer à recueillir cette goutte comme on force une bête à obéir. Le lien de sang est inaltérable entre deux Chavíns, à moins qu'un autre l'ait remplacé. Je n'avais pas anticipé que le nôtre, que je croyais inaltérable, ne résisterait pas à ma transformation. Toutefois, rien ne saurait m'empêcher de savourer ce moment qui est le mien.

Tournant les talons, je referme la porte basse, écoute la plainte des gonds avec satisfaction, et remonte l'escalier. Sur le palier, je replace une mèche de cheveux, contrôle mes doigts – ils ne tremblent pas, ils ne trembleront plus –, et sors dans la maison qui s'empare déjà du mot « deuil » avec délice. La nouvelle court plus vite que la musique ne s'est arrêtée : des tentures noires apparaissent comme par magie, le médecin se fabrique un jargon qui ne dit rien, et moi, je passe entre eux tous avec la discrétion qu'on attend de la femme qui était « à son service ». Bien que j'aie sur la bouche le pli exact de la

dignité silencieuse, j'ai dans le cœur une fête qui n'a pas besoin de tambour. Lucian a disparu dans une pièce où il reçoit ceux qu'il faut : il les saigne de condoléances comme on saigne de l'argent à un banquier, et je sais qu'il m'appellera avant l'aube.

Je veux un titre. Je veux une place à sa droite, pas derrière lui. Et je l'aurai, parce que rien ne s'y oppose plus désormais. Il y a des morts qui font de l'espace, et j'ai déblayé le mien. Demain, je porterai le noir avec une perfection qui écrasera celles qui voudront le porter aussi. Demain, je serai celle qu'on regarde pour savoir comment se tenir. Je jubile, oui, comme une reine qui vérifie sa couronne dans l'obscurité pour que personne ne voie encore son éclat. Et si Amaru pense que c'est une couronne de cendres, tant mieux : les cendres gardent la chaleur plus longtemps que le feu. Je sais attendre. Je sais tenir. Et j'ai appris à tuer sans verser le sang.

Chapitre 18

Anastasia

Qoya est sortie sans un bruit, et je profite du silence de la solitude pour respirer un peu : enfin, je peux tomber le masque quelques instants et m'autoriser à courber un peu l'échine. Pas m'écrouler, mais reconnaître un instant cette faiblesse insidieuse afin de mieux l'ignorer ensuite. Cela fait des semaines que je lutte contre un mal invisible et pernicieux, mais que j'endure, comme une Romanov doit le faire. En silence et avec dignité. Je me dois de tenir mon rang comme on m'a élevée – dressée ? – pour ça. J'avais de grands espoirs, j'ai nourri des rêves qui se sont fracassés à chacun des malheurs ayant jalonné ma vie. À chaque étape, j'ai dû me battre. Pour sauver ma vie, ma réputation

ou encore mon nom. Ces combats m'ont minée au point de me flétrir intérieurement, même si je n'en laissais rien paraître. Puis, quand j'ai rencontré Lucian, j'ai vibré à nouveau.
Il était tout ce que j'avais toujours désiré en secret : un homme charmant, à l'intelligence vive et à l'ambition de construire plutôt que de détruire. Qu'il soit beau, avec des manières impeccables et une position sociale prometteuse étaient des bonus appréciables.
Je l'ai choisi tout en le laissant me faire une cour en bonne et due forme : un homme n'apprécie pas vraiment un oui trop rapide, alors qu'il s'accroche à une conquête remportée de haute lutte.

Le mariage a été un accomplissement autant qu'un ballet orchestré comme un socle pour son règne en devenir. Je l'ai accepté parce que, enfin, ma lignée était utile à MES intérêts. Je pouvais agir et utiliser mes compétences pour du concret bien plus important qu'un énième patronage d'œuvre de bienfaisance. Non, avec lui, j'étais une partie prenante – importante – dans la construction de ses projets. Une négociation n'aboutissait pas ? J'avais le pouvoir – en coulisses – de démêler les fils : il me suffisait de parler auprès de la bonne oreille, celle qui peut changer le cours des choses par sa position. Un gouvernement n'est en place que pour quelques années, alors qu'un lignage a le poids de l'histoire. Le nom

des Romanov est le plus précieux sésame dans toutes les cours influentes, même si elles restent discrètes : le véritable pouvoir n'est pas dans la représentation au public, il est dans les salons feutrés ultra selects où l'on ne peut entrer sans y être invité. Et moi, j'ai un pedigree qui a édicté ces règles, qui a participé à créer ces groupes fermés au commun de la population.

Lucian n'a jamais demandé quoi que ce soit et je lui ai donné les clefs de la haute société avec le sourire. La politique est un jeu de pouvoirs auquel j'ai été formée avant même de savoir marcher. Aussi, j'étais heureuse d'aider mon époux à s'ancrer dans mon monde tandis qu'il me faisait reine dans le sien. Nous nous complétions, pour notre bonheur mutuel. Un bonheur sans ombre pour moi, puisqu'Aliocha – mon bien aimé frère – m'a accompagnée dans cette nouvelle vie. J'ai été tellement reconnaissante de son dévouement que je me suis également démenée afin de lui assurer la meilleure place. Loin des feux de la rampe, mais pas moins importante. Voire primordiale, puisqu'il est devenu le bras droit d'un roi et le pilier d'une reine. Longtemps, j'ai pensé avoir enfin trouvé ma voie. Hélas. Ce soir, je mesure la cruauté de ce monde de la nuit dans lequel je me suis précipitée. Parce que Lucian ne prend plus de gants.

Il a bien tenu dans le rôle de l'époux parfait, mais cela fait un moment que le masque ne tient plus aussi bien

qu'avant. Maintenant qu'il est bien en place, mon rôle n'est plus aussi indispensable, et il a commencé à me négliger. Pas grand-chose au départ, juste une main qu'il ne tendait plus en public, trop pressé de deviser avec d'autres monarques. Et puis, il y a eu les absences liées à un agenda surchargé. Pourtant, avant, il avait toujours le temps de me demander mon avis sur tel ou tel sujet ou comment aborder telle personne. Est venu le temps où il connaissait tout lui-même, et nos rendez-vous se sont espacés.

Là, tandis que je souris au monde, je pleure intérieurement. De ma naïveté. Parce que je danse avec un homme à qui je devrais arracher le cœur plutôt que d'échanger poliment avec lui. Lucian m'y a obligée sans que je puisse lui résister. Et le pire, c'est que ce n'est pas la première fois. Cependant, c'est la première dont j'ai conscience.

— Allez donc saluer le représentant de la maison lpatiev, me pousse Lucian après les salutations d'usage à sa cour.

— Vous n'y pensez pas ! Et arrêtez de l'appeler ainsi alors que ce nom n'existe plus.

Et pour cause, c'est de là qu'est venue la mort ayant frappé si durement ma famille. Dans ma culture, on n'oublie jamais un ennemi. Et même si cet homme n'a

pas participé activement au massacre, il porte en lui les gènes de la traîtrise. Je ne comprends pas cette demande et me détourne pour…

— Obéissez.

L'ordre est lancé à voix basse, mais résonne en moi comme un coup de tonnerre. Parce que mon corps ne m'appartient plus : il lui obéit à lui en se figeant sur place ! Alors que je tente de me soustraire, son emprise sur moi est totale.

— Vous déclinez, ma chère, susurre-t-il à mon oreille en veillant à sourire pour la galerie comme s'il me partageait un bon mot. Donc, je me dois de capitaliser sur votre aura avant qu'elle ne disparaisse totalement…

Et cette fois-ci, plutôt que d'effacer ma mémoire, il la laisse intacte. Je réalise alors que le lien qui devrait être équitable est en réalité une laisse cruelle. Pourtant, je n'avais jamais imaginé que ce soit possible. À l'époque, Raspoutine m'avait affirmé que c'était un échange juste – impossible à pervertir – dans un couple de vampires. Alors qu'il tentait de me convaincre de m'unir à lui, il m'avait confié des secrets bien gardés vis-à-vis des humains. Même ceux qui étaient candidats à la morsure. J'avais donc le sentiment, en acceptant Lucian, d'avoir toutes les cartes en main. Mais je ne sais comment, ce dernier est parvenu à l'impensable. Et ce soir, il jubile de me le faire enfin savoir. Parce que je suis un instrument

« émoussé » qu'il se doit d'exploiter à fond sans plus me ménager.

L'homme avec qui je valse avec grâce aux yeux du monde me soulève en réalité le cœur. Qui saigne en repensant à Aliocha et ses questions précises à ce sujet un soir lointain. Mon frère savait, mais n'a rien pu me dire sur le moment : il a dû comprendre le piège sans pouvoir m'en délivrer pour autant. Sa proposition de m'éloigner était sans doute une tentative de me protéger, comme toujours, réalisé-je après coup. Je n'entends plus les violons, je ne vois plus les chandeliers, j'occulte le brouhaha des invités. Je tiens malgré mon envie de hurler mon chagrin. Pas pour Lucian, même s'il me contrôle. Pour moi. Parce que je suis une Romanov, un nom à l'écho et au poids qui résonnent à travers l'histoire depuis des siècles. Je ne me suis jamais définie que par lui.

Lucian en a profité et doit déjà avoir établi une succession. Parce qu'il planifie tout. Et ce mal qui me ronge... J'ai lutté pour me tenir à ses côtés, pour lui complaire. Mais je ne peux me résoudre à continuer ainsi. Pas après ce qu'il vient de reconnaître en jetant à bas son masque si parfait. Il a dû prévoir ma mort à un moment opportun pour lui, vu comme il a dépêché une armée de médecins pour étudier mon cas. Leurs soins ne me soulagent pas, puisqu'ils ne savent même pas de quoi je souffre. Ou si ? Ces pensées tourbillonnent bien plus vite que le parquet ciré sur lequel je virevolte, un sourire plaqué sur mes lèvres.

Aussi, quand la douleur m'assaille, je ne lutte plus. Je me contente de maintenir ma façade, mais je ne la refoule pas. Je l'accueille et la laisse me submerger. Mais pas m'abattre. Non, je m'affaisse avec cette grâce qu'on m'a inculquée jusque dans mon ADN. Une seule pensée m'accompagne alors que j'expire mon dernier souffle : Aliosha me vengera.

Parce qu'un Romanov n'oublie jamais rien et parvient toujours à ses fins. La mienne est de croire que je décide de ne pas attendre la fenêtre que Lucian a sans doute programmée, c'est tout ce que je peux faire et pars sur cette maigre victoire…

Chapitre 19

Hana

J'ai un accord de principe, mais c'est tout de même un accord. Alors je m'attelle à ma partie. Je prépare ma paillasse comme on prépare un autel. Deux tubes, deux étiquettes, deux instants de moi-même : après la morsure et après le lien que je pourrai comparer avec mes analyses précédentes, ayant mémorisé tous les bilans de santé faits à l'université pour mon check-up annuel. Le sang se fige en rouge sombre dans les verrines et je n'entends plus que le vrombissement continu des compresseurs, comme une basse obstinée qui soutient ma respiration.

Je commence par comparer le « moi avant » et le « moi après Lucian ». Les chiffres parlent d'eux-mêmes :

la densité est plus élevée, la viscosité s'est accrue, et, surtout, le plasma porte une fluorescence résiduelle quand j'expose les cellules à la lampe UV. Une fluorescence qui ne devrait pas exister. J'ai la preuve matérielle que sa marque circule en moi. Puis je passe au second tube, celui que j'ai prélevé après le rituel avec Amaru. J'attends une répétition des mêmes anomalies. Mais quelque chose change : la fluorescence diminue légèrement. La densité se rapproche de la normale. Et surtout, à la périphérie des membranes, j'aperçois des dépôts minuscules, une signature sombre que je connais déjà : c'est le motif du sang d'Amaru.

J'arrête mon geste. J'enlève mes lunettes. J'approche encore la lampe. C'est infime, presque invisible, mais c'est là : une trace étrangère, inscrite dans mon propre sang, identique à celle que j'avais observée sur ses échantillons. Le lien n'était pas qu'un symbole ou un rituel : il a laissé une empreinte biologique. Je refuse de l'appeler magie. Je note :

- Transfert de motif anormal
- Probable interaction protéique entre marque vampirique et plasma S-0.

Je compare encore, je mesure. Le fil glacé, cette pulsation que Lucian a laissée en moi, se tord dans ma poitrine comme une couture qu'on arrache. Voilà, c'est

moins violent depuis le rituel. Ce n'est pas une impression. C'est mesurable. Amaru a déposé dans mon sang une résistance. Minuscule, fragile, mais bien réelle.

Je trace un graphique. En abscisse : exposition lumineuse. En ordonnée : intensité de la dégradation membranaire. La courbe « A » (sang vampirique contaminé) grimpe en flèche. La courbe « H-L » (mon sang après Lucian) suit la même pente, légèrement en retrait. Mais la courbe « H-L-A » (mon sang après Lucian + Amaru) se tasse, atteint un plateau. Pas une guérison. Une stabilisation. Je reste longtemps à fixer ce plateau et mes notes comme on fixe un rivage à travers la brume.

- Hypothèse 1 : motif S-0 = facteur protecteur contre oxydation lumineuse induite. → potentiel contrepoison.

Je m'assieds et appuie mes paumes sur le bord de la table. J'ai peur de croire trop tôt. Mais je n'ai pas le choix : j'ai besoin d'un fil, même mince. J'ai besoin de pouvoir dire à Alexeï que j'ai une piste. Je range soigneusement les tubes et efface les traces de mon travail. J'éteins les lampes. Dans le noir, je serre la plume entre mes doigts. Je sais qu'elle est liée à ce que j'ai vu dans mes cellules. Je refuse de l'écrire. Pas encore. J'ai besoin de données. De chiffres. Pas de symboles. Mais une certitude s'impose, nette : je ne suis plus seule dans mon sang.

Lucian

Le silence est une cage. La maison s'y est glissée avec la docilité d'un esclave bien dressé. Les tentures noires recouvrent déjà le grand hall. Les cierges brûlent autour du corps d'Anastasia, exposé dans la chambre funèbre. Les serviteurs marchent à pas feutrés, les courtisans chuchotent leurs condoléances, les messagers se préparent à porter la nouvelle aux chancelleries. Tout est parfait. Comme toujours. Mais derrière cette perfection, ma colère hurle.

J'ai brisé un miroir il y a quelques minutes. Le cristal a éclaté comme une pluie de verre, chaque éclat renvoyant mon visage en mille morceaux. J'ai aimé ce bruit sec, presque musical, comme si la maison elle-même s'était fendue avec moi. J'aurais préféré que ce soit la gorge de Qoya. Mais je garde mes mains pour le moment où sa jubilation se transformera en peur. Car un roi ne subit pas. Un roi choisit. Et si la reine est morte, ce n'est pas moi qui ai perdu : c'est le monde qui a perdu un masque utile. Rien de plus.

Je ferme les yeux et je la revois. Anastasia. Ses cheveux clairs, son regard triste. Je l'ai choisie parce qu'elle était un nom. Romanov. Un mot qui ouvrait les cours et fascinait les foules. Un nom qui donnait à ma

couronne une patine de légitimité que même les Originels respectaient. Elle a joué son rôle. Jusqu'à ce soir. Elle ne pouvait pas tenir quelques jours de plus ? Maintenant, le protocole m'enferme. Chez les humains : veillée de trois jours, condoléances officielles, visites des ambassadeurs, messes de façade. Chez nous : silence imposé, pas de nouvelle reine proclamée avant la fin de la lune, messagers des Originels attendus pour constater le deuil. Toute entorse serait vue comme une faiblesse. Je dois incarner le chagrin. Je dois sourire dans les larmes, serrer des mains, accepter des mots qui ne signifient rien.

Et pendant ce temps, Qoya jubile. Elle croit avoir gagné. Elle croit que son venin a libéré la place. Elle se pare déjà du titre de reine, dans le secret de ses nuits. Elle ne comprend rien. Elle ne sera jamais qu'une concubine avec des illusions. Je la laisserai savourer, puis je la briserai.

Mais ce n'est pas elle qui me trouble le plus en cet instant. C'est Hana. Je sens la marque que je lui ai posée. Je sens ses veines battre au rythme du mien. Mais quelque chose vient juste de changer. C'est léger, mais le fil n'est pas aussi tendu qu'il devrait l'être. Comme si une main étrangère avait effleuré la corde, l'avait détournée d'un souffle. Infime, mais réel. Je pense à mon laboratoire. Pas celui qu'elle croit connaître, pas celui des verrines et des balances. Le vrai. Le lieu où j'ai rassemblé des siècles de

rituels, de sacrifices, de grimoires. L'endroit où les corps se vident pour nourrir les symboles. Si je l'y enferme, si je la plonge dans mes cercles, si je la force à respirer mon air, alors je saurai. Elle pliera. Elle me donnera ce que je veux : la fin de la malédiction, la clef des Originels.

Mais je ne peux pas. Pas ce soir. La mort d'Anastasia m'interdit le geste. Je dois être le roi endeuillé sur le devant de la scène sans aucune pause en coulisses. Je dois donner aux foules le visage exact du désespoir utile. Alors j'attends. Je souris. Je joue ma partition. Mais au fond de moi, je jure : dès que les cierges s'éteindront, dès que le deuil sera clos, je l'emmènerai. Et cette fois, rien ni personne ne s'interposera : en attendant, je renforce mon emprise en lui envoyant des visions de dissection et de corps laminés.

Chapitre 20

Alexeï

Le couloir sent la cire froide et le lys trop lourd, les tentures noires boivent la lumière, le parquet cède à peine sous mon pas et à chaque fissure du bois, je crois entendre la voix d'Anastasia qui me demande pourquoi je n'étais pas là. Pourquoi j'ai laissé les choses se nouer sans moi, pourquoi j'ai cru qu'un aller-retour à Rouen, insignifiant sur le papier, pouvait l'emporter sur la nécessité de rester à ses côtés. Je traverse la maison comme on traverse son propre corps après un coup, en reconnaissant chaque endroit où la douleur répond, et quand j'entre dans la chambre funèbre, je me perds une seconde entière parce que le monde s'efface, avalé par le silence. Il ne reste qu'elle :

étendue, immobile, la bouche si pâle qu'on dirait qu'un sculpteur impatient l'a abandonnée avant le dernier coup de burin. Sa beauté est figée, mais ce n'est plus une beauté – c'est une absence taillée dans la chair.

Je n'ai pas de larmes – elles trahiraient une faiblesse que je ne peux me permettre de montrer, et, surtout, elles ne la ramèneraient pas. Non, c'est un froid d'acier qui serpente le long de mon échine et qui s'enroule, au creux, là où j'ai appris à garder ce que personne ne doit voir. Je me penche à peine, remets une mèche derrière son oreille, geste ridicule et tardif, geste de frère trop pressé de bien faire quand il ne reste rien à faire. Je note, malgré moi, le voile invisible qui fige déjà la peau, je repère l'angle minuscule qu'a pris la tête sur l'oreiller, j'entends les pas des autres décroître au salon comme des cœurs qu'on éteint un par un, et la colère, la vraie, celle qui n'a pas besoin de crier, lève son visage à l'intérieur de moi.

— Vous ne devriez pas être ici, monsieur, souffle le médecin, on prépare…

— Tais-toi, ordonné-je d'un ton aussi tranchant qu'un scalpel.

Il recule, très vite. Il sait qu'il n'a rien vu, qu'il n'a rien su, qu'il a couvert son ignorance d'un jargon tiède, « faiblesse cyclique » – des mots creux qui pèsent moins qu'une miette de pain sur sa langue. Je pourrais l'écraser, là, contre la glace de l'armoire, mais je n'ai pas le goût de

m'acharner sur un instrument, pas ce soir. Celui qui a choisi, celui qui a organisé, celui qui a laissé se déposer sur sa table le poison qui brûle de l'intérieur, celui-là n'est pas ici – ou plutôt, si, il est partout. Il est dans la façon dont les pas s'écartent pour lui, dans les yeux baissés, dans l'air même qu'on respire, et il s'appelle Lucian.

J'ai besoin de le voir. J'ai besoin d'étudier son visage pour décider du mien. Dans le salon, on parle en messes basses, on s'excuse de vivre plus fort que la morte, on fait la révérence au deuil comme à un souverain supplémentaire. Lui est là, évidemment, posant la main sur l'épaule des uns, laissant tomber son regard lourd sur les autres, parfait, si parfaitement affligé que je voudrais rire, un rire qui grifferait les miroirs et réveillerait les oiseaux sur le toit. Qoya a pris la place exacte que je redoutais – non, pas encore la place officielle, la place visuelle –, un pas derrière lui, à gauche. Elle baisse les yeux avec l'humilité d'une femme qui sait à quelle hauteur lever le menton pour qu'on y accroche un diadème bientôt. Si je me laissais aller, je traverserais la marée des gens pour lui arracher la tête, mais la rage qui devient utile n'est pas celle-là.

Je m'arrache à la foule et je marche. Je ne peux pas rester là à l'écouter orchestrer la compassion. Je sors par l'aile est, passe devant la serre d'hiver et le froid de la vitre me ramène à l'unique chose qui compte désormais : agir.

Je sors mon téléphone et convoque Hana. La réponse vient après deux battements de cœur. Puis j'attends qu'elle arrive. Je ne veux pas la voir, une part de moi ne veut plus rien d'elle parce que le contrepoison ne sert plus à rien, parce qu'elle m'a fait une promesse vide de sens désormais. Mais une autre part sait qu'elle n'a pas le droit de jeter l'outil parce qu'un autre s'est cassé – j'ai appris à ne pas casser tout ce qui est à portée quand la main veut punir.

La nuit remonte sur la vitre, la serre respire son humidité tiède, l'odeur de terre mouillée glisse sous ma peau et me rappelle des heures plus simples où l'on pouvait croire qu'en changeant un paramètre, on changeait l'expérience. Elle arrive sans bruit, son cahier sous le bras, son visage trop blanc sous la lampe des allées.

— Je n'ai pas encore de formulation exploita…

— Je n'ai plus besoin de tes travaux, tranché-je d'une voix plus froide que je ne l'aurais cru. C'est terminé, elle est morte.

Je vois le mot l'atteindre comme un impact physique ; elle vacille d'un millimètre, elle serre le cahier contre elle, elle sait que je viens d'abattre la carte qu'elle posait entre nous, l'unique levier qu'elle avait sur moi. Un instant, je me complais dans sa panique, et c'est minable. C'est humain, ça ne me ressemble pas, ou plutôt si, cela ressemble trop au garçon que j'ai été avant qu'on ne me

dise qu'il fallait apprendre à ne plus ressentir, seulement analyser et calculer.

— Je… je suis désolée, chuchote-t-elle avec un regard affolé.

— Si je laisse Lucian achever ta transformation, il aura un outil parfait dans ses mains, n'est-ce pas ? Tu as découvert une piste, et une fois qu'il sera dans ton esprit, tu ne pourras plus rien lui cacher. Il pourra te forcer à tout lui dire, à travailler pour lui.

— Je… je n'ai jamais voulu travailler pour les vampires, répond-elle en détournant le regard. Il m'a piégée.

— Mais en faisant cela, il t'a aussi offert une clef.

— Oui, c'est vrai, admet-elle avec réticence. Mais ce n'est pas pour autant que j'ai envie de lui servir ses ambitions sur un plateau.

— J'ai décidé d'accepter, mais pas ici. Il nous faut fuir d'abord. Maintenant.

Profiter du protocole qui empêche Lucian d'être attentif comme à son habitude. Qu'au moins la mort de ma sœur ne soit pas totalement vaine en me fournissant l'occasion que je m'échinais à trouver.

— Si on s'échappe, il faut emmener Amaru avec nous.

Je comprends à peine son jargon et ne retiens qu'une chose : il est la clef biologique que Lucian croit

s'être réservée. Si je le laisse, il boira jusqu'à plus soif et nous n'aurons plus rien. Si je le prends, nous avons une chance – une seule – de le contrer.

— Alors, il faut bouger maintenant, la pressé-je d'un ton rendu sec par l'urgence.

— Merci, se contente-t-elle de murmurer.

Je ne réponds pas. Je n'ai pas de remerciements à recevoir, j'ai des comptes à rendre et un roi à faire tomber. Nous quittons la serre pour compléter notre triumvirat : nous sommes trois à vouloir briser un roi qui n'a jamais appris que certaines guerres ne se gagnent pas par l'éclat, mais par la somme précise des choses qu'on a refusé de laisser mourir.

Et quand je poserai mes lèvres sur celles d'Hana pour achever ce que Lucian a commencé, ce ne sera pas un baiser, ce sera une déclaration de guerre que j'ai bien l'intention de gagner.

Chapitre 21

Amaru

Le deuil a une odeur, je le sais depuis plus longtemps que ceux qui en portent les tentures : ce soir, l'atmosphère l'exhale par toutes ses pierres, un mélange de cire renvoyée trop vite sur le bois, de fleurs blanches qui suintent le sucre et l'amertume, de tissus assourdis qu'on a cloués dans la précipitation. Comme si jeter des ombres sur les murs suffisait à occulter le drame. Là-haut, les pas ne battent plus la même mesure, ils se coupent, ils dévient, ils hésitent, et l'écho qui descend jusqu'à moi, dans ce couloir de pierre humide où j'ai appris à tenir mon souffle plus longtemps que ma colère, me dit que quelque chose s'est rompu pour de bon. Pas ces cassures qu'on répare en changeant de masque, non, une rupture qui change l'axe du monde et oblige chacun à se redresser autrement ou à tomber. J'ai su avant qu'elle ne vienne me le dire, et, si je ferme les yeux, je peux presque voir la manière élégante dont Qoya se glisse dans le vide laissé, la nuque offerte au diadème imaginaire. J'entends aussi, dans un autre couloir de ma tête, la voix de Lucian qui feint la stupeur comme on feint la compassion, une voix qui a appris, auprès d'hommes qui ne se rappellent pas leurs propres noms, à tourner le chagrin en outil.

Je garde mon souffle et je laisse passer, à la surface de ma peau, cette réverbération singulière que j'ai découverte depuis qu'elle est venue, elle. Depuis que la plume a vibré entre nos deux gouttes sur la pierre, depuis que la brûlure a mordu les veines et repoussé l'angle glacé de l'autre. C'est un fil, ténu, qui va d'elle à moi et de moi à elle, non pas un lien qui tire, mais une présence qui se laisse habiter, et qui, ce soir, respire à un rythme plus court, comme si son thorax cherchait la cadence au milieu d'une foule de tambours. Elle revient, je le sais, je le sens.

Je compte les inspirations, non pour calmer une panique qui ne vient pas mais pour m'interdire d'espérer trop tôt. La situation inattendue dans la résidence est propice à l'impensable : la mort relâche les doigts de ceux qui tiennent les clefs, les couloirs se vident par endroits, d'autres se saturent, la surveillance change d'œil, et là où

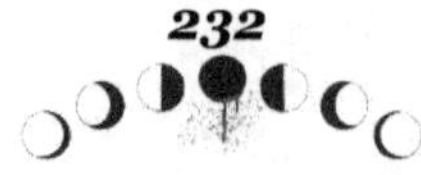

Lucian croit sa solitude inviolable, je sais que l'orgueil a laissé un battant entrebâillé. Il suffit de pousser au moment exact. Occupé comme il est, je pense même qu'il ne pourra s'éclipser des regards pour venir me torturer encore. L'esprit du condor en moi me hurle que c'est le moment d'agir. Il doit le faire savoir aussi à Hana. Mais... elle n'est pas seule ?! Je sens une autre vibration à côté de la sienne. Sourde, comme une colère rentrée, comme le grondement ténu d'un volcan avant qu'il ne s'éveille. Qui ? M'a-t-elle trahi ? Et puis je croise son regard : c'est l'homme des ombres. Alors, Hana l'a convaincu ? Il est semblable à un loup tenu en laisse trop courte et qui, un jour, la rompra.

— Amaru, souffle-t-elle, nous venons te libérer.

Je me redresse, oui, je me redresse jusqu'à ce que la chaîne crie : je ne veux pas saluer ma délivrance en courbant la nuque. Alexeï me fixe de son regard gris où brûle une colère qui ne cherche pas la porte la plus proche pour sortir, mais le moment juste pour se dessiner. Je le reconnais parce que j'ai vécu assez longtemps pour savoir ce que vaut une colère qui a choisi sa place. Puis elle s'avance, son cahier contre la poitrine comme une cuirasse qui ne pèse rien. Pourtant, je sais qu'elle y a enfermé des armes que Lucian ne verra pas venir. Elle pose sa main contre mon sternum, exactement au point où, tant de fois, j'ai laissé l'autre y mordre sa signature invisible : ses doigts sont froids et brûlants à la fois. La trace du lien de sang a laissé des lueurs sous sa peau : on dirait qu'elle porte, par endroits, des soleils retournés et je sens, au-dessous de mon os, la pulsation qui reconnaît la sienne.

— Ça tient, souffle-t-elle, mais je veux renforcer avant qu'on ne fuie.

Je sens Alexeï observer avec attention le rituel tandis que la brûlure vient, docile, prête. Ce n'est plus l'incendie d'hier, c'est une braise qu'on ranime, assez pour que l'angle que Lucian avait fiché en elle dérape, assez pour que le condor déploie un peu plus ses plumes avec un cri qui résonne dans nos têtes.

Alexeï s'avance et sort d'une poche longue une trousse fine. Il s'empare d'une lame puis d'une autre : il les fait se répondre dans le cadenas de mes chaînes. Je sais, dès la seconde où il pose la première tige, que c'est un homme qui a appris à ouvrir sans qu'on l'entende. La serrure tressaille, hésite et je me retiens d'imaginer la sensation d'après. Elle cède, une première fois, un petit cran, puis un second, plus profond, et soudain, le fer lâche. La douleur qui suit n'est pas celle que j'espérais. J'anticipais la déflagration dans les chairs rendues à elles-mêmes, j'obtiens un cri sourd des os qui se souviennent trop bien de l'étreinte : le sang circule de nouveau mal et frappe. Je ferme les yeux tandis que le vampire attaque le second cadenas. Lorsque je suis enfin libéré de mes chaînes, je tangue, ayant oublié l'équilibre de la liberté.

— Allons-y ! Il n'y a plus de temps à perdre, nous presse-t-il en passant un bras sous mes épaules pour me soutenir.

Je découvre ce corridor que je n'ai jamais vu, m'étant réveillé directement dans le cachot, et m'étonne un peu qu'il soit aussi banal alors qu'il mène à la torture. Le jardin nous reçoit par une porte basse qu'on pense réservée aux jardiniers, l'air de la serre d'hiver, même tiède, me blesse comme un ciel neuf, et ce qui blesse me nourrit à la seconde suivante. Je respire sur l'épaule d'Alexeï de l'autre côté. Les massifs dessinent des silhouettes sombres. Des lampes basse consommation tracent des cercles laiteux, quelqu'un tousse, un chien de pierre garde une allée. J'inspire l'air qui n'a pas la signature de Lucian, l'air qui ne sent pas sa bouche, l'air qui se souvient de quelque chose d'avant, quelque chose qui avait du sable et des enfants courant avec des cheveux pleins de poussière.

— Nous devons attendre que le camion recule, indique Alexeï en nous désignant un véhicule dans l'allée à quelques mètres. C'est le traiteur. Quand il repartira, nous devrons être dedans.

Alors nous patientons. En attendant, Hana ouvre un sac sans bruit, en sort des bandes qu'elle passe autour de mes poignets, là où le métal a laissé sa signature. Son

geste est clinique et tendre à la fois et je la laisse faire. Enfin, un homme remonte dans la cabine du camion : il a ce pas las de ceux qu'on a tirés de leur lit pour une livraison express. Aussitôt, Alexeï se présente et l'homme obéit : le camion recule dans la bouche de service et nous nous glissons sous la bâche. Trois minutes plus tard, juste au moment où le véhicule redémarre, Alexeï se faufile à son tour.

— Quand nous serons à la grille, ne bronchez pas, ne respirez pas. Dites-vous que vous êtes une caisse, nous enjoint-il.

— J'ai été pire, chuchoté-je ironiquement.

Hana respire près de moi et je sens, par instant, la déchirure où la morsure de Lucian avait creusé sa marque. Elle vibre, se calme : notre lien joue le rôle pour lequel il a été fait. Je réprime l'envie de lui poser la main sur le front. Je pense au moment où, plus tard, elle posera sa bouche contre celle d'Alexeï pour finir ce que Lucian a commencé et ressens une émotion que je n'ai pas le droit de nommer. La jalousie.

— On y est, souffle Alexeï.

Le moteur ronfle. La caisse tressaille. Les sangles grincent. Dans le silence assourdissant, je me promets de garder, pour les jours qui viennent, la patience que réclame la chute d'un roi devant mourir. Enfin, le camion passe le contrôle pour prendre une rue plus large. L'air qui

glisse par un interstice vient me porter un parfum que j'avais oublié. Rien de sacré, rien d'héroïque, juste la ville qui dort mal, des pierres tièdes, de la poussière. Et je comprends – non, je sens – que nous avons franchi la première frontière, celle qui sépare les secrets d'un seul homme de l'immensité anonyme où les pas se perdent. Je tourne la tête vers elle : je ne la vois pas, mais je devine la courbe de sa joue. Je sais, sans l'avoir goûtée, que sa bouche a la saveur du bois brûlé et du sel qui m'a sauvé la veille, et je me promets d'être le pilier dont elle a besoin pour tenir. L'esprit du condor a éclairci mes pensées : nous sommes indissociables que l'on soit deux ou trois, ensemble.

Chapitre 22

Amaru

Nous avons sauté du camion à un feu rouge et marchons vite, courbés dans l'ombre des murs, Alexeï en tête, Hana au milieu et moi derrière, encore engourdi par les fers. Les rues bruissent dans la ville qui s'endort mal : Lucian a étendu son deuil comme une nappe noire sur chaque maison ; on sent dans l'air la peur, la curiosité, la gourmandise de ceux qui vivent trop près d'un trône.

Nous poussons une porte discrète, une entrée de service, et, soudain, la chaleur du dedans me frappe comme un ciel clos. Odeur de cire, de vins ouverts, de parfums lourds. Il y a une réception. Nous sommes chez le ministre de l'Intérieur. Alexeï le tient et pense qu'il nous couvrira le temps qu'on puisse trouver un refuge plus sécurisé. Nous nous éloignons des rires étouffés, des voix basses, des souliers qui crissent sur le parquet ciré. Il nous guide, nous fait longer un couloir. On s'installe dans un cabinet à l'écart, une bibliothèque où s'entassent des volumes que personne n'a lus depuis des années. Le ministre nous a jeté un regard lourd, comme s'il se débarrassait d'un fardeau en nous poussant là. Il retourne vite à ses invités jouer son rôle utile. Je m'assois, les chaînes encore marquées sur mes poignets. Hana déplie ses papiers, griffonne déjà des colonnes, des chiffres, comme si le protocole pouvait effacer la peur. Alexeï reste debout, bras croisés, dos au feu éteint, guettant chaque pas dans le couloir.

Je ferme les yeux. Et là, je la sens. Pas Hana, pas Alexeï. Une autre vibration. Une onde plus ancienne, plus lourde, qui traverse les murs comme le pas d'un jaguar invisible. Le condor en moi bat des ailes, le jaguar gronde au creux de ma cage thoracique. Les deux me tirent, me forcent à écouter.

— Qu'est-ce que tu fais ? murmure Alexeï en me voyant me lever.

— Il y a quelque chose ici, soufflé-je.

— Reste assis, ordonne-t-il.

Mais mes pas me portent déjà. Je connais cette sensation : ce n'est pas une curiosité, c'est un instinct.

L'air se contracte, chaque bruit se renforce. Le parquet gémit, les conversations se tassent. Je marche dans un couloir que je n'ai jamais pris, poussé par deux forces contraires et complices : l'ombre du condor, la mâchoire du jaguar. Une double porte s'ouvre sur un salon éclatant de bougies. Les dorures brillent, les hommes chuchotent, les femmes lèvent des verres en feignant la compassion. Les mots s'envolent : *Anastasia… tragédie… le roi si digne…* J'entends ces voix sans les reconnaître, à l'affût de… Et puis je la vois. Grande, fine, avec l'élégance calculée de celle qui sait que les regards convergent vers elle. Elle parle à un homme avec un sourire poli, ses mains gantées effleurant un verre de cristal. À mes côtés, Alexeï murmure les noms des dignitaires présents. Ministre, officiels, mais un seul m'intéresse. Camille Monfort[24]. Je sais qui elle est, une vampire de la cour de Lucian jouant

---

[24] Cantatrice française célèbre à Belém – Brésil – pour sa beauté et sa voix envoûtante. Certains prétendaient qu'elle avait contracté le vampirisme à Londres, ce qui aurait expliqué sa peau diaphane. Elle aurait, disait-on, développé une soif de sang humain et utilisé sa voix pour hypnotiser de jeunes femmes lors de ses représentations, les faisant s'évanouir pour ensuite se nourrir d'elles. Ces évanouissements étaient souvent attribués à l'émotion intense qu'elle provoquait, mais d'autres y voyaient une influence surnaturelle. Sa légende dit que sa tombe est vide, perpétuant son mythe au-delà de sa mort officielle en 1896.

les ambassadrices. Il a fait venir à Paris celle que la légende a surnommée la vampire de l'Amazonie. Mais quand je la regarde… je sais.

Je sais parce que ma mémoire ne m'appartient pas seulement. Elle est celle de mon peuple, des chasseurs qui ont gravé les visages des Originels dans la pierre et la cendre. Le condor presse ses serres sur mon épaule. Le jaguar lève la tête. Ils me disent la même chose : *ne détourne pas le regard.* Je croise ses yeux. Une fraction de seconde. Et je sais qu'elle me voit aussi. Pas l'homme enchaîné que je suis devenu, mais la mémoire qui m'habite. Elle détourne à peine le menton, reprend sa conversation, mais son regard a glissé sur moi comme une lame polie.

Je retiens mon souffle. Je voudrais hurler à Hana et Alexeï ce que je viens de comprendre : que nous sommes tombés dans une cage plus ancienne encore que celle de Lucian. Mais je ne le peux pas. Pas encore. Parce que je ne sais pas si elle est leur ennemie ou leur juge. Ce que je sais, en revanche, c'est qu'elle ne devrait pas exister. Je sais seulement que nous n'avons pas fui un roi pour nous réfugier dans une maison libre. Nous avons peut-être couru d'une geôle à une autre. Je recule d'un pas, Alexeï m'attrape par le bras, me ramène dans l'ombre après que mon souffle m'a échappé.

Asiri.

Hana lève des yeux inquiets vers nous, son cahier tremble légèrement. Et le vent du dehors, que je sens encore sur ma langue, me paraît soudain plus précieux que jamais. Parce qu'il était simple. Parce qu'il n'était pas chargé de siècles. Parce qu'il ne portait pas un nom enfoui, puis ressuscité.

Asiri.

Légende wari 5
L'oublié

Le tabou

Payqa waqaychasqa kananman.
[Elle aurait dû être épargnée.]

Ichataq kawsayta akllarqa.
[Mais a choisi son destin.]

Yawar mikuyta rikhurqa.
[En buvant le sang du sacrifié.]

Sutinpaqa pakasqa kanan.
[Son nom doit rester clandestin,]

Mana llaki ñawpaq ayllupi.
[Afin de ne pas peser sur notre lignée,]

Ñawpaqqa ñañachakuq llakipi.
[Déjà de honte entachée.]

Asiri – fille du Grand Sorcier royal wari

1438 après J.-C. – Temple de Chavín – Cité wari – Machu Picchu – Pérou

Le jour de la malédiction, j'étais déjà femme. L'épouse du second sorcier, celui qui devait tenir les rituels si le premier vacillait. Ma bouche avait appris les prières, mes mains, les poudres et les encens. Toutefois, je n'étais pas appelée à régner, seulement à croire, à observer et parfois à aider, mais toujours dans l'ombre et de façon subtile. En ce temps-là, une fille pouvait porter les chants, jamais les décisions.

Mon père a marché vers la pierre sacrificielle. Son pas était digne parce qu'il s'avançait pour sauver son fils. Toujours son fils. Il ne m'a pas regardée. Pas une fois. Pas une pensée, pas un signe. Il a donné son souffle pour le garçon et a laissé la fille derrière, comme on laisse une ombre se fondre dans la poussière. Je l'ai vu mourir en m'ayant déjà oubliée depuis longtemps. J'ai senti la chaleur de son sang se répandre sur la pierre et j'ai compris que je n'étais rien : ni héritière, ni offrande, ni mémoire. Juste une absence.

Alors, la rancune a remplacé le petit espoir que j'entretenais pendant ces années d'indifférence et de sacrifice et a serré ma gorge. Quand, en tant qu'épouse du temple, j'ai dû porter le cœur encore chaud aux jaguars, j'ai profité du fait d'avoir le dos tourné pour poser mes lèvres dessus, pour lécher quelques gouttes. Pour savoir ce que cela faisait de recevoir la magie d'un sacrifice. Pas pour honorer. Non, par défi. Et peut-être pour garder une trace de ce père prêt à tout pour un enfant alors qu'il avait allègrement abandonné le second.

Et le sang m'a répondu : il a creusé une veine nouvelle dans ma poitrine, une marque invisible. Je n'étais pas un homme, mais la magie de notre lignée glorieuse m'a tout de même reconnue ! J'en ai éprouvé une fierté rebelle... jusqu'à ce que notre monde se mette à brûler... J'allais revenir vers l'autel lorsque les hurlements ont explosé depuis les remparts ! Comme tout le monde, je suis restée sidérée, puis la peur – non la terreur – nous a tous pris dans ses griffes. J'ai fui avec la foule vers les souterrains, une silhouette anonyme dans le flot d'une panique générale. Dans notre dos, le fracas des portes que l'on enfonce, le martèlement des pas des soldats incas envahissant notre cité. Ils se sont mis en chasse, et je n'ai survécu que parce que je me suis cachée

dans une faille de la roche plutôt que de continuer à courir comme les autres. Je suis devenue une statue en pensée – visualisant le jaguar capable de patienter à l'affût – et suis repartie dans l'autre sens lorsque l'armée inca m'a dépassée.

Grâce à Tatloc, je connais l'infrastructure de la cité comme seul un futur commandant peut la voir. Passant par des couloirs réservés à la famille royale, utilisant des raccourcis mis en place pour stocker les moissons et me faufilant par des couloirs de ronde spécifiques, je suis parvenue à la porte est permettant de s'enfoncer directement dans la montagne pour rejoindre les champs de la vallée. Je me suis fondue dans les ombres et j'ai bifurqué dès que possible pour reprendre une galerie souterraine silencieuse. Je ne me suis effondrée que lorsque j'ai été certaine d'être seule.

Tatloc m'a trouvée le jour suivant, figée dans le choc d'avoir tout perdu et de ne pas savoir comment faire dans cette nouvelle réalité.

— Asiri, par Chavín, tu as réussi à t'échapper !

Il remontait la galerie afin de s'introduire en douce dans la cité : il avait regroupé des survivants et en cherchait d'autres. Lorsqu'il m'a trouvée, il a commencé à me donner des instructions pour rejoindre les autres. Mais il a remarqué ma fièvre et les tremblements de mon corps que je ne parvenais pas à dissimuler.

— Qu'as-tu fait ? m'accuse-t-il d'un ton mi-effaré mi-colérique.

Je n'ai pas eu besoin d'avouer ma faute : il savait. Il avait reconnu les signes, les mêmes que ceux de ses bataillons de guerriers n'ayant pas été en poste sur les remparts, mais attendant dans les murs pour repousser l'ennemi par les petites ouvertures prévues à cet effet.

— Comment as-tu osé défier ainsi Chavín ? C'est un sacrilège ! Les femmes n'ont pas le droit de se lier au soleil ! Votre astre est la lune qui accompagne vos fluides à chaque cycle !

Parce que chez les Waris, la lumière éclatante est l'apanage des hommes, tandis que la pâleur des ombres est le nôtre.

— Sacrilège ou non, je n'en reste pas moins de ton sang, murmuré-je. Le seul qui reste. Vas-tu, comme notre père, l'oublier ?

C'était la première fois que j'ai osé parler pour contredire, pour exister. Ce rappel l'a fait tressaillir de chagrin et de honte mêlés. Parce qu'il sait que je suis une femme donnée en gage contre une paix relative, il connaît la tractation sordide dont j'ai fait l'objet… et il a détourné le regard lorsque j'ai dû tenir mon rôle en public alors que mon corps martyrisé me faisait souffrir juste en respirant.

— Vas-tu m'abandonner ? Encore une fois ?

Parce que c'est mon mariage qui lui a garanti le poste de commandant de la cité : mon père a apaisé l'ambition dévorante de Guru en le nommant second sorcier du temple et en le liant par le sang grâce à moi. Grâce à mon sang de vierge donné en pâture à un homme violent. Parce qu'il était en lice pour le poste convoité par Tatloc, et qu'en rentrant au temple, il n'était plus un obstacle. C'était la décision de mon père, mais une idée de mon frère... Face à leurs volontés communes, j'ai obéi sans rechigner, convaincue que je n'avais pas d'autre choix que d'accepter ma destinée : je n'existais que pour servir leurs desseins.

Ce jour-là, je lui ai exprimé pour la première fois ma colère et mon sentiment de n'avoir été qu'un instrument utile qu'on oublie dès qu'on n'en a plus besoin. Ses yeux avaient la honte de ceux qui savent et voudraient oublier. Ce jour-là, j'ai osé lui dire ma façon de penser. Et ce jour-là, il a finalement accepté de m'aider. Mais à ses conditions. Parce que les hommes en imposent toujours. Il m'a hissée sur mes pieds et m'a tendu son poignet.

— Tu es prise avec la soif de sang, je t'offre un peu du mien pour que tu puisses te maîtriser. Cependant, en aucun cas tu ne dois te montrer aux autres. Ça serait une sentence de mort assurée.

Alors je suis restée cachée pendant des jours dans

une petite grotte. En fait, c'était à peine une esquisse de nouveau tunnel inachevé qu'il avait commencé à creuser. C'est devenu mon univers de survie. Chaque jour, j'ai lutté contre le sang qui m'avait maudite jusqu'à presque devenir folle, tenaillée par cette soif impérieuse. Mais j'ai tenu parce qu'à chaque fois, Tatloc me racontait ce qu'il voyait chez les autres, ceux dont il avait pris la direction. Toutefois, ses paroles trouvaient de moins en moins d'écho chez moi, rongées par l'acide de la malédiction dans mes veines. Alors, au bout d'une lune, il est arrivé avec le couteau sacrificiel de notre père qu'il avait retrouvé jeté dans la salle où les Incas avaient rassemblé leur butin afin de le partager lors de leur prochaine cérémonie de victoire : ils s'étaient bien installés dans la place et avaient redessiné l'exploitation de la cité désormais sous leur joug.

— J'ai trouvé un rituel dans le Codex qui devrait te permettre de nous rejoindre plutôt que de rester seule, annonce-t-il en sortant du copal, des pierres et un linge trempé dans l'eau de la fontaine sacrée. J'ai dû le retravailler et il y a un risque que tu ne survives pas. Mais si cela fonctionne, cela devrait camoufler ta nature d'Originelle aux autres. Toutefois, cela signifie que ton comportement devant eux doit être exemplaire pour qu'ils ne se doutent de rien…

Soit encore vivre cachée en pleine lumière, enfin

façon de parler, puisque nous avons été condamnés à la nuit. Mais j'ai accepté parce que la solitude me grignotait l'esprit petit à petit. J'ai versé mon sang sur le linge qu'il a ensuite fait brûler en récitant des paroles magiques dont je ne saisissais pas tous les mots. Pour avoir espionné Xtopec pendant qu'il enseignait à Tatloc pendant notre enfance, j'avais appris quelques rudiments, mais ne maîtrisais pas comme lui tous les secrets ayant fait de notre famille la plus puissante des sorciers waris. Je n'ai compris la signification de ce rituel que lorsque la douleur a embrasé mon corps : je brûlais de l'intérieur !

— Ne lutte pas, murmure-t-il alors que je me tords de souffrance à ses pieds. Laisse le pouvoir de Chavín emprisonner ton sang maudit.

Je ne sais plus combien de temps je suis restée au sol, haletante, l'esprit et le corps en feu avec une soif inextinguible qu'il a refusé d'apaiser tant que la magie ne serait pas complète. Mais cela a fonctionné. Et je me suis retrouvée dans la caverne avec les autres pendant deux ans, à jouer la famille humaine au même titre que les autres. La communauté de rescapés avait adopté un rythme calqué sur celui des Originels, ce qui a facilité ma petite comédie : Tatloc me nourrissait en secret – très peu, juste quelques gorgées pour me maintenir à la limite de la folie – à chaque coucher de soleil. Et puis est venue son idée de devoir défier la loi du temps elle-même.

— Si je prends le sang des Originels, je ne pourrai plus te nourrir en retour, murmure-t-il alors que la caverne dort. Cela pourrait enclencher ma transformation et je ne peux prendre ce risque.

Parce qu'avec le temps, il a compris qu'il fallait deux échanges de sang entre Originels et humains pour que ce dernier devienne un Transformé. Avec un risque majeur d'en mourir. Comme toujours, il a observé, analysé et déduit à chaque fois qu'un prisonnier inca était capturé et ramené à la grotte pour nourrir ses frères. Le puits où on jette les cadavres est éloigné des espaces communs, mais cela ne suffit pas à faire oublier l'odeur des chairs putréfiées : les relents enchâssés dans l'atmosphère sont un paramètre auquel nous avons dû nous habituer.

— Que vais-je devenir ? Tu m'interdis de chasser avec les autres…

— Il faut que tu partes, décrète-t-il d'une voix sourde. Il y a des villages plus éloignés dans lesquels tu pourrais te cacher…

L'exil et le secret. Encore. Mais là aussi, j'ai dû plier. J'ai donc quitté mon refuge une nuit sans lune et suis descendue vers le sud. Sans l'esprit du jaguar et du condor pour me guider, je n'aurais jamais pu échapper aux patrouilles, je n'aurais pas su comment grimper aux arbres pour me protéger pendant la journée avant de reprendre mon périple et je n'aurais pas appris à chasser une proie sans l'achever. J'ai mis des semaines, mais j'ai tenu et me suis infiltrée dans un village d'éleveurs en devenant une ombre de la nuit. J'ai dû composer avec la contrainte du soleil en mentant après avoir invoqué une blessure aux yeux. Personne ne voulait garder les troupeaux après la tombée du jour, et je suis devenue celle qui pouvait être sacrifiée à la place des alpagas si jamais la rumeur parlant de monstres de la lune les trouvait. J'ai changé régulièrement de village en m'éloignant à chaque fois avant que les questions ne deviennent suspicion quand les autres vieillissaient trop et moi non.

Et puis, un beau jour, des hommes étrangers sont arrivés. Avec des croix et un discours sur le fait de devoir sauver nos âmes. Ils ont détruit les autels élevés à nos dieux pour les remplacer par des églises. L'un d'eux m'a prise avec lui, séduit par ma beauté « exotique » tout en me faisant payer après chacun de ses « péchés de chair ». J'ai enduré encore, parce que cela me sauvait du soleil lorsqu'il m'enfermait comme son secret honteux dans sa chambre. À défaut de me protéger, j'ai appris à me nourrir de lui sans qu'il s'en rende compte parce qu'il se fouettait devant moi après chacune de ses « faiblesses ». Sous couvert de le soigner, j'ai léché ses plaies et dompté

ma soif en me contentant de peu.

J'ai appris les mots, les psaumes, les gestes de prière de ce nouvel ordre. J'ai fini par faire illusion en me convertissant : sœur Marie était née. Mon personnage s'est adapté en changeant de congrégation quand le besoin se faisait sentir jusqu'à quitter ma terre natale. J'étais devenue une ombre mouvante, survivante, mais oubliée d'elle-même.

Les humains ont appris l'existence de ce qu'ils ont appelé vampires et, pendant longtemps, les rumeurs et débats ont fait rage jusqu'à devenir un murmure accepté par la majorité. J'ai continué à porter mon masque, trop habituée à rester cachée. Mais l'histoire allait dans notre sens, et j'ai commencé à penser que je pourrais changer de rôle plutôt que de rester une missionnaire ambulante.

Puis vint Belém. Une ville en pleine expansion, foisonnante et parcourue d'un souffle de rébellion et d'un frisson d'arrogance. La société nouvellement riche de l'exploitation de la gomme a cru qu'elle pouvait faire ce qu'elle voulait. Et malgré ma prudence séculaire, je me suis laissé séduire aussi par ce mirage. J'ai opéré ma renaissance sous une nouvelle vie qui m'a comblée. Au point que j'en ai oublié le secret à préserver, et que je suis devenue une légende jusqu'à ce qu'un Transformé me trouve et me condamne à nouveau à un rôle que je n'ai pas pu refuser.

Il s'appelait Lucian de Lys et cherchait une reine pour son empire.

Chapitre 23

Camille

Je n'entends plus les conversations autour de moi. Le cristal, les politesses, les condoléances apprêtées : tout s'efface dans un flou sonore. Il ne reste que ce mot, posé au milieu du salon comme un galet lancé dans l'eau noire.

Asiri.

Mon nom oublié depuis si longtemps que personne ne l'a prononcé pendant plus d'un millénaire. Là, proclamé par un homme que je n'ai jamais vu, mais que je reconnais tout de même à l'instant où nos regards s'accrochent : il a la montagne du condor et la jungle du jaguar en lui. Et il sait qui je suis.

Le choc me fige sur place même si mon masque

reste en place. Et puis un Transformé le fait reculer et je me détourne pour partir. Je dois quitter ce salon ! Passant par la porte opposée, je me glisse, le cœur battant dans le bureau du ministre sans bruit. Il a une autre sortie discrète pour y tenir ses entrevues où une poignée décide du sort du monde sans que personne ne puisse le savoir. Mais je me fige à nouveau en entendant la voix : il s'est retiré ici également pour prendre un appel, et, si j'en juge par son ton, il est trop tendu pour que ce soit anodin. Habituée à écouter les secrets, j'attends.

— Mais monsieur le Président, proteste-t-il, je ne comprends pas pourquoi vous voulez que je les arrête ? Sous quel prétexte ?

Avec mes sens aiguisés, je distingue la réponse dans le combiné.

— Le roi Lucian de Lys les a déclarés hors la loi, le voilà votre prétexte ! Une unité spéciale va venir les arrêter d'ici douze minutes, donc votre rôle est de les retenir jusque-là sans poser de question !

— Je suis en pleine réception...

— Confinez-les dans votre réserve ou ailleurs, comme vous voulez, sans qu'ils ne se doutent de rien ! Débrouillez-vous, c'est tout !

Hors-la-loi ? Pourtant, c'était Alexeï Loussoupov qui était avec ce Wari. Le bras droit du roi dans l'ombre du trône de la reine. Il se serait retourné contre Lucian ?

Attendant que le ministre raccroche avec un grognement dépité, je réfléchis à la manœuvre que je viens de surprendre malgré moi. Mon esprit me hurle de ne pas m'en mêler, mais mon cœur a reconnu la voix de Tatloc dans la façon dont mon nom a été prononcé. Cet homme au regard empli d'une mémoire n'étant pas que la sienne est un descendant, j'en ai la conviction. Un qui n'a pas connu le vent du Machu Picchu ni la pluie après la moisson des récoltes, mais un de ceux que mon frère a engendrés avec son sacrifice. Sacrifice qui lui a permis de m'envoyer un message par l'esprit du condor alors que j'étais loin. Il a visualisé où je me cachais et m'a fait parvenir bien des semaines plus tard un paquet. Le Codex de Xtopec avec la mission de le garder pour celui qui viendra me trouver. C'était la dernière volonté de son sang. Alors j'ai transporté ce recueil comme la relique de la mémoire d'une vie passée au poids trop lourd sans jamais parvenir à le déchiffrer, sans jamais comprendre à quoi cela pouvait servir. Jusqu'à maintenant.

Après des siècles de secrets, je sais aussi que ces derniers finissent toujours par être dévoilés. Un instant, je revois Belém. La moiteur du port, les rumeurs de la « vampire d'Amazonie ». J'ai été imprudente. Je me suis laissé emporter par la musique, par le chant et les applaudissements du public. Lucian m'a trouvée. Il a voulu faire de moi sa reine en pensant que j'étais une

Transformée comme lui. Mais il avait un système de détection des Originels sur lui – grâce à la magie noire de sacrifices – et il a compris que j'étais un autre type d'atout pour lui. Un tabou inacceptable pour monter sur un trône, mais une source d'enseignement et de connaissance. Toutefois, lorsqu'il a voulu me soumettre à son joug, l'esprit du jaguar m'a aidée, et je l'ai blessé d'un coup de griffe à distance. Alors il a reculé. Mais c'était pour mieux me circonvenir ensuite. Il m'a fait enlever par des humains lorsque le soleil m'empêchait de riposter et m'a ramenée en France avec lui. Il a fait couler mon sang pour m'affaiblir et me soumettre à son joug, le jaguar ne pouvant me protéger lorsque la soif me serrait la gorge et me faisait délirer. Il a implanté une laisse dans mon esprit, m'obligeant à ne jamais l'attaquer et s'est amusé à la tester. Jusqu'à ce que je comprenne qu'il était vain de lutter. Je suis devenue sa vitrine, ambassadrice auprès des humains, Camille Monfort, figure intouchable de respectabilité. Et j'ai obéi, parce que mon silence était le prix de mon existence.

Mais la volonté de Tatloc résonne en moi en parallèle, et finalement, je ne réfléchis plus et réagis, poussée par le souvenir d'une entraide enfouie par des siècles de silence. Je ressors dans le salon et m'incline comme si je quittais la réception, saluant quelques visages, offrant une révérence aux ambassadeurs. Ensuite, j'emprunte le couloir de service d'où j'ai vu le ministre ressortir quelques instants plus tôt, avec l'expression fermée de quelqu'un tiraillé entre deux ordres contradictoires. Le bras droit de Lucian avait sans doute quelque chose contre lui, mais il ne peut défier ouvertement son président…

En silence, telle l'ombre que je suis devenue, je me faufile jusqu'à la réserve et entrouvre doucement la porte. Ils sont là, figés par mon intrusion, analysant ce que ma venue peut signifier pour eux.

– Suivez-moi, lancé-je en tournant aussitôt les talons. Le Président a ordonné votre arrestation à la demande de Lucian, et le quartier va être bouclé dans quelques minutes. Je peux vous faire sortir de là, mais le temps est compté.

Alexeï ne bouge pas, mais l'homme aux stigmates de torture, si. Je sens qu'ils m'emboîtent tous le pas et nous sortons dans la nuit par la porte de service alors que j'ai appelé mon chauffeur pour qu'il me rejoigne avec ma voiture. Pour les yeux des humains, mon véhicule porte des plaques diplomatiques et ne peut être arrêté. Aussi, je les pousse à s'y engouffrer et ordonne que l'on reparte sans attendre. Je ne crains pas les indiscrétions du conducteur, car Alexeï a déployé une illusion pour les envelopper tous les trois et les rendre invisibles à l'œil humain. Dans le silence de l'habitacle, à l'abri de la vitre

de séparation teintée, Amaru – il s'appelle Amaru – m'interpelle.

— Asiri, tu n'es pas cachée ?

Sa voix est rauque des inflexions de Tatloc, et je sais que c'est mon frère qui me parle à travers lui.

— On peut se fondre en pleine lumière, réponds-je d'un ton volontairement neutre, soucieuse de ne pas laisser le reproche voilé m'atteindre.

— Où allons-nous ? intervient Alexeï d'un ton tranchant. Amaru te fait confiance, mais je sais que tu es un des meilleurs pions de Lucian sur son échiquier politique…

— Je vous ai offert une échappatoire et un sursis, riposté-je d'un ton sec. La moindre des choses serait de me remercier de prendre un tel risque pour vous !

Il pince les lèvres, mais finit par incliner légèrement la tête.

— Nous allons chez moi, et de là, vous devrez organiser votre plan de fuite d'ici demain soir au plus tard. Je suis censée faire un rapport au roi en début d'après-midi, mais je pourrai le retarder jusqu'à votre départ en arguant que je voulais avoir une vision globale de la soirée après la confusion que votre fuite ne manquera pas d'engendrer.

— Tu travailles pour le roi ? intervient Amaru, ouvertement accusateur cette fois-ci. Pour celui qui dirige

ceux-là mêmes que nous avons juré d'éliminer ?

— Je n'ai prêté aucun serment en ce qui me concerne, réponds-je avec une aigreur que je ne parviens pas à retenir. On ne me l'a pas permis. J'ai donc dû survivre avec les clefs que j'avais.

— Vivre dans le déshonneur n'est pas digne d'une Wari !

— Je ne l'ai jamais été ! Selon le bon vouloir des hommes de ma famille, j'ai été une marchandise, un moyen à exploiter ou un secret honteux !

Moi-même suis surprise par la rage qui me submerge alors que les mots se déversent de ma bouche, telle une coulée de bile.

— Nous vous sommes... reconnaissants pour votre aide, intervient la femme. Sans vous, nous aurions été perdus. Et je ne veux pas devenir un instrument de Lucian contre ma volonté.

Sa voix est plus mécanique, comme si elle récitait une phrase apprise par cœur, mais cela a le mérite de couper court aux reproches... et de me toucher par la détermination que je sens chez elle. Moi aussi, à une époque lointaine, j'avais décidé de lutter contre mon destin. Cela réveille l'écho du jaguar en moi, dont le rugissement n'avait pas résonné dans mon cœur depuis que Lucian m'avait soumise à sa volonté.

Tournant la tête, je regarde la ville défiler. Les rues

noires, les lampadaires comme des cierges renversés. À la lueur de la mémoire de Tatloc, je sais ce que je dois faire maintenant : j'ai voulu aider, et on me reproche encore un acte passé. J'ai entendu le jugement porté par mon frère : il aurait préféré que je ne survive pas plutôt que de plier. Pas une seule fois il n'a laissé entendre qu'il était heureux que j'aie survécu. Il n'a pas posé de question pour savoir comment ni quel traitement j'ai dû endurer. Il n'y en avait que pour les Originels et ses descendants. Tout comme maintenant. Alors, oui, je vais les abriter. Je les cache, mais déjà, je calcule comment en faire une dette, pas une faute. Comme dire que je les ai accueillis sous la menace. Que je n'ai pas collaboré, mais subi. Et pour cela, il faut que je sois celle qui appelle la police en ne leur donnant qu'une petite marge d'avance. C'est le prix qu'ils devront payer pour mon intervention ce soir, alors que j'aurais pu – dû ? – les laisser dans le piège où ils s'étaient jetés. Quant au Codex, je ne leur en parlerai pas : ce secret est le mien depuis longtemps, et il le restera.

La voiture s'arrête. On ouvre le portail de ma maison. Je descends la première. Je les guide jusqu'au salon. Je fais apporter des couvertures, du thé. Tout est parfait. Comme toujours. Je souris, polie, comme Camille Monfort. Mais dans ma gorge, c'est Asiri qui parle :

— Préparez-vous à partir avant mon rendez-vous avec le roi, décrété-je avant de sortir mon téléphone et d'y

programmer une alarme. Lorsque la sonnerie retentira, j'appellerai la police.

Je ne les prends pas en traître, je les préviens de leur sort en restant impassible sous le regard furibond d'Alexeï et celui angoissé de la femme. Toutefois, Amaru s'est figé, et je sens l'esprit du condor se déployer. Par Chavín, il a senti l'appel du Codex !

Chapitre 24

Amaru

Chez Camille, l'air a l'odeur des maisons qui ont appris à cacher. Cire fine. Encre sèche. Bois qui a bu des secrets. Je n'ai pas besoin qu'elle nous parle de prudence : mes pas sur le parquet sentent la mémoire comme d'autres sentent l'humidité. Il y a là, quelque part derrière ces murs correctement peints, une présence qui ne se laisse pas ranger dans une étagère. Elle pulse faiblement, comme un cœur oublié. Et elle soupire de contrariété et de résignation mêlée.

— Par ici, dit-elle.

Sa voix est plate, mais je perçois la tension sous la politesse. Elle nous mène à travers un couloir étroit, passe une main sur une moulure. Un panneau pivote pour révéler une pièce minuscule sans fenêtre, avec une table basse et un coffre gainé de cuir posé sur un tapis rappelant ceux d'un temple devenu ruines.

Je m'agenouille sans attendre devant le coffre, attiré comme un aimant par un lien, une pulsation au centre de mon plexus. La serrure est simple, l'odeur de métal ancien me remonte jusqu'au palais. Camille s'accroupit à côté, tire d'un étui une clef trop fine pour une clef humaine. Elle la tourne. Le cliquetis réveille dans mes os la même vibration que celle qui m'avait fait lever la tête dans le salon du ministre. Le couvercle s'ouvre. L'air change.

Ce n'est pas un livre. C'est un animal couché. Des plaques de peau, reliées par des lacets, où le temps a laissé son propre alphabet. Les glyphes waris n'ont pas été gravés : ils ont été pressés par une main qui connaissait le poids de chaque souffle. Je tends la paume, je ne touche pas – je laisse mon propre battement chercher celui du livre.

Une ombre passe sur ma nuque comme un battement d'ailes. Dans ma poitrine, un grondement sourd roule, prêt à bondir. Je comprends sans mot : le Codex, une connaissance sauvée, mais perdue à la fois pour notre clan. Et maintenant retrouvée.

— Le cryptage est très complexe. Je n'ai jamais pu lire ces pages en entier. Tatloc en avait les clefs, j'en

possédais seulement les éclats, murmure Asiri.

Malheureusement, à moi aussi, ces signes m'apparaissent comme une langue étrangère, bien que je les reconnaisse. Je pose tout de même les doigts sur la première plaque. Le cuir est froid, puis se réchauffe. Il respire par en dessous, très lentement, un souffle par minute. Je lis les bords, les microcoupures qui disent plus que les signes eux-mêmes. Il y a des lignes pour les yeux, et d'autres pour les paumes. Les Waris ont toujours écrit pour deux sens à la fois. Les premiers glyphes sont simples : orientation des vents, cycles de lune, rappel des règles de sacralisation du sel. Puis une alternance d'angles et de courbes qui s'imbriquent, un motif que je connais sans le reconnaître. Ma mémoire remonte, hésite, redescend. Je relis. La séquence se referme devant moi comme une mâchoire polie.

— Ça ne vient pas ? demande Asiri doucement.

Je ne réponds pas. Je laisse ma main à plat, j'écoute. Le livre garde sa respiration grave, mais il a ralenti pour moi, comme on ralentit pour attendre un enfant. Le jaguar frappe la terre de sa queue. Le condor se fait patient. Je ferme les yeux. Dans la marge, un tracé secondaire court, presque invisible, un fil de fumée de glyphes minuscules.

J'ai laissé beaucoup d'écrits, et des pièges, et des ponts. Celui qui veut comprendre devra être porteur du

serment et de l'espoir en même temps. – Tatloc.

Je rouvre les yeux. Je suis le serment incarné, mais je n'ai jamais eu d'espoir, écrasé par le poids de cette mémoire. J'ai tenu et tiens par ces voix rendues à la terre sans avoir atteint leur objectif, sans avoir rempli leur fonction. Ces chaînes-là ne laissent pas de place à l'espoir, seulement au devoir. Je ne suis pas celui qui peut déchiffrer le Codex. Alors qui ? Un de mes frères ? Je suis convaincu que non. Tout comme moi, ils endurent et mourront pour le serment pris par un autre bien des décennies avant eux, mais ils sont tout autant démunis que moi.

Puis mon regard se pose sur Hana. Elle n'a pas bougé et me fixe, le cahier serré contre son torse. Et je comprends. C'est son Codex à elle. Mais elle, elle a cette lueur farouche, refusant de se laisser aller. Ses pupilles sont trop dilatées pour la lampe ; la morsure de Lucian continue de lancer ses aiguilles sous sa peau. Pourtant, sa respiration se cale sur la mienne sans que je le lui demande. Sans un mot, je me décale pour lui laisser la place : on a un lien de sang et elle pourrait réussir ce que je ne peux accomplir.

Elle s'approche sans poser ses mains ; elle incline la tête, puis la penche dans l'autre sens, réfléchissant plus qu'elle ne lit.

— Il y a des espaces laissés entre chaque signe.

Leurs dimensions ont été calculées pour que la régularité que j'observe ne soit pas due qu'au hasard. Et ça alterne, murmure-t-elle, non pas 1 – 2 –1 –2, mais 1 –1 – 2 – 3 – 1 –1 – 2 – 3... Et les angles répètent une fréquence toutes les treize unités. Les Waris utilisaient le treize, n'est-ce pas ?

— Tout ce qui compte plus que ce que l'on compte, répond ma bouche avant moi.

— Un code alpha numérique. C'est comme une programmation informatique. Les signes sont peu nombreux, et c'est ce qu'il y a entre eux qui leur donne leur sens.

Sûre de sa réflexion, elle ouvre son carnet, attrape son crayon, trace à côté une colonne de *1*, puis une de *2*, puis une de *3*. Elle relie des espaces entre eux. Treize fois. Elle respire trop vite, puis se corrige, reprend à quatre pour inspirer, à six pour expirer – je reconnais le protocole qu'elle s'est imposé pour tenir depuis la morsure. Elle ne se raconte pas d'histoire. Elle doit survivre pour lire. Ça me plaît.

— Je lis ici le récit du sacrifice de Xtopec, commence-t-elle à déchiffrer après un travail intense et minutieux. Éclipse totale, le soleil avalé par la lune. Mais dans la marge... oui... dans la marge, il y a le sorcier. Pas mentionné dans le corps du texte, mais gravé comme un défaut volontaire. Trois éléments pour fonder la malédiction : le jour, la nuit... et l'homme qui prétend faire

le pont.

Elle relève la tête vers moi, ses yeux brillent. Je sais qu'elle a mal. Mais elle a la joie propre des intelligences venant de résoudre une énigme par le fruit de leur travail et pas sur un coup de chance ou un raisonnement faux.

— Ce n'est pas un duel entre le soleil et la nuit, souffle-t-elle. Ça ne l'a jamais été. Ça a toujours été une triade. Le triumvirat. Ils le disent sans le dire. Et Tatloc... Tatloc a écrit « celui qui saura » parce que ce n'était pas aux Waris seuls ni aux Originels seuls de déchiffrer. Il faut le troisième élément. Le pont.

Camille ne s'avance pas, mais je sens le changement dans sa posture. Elle croyait que le livre parlerait par la mémoire. Elle a passé des années à se haïr de ne pas comprendre tout à fait. Et c'est une jeune humaine encore sonnée par un baiser de sang qui voit ce qu'elle n'a jamais pu comprendre.

— Continue, la pousse Alexeï, trop calme pour être innocent. Qu'est-ce que ça implique, trois ?

Hana ne détourne pas les yeux. Elle a compris qu'il est dangereux de lui obéir comme à un ordre, mais plus dangereux encore de faire semblant de ne pas l'entendre. Sous ses airs policés, c'est un guerrier lui aussi.

— Trois étapes. Toujours. Pour briser ce qui a été lié par trois. Le Codex parle du Serment... attendez.

Elle feuillette du bout des doigts, reconstitue

l'ordre, revient en arrière, saute deux plaques, s'arrête. Je reconnais l'écriture de Tatloc lorsque la honte le traversait.

Hana lit tout haut, non pas pour nous, mais pour fixer sa pensée dans l'air :

« Nous avons juré à la caverne. Ne pas confondre le soleil avec sa lumière. Ne pas donner à la lune le nom du silence. Et ne pas laisser l'homme se mettre à leur place. Le jour, la nuit, et le pont : qu'ils se parlent, autrement la faim fera son marché chez nous. »

— Et là, dans le coin, ajoute-t-elle en pointant une griffe minuscule, il y a une annotation.

« J'ai écrit mille détours et aucun droit chemin. Celui qui lit devra tenir trois fils à la fois. S'il n'en tient que deux, il se perdra. » – Tatloc.

— Trois fils, répète encore Hana. Dans notre situation, ça veut dire... Amaru, qui porte le soleil, le jaguar et le condor. Alexeï, qui porte la nuit et la discipline de sa faim. Et moi, qui ai déjà un lien de sang avec le soleil... et qui... – elle déglutit – qui dois recevoir la marque de la nuit. C'est le seul moyen de constituer le pont vivant. Tant que je n'aurai reçu que l'un, je ne tiendrai qu'un fil et demi. Il en faut trois pour que le Codex s'ouvre vraiment et pour que... – elle cherche – pour que le Serment puisse être rejoué comme il faut.

Le silence nous avale. La lampe lâche un petit

grésillement. Dans le couloir, un parquet craque. Je sens Alexeï à ma droite, immobile et pourtant décalé d'un millimètre, comme si la pièce avait glissé sous ses pieds. Il ne regarde pas Hana avec désir. Il la regarde comme un outil nécessaire et une promesse impossible à tenir sans tout perdre.

— Lucian nous tuera. Tous. Et il brûlera cette maison jusqu'au sol. Ce livre, ces murs, vous, moi, elle. Il effacera la pierre et réécrira le récit. Il l'a déjà fait. Il le refera.

Je ne hoche pas la tête. Je sais. Il n'y a pas besoin d'images pour dire ce que font les rois lorsqu'un tabou leur échappe. Camille s'assoit au bord de la table, son regard indéchiffrable fixé sur Hana. Puis elle soupire.

— J'avais prévu de vous donner quelques heures avant d'appeler ensuite la police, nous informe-t-elle sans lever la voix. J'aurais dit qu'on m'avait forcée. C'était vrai et ce n'était pas vrai, mais je me serais sauvée, encore. C'est ce que je fais depuis des siècles. Tenir un masque et survivre. Mais je n'ai jamais pu lire le Codex. Et vous, humaine, marquée par le soleil et pas encore par la nuit, vous tenez le troisième fil sans l'écraser. Vous avez reçu ce que même mon frère a caché et que je n'ai fait qu'espionner. Alors, – elle inspire – alors je ne vous trahirai pas. Pas ce soir. Pas comme ça.

Alexeï ne bouge pas. Il pèse la phrase, son prix, ses

conséquences.

— Vous vous rangeriez de notre côté ? Vraiment ? Parce qu'il vous faut choisir totalement votre camp dans cette guerre qui se prépare.

— Je sais, répond-elle simplement.

Je sens le condor battre une fois dans ma poitrine. Ce n'est pas de la confiance. Pas encore, c'est juste un acquiescement d'air. Cependant, nous n'avons pas mieux.

— Reviens à la page de Xtopec, demandé-je à Hana.

Elle obéit. Ses doigts, rapides, mais jamais brusques, retrouvent le cycle dans les plaques. Le chant des marges remonte, je l'entends plein, pour la première fois depuis longtemps. La légende du Serment se déroule.

« Le jour où Xtopec fut couché, la lune s'est avancée sans trembler. Les Waris ont chanté pour tenir leurs tripes à l'intérieur. Le Sorcier a voulu parler au soleil à la place du soleil. Il a posé sa langue sur la pierre pour se faire pont, mais sa bouche a bu autrement, et la malédiction s'est faufilée à travers lui. Nous avons juré de ne pas refaire le pont avec un seul homme. Le soleil s'est retiré, la nuit a grandi dans les dents des hommes. Nous avons perdu notre nom dans le bruit des bêtes. »

— C'est donc ça, murmure Hana comme pour elle. Il faut trois voix, mais pas en une hiérarchie. Un trio vivant et égalitaire, complémentaire.

— Qu'exige le codex pour ça ? demandé-je à Hana. Pas la métaphore. La règle.

Elle trace trois traits sur son cahier.

— D'abord, il faut rétablir le Serment. Un acte où le chasseur et le pont parlent à parts égales. Le Codex propose un rituel de parole et de sang, mais… – elle tourne une plaque, fronce le sourcil – pas un sang versé. Un sang partagé. La marge insiste sur ce point. Il n'acceptera pas de blessure, mais un véritable échange consenti. Ensuite, il faut que le pont soit relié aux deux forces. Il dit « lien vivant » pour le soleil – c'est fait, je porte ton sang –, et « marque volontaire » pour la nuit – ce sera ton rôle, Alexeï. Enfin, troisième étape, c'est la fusion. Nous devons devenir qu'un.

— Pour qu'un rituel wari fonctionne, il vous faut l'accomplir avec le couteau sacré, murmure Camille en secouant doucement la tête. Seule l'obsidienne sacrée permet de libérer la magie de sang. Or, il a été perdu après le sacrifice de Tatloc. Soit il est resté dans les entrailles de la montagne, soit…

— … Obsidienne sacrée ? Lucian m'avait mis sur la piste d'un poignard inca réputé magique, la coupe Alexeï le regard dans le vide comme quelqu'un cherchant un souvenir précis. Il a utilisé cette expression. Un Transformé l'aurait rapporté d'un temple sacré pour le vendre en échange d'une place à la cour d'Espagne. J'ai

mis la main dessus il y a… huit ans lors d'une exposition temporaire consacrée aux arts incas du musée Branly[25]. Une lame d'obsidienne chargée de sang sacrificiel selon la rumeur.

— Où est-il maintenant ? demande Hana.

— Dans le laboratoire occulte de Lucian avec tous les artefacts qu'il collectionne depuis des siècles. Dans les entrailles de son manoir, juste au-dessus des cachots où il enferme ses victimes. Il y a même une trappe permettant de jeter directement un corps dans une cellule bien qu'il y ait un escalier pour relier les deux niveaux.

— Donc, pas les geôles officielles, remarque Camille. Celles-ci se trouvent dans l'aile nord. Comment comptez-vous entrer dans ce laboratoire alors que vous êtes recherchés par tous les pions du roi ?

— Grâce à vous, rétorque Alexeï en la regardant droit dans les yeux. Vous devez aller faire votre rapport à Lucian et je viendrai avec vous. Je me cacherai dans le coffre de votre voiture. Pendant que vous l'occuperez, je pourrai subtiliser le poignard et vous attendre dans votre véhicule. Il me faudra quinze, vingt minutes tout au plus.

C'est un bon plan, qui a l'avantage de me laisser un

---

[25] Le musée du Quai Branly – Jacques-Chirac, plus communément appelé musée du Quai Branly anciennement musée des Arts et Civilisations d'Afrique, d'Asie, d'Océanie et des Amériques est spécialisé dans les objets des cultures des peuples premiers.

répit avant le rituel parce que j'ai besoin de récupérer des forces.

— Pendant ce temps-là, il faudrait que vous demandiez à l'un de vos serviteurs d'aller faire quelques courses, ajoute Hana, qui sent mon épuisement via notre lien. J'ai besoin d'ingrédients spécifiques pour accélérer la guérison d'Amaru.

— Avant de partir, tu dois effacer la marque de Lucian chez elle, interviens-je.

— Non, il le saura aussitôt ! rétorque-t-il, et…

— Il sait déjà que nous nous sommes échappés et je suis même étonné qu'il n'ait pas encore submergé Hana de visions pour la faire payer…

Mais lui sait.

— Entre ton lien et ma proximité, elle est capable de résister. Tu as obstrué son canal, même s'il est toujours présent…

— Donc, si tu t'éloignes, tu lui laisses un champ, conclus-je.

— Il faut tenter, approuve Hana d'une voix légèrement tremblante. Je… ne sais pas si je pourrai tenir s'il rentre à nouveau dans ma tête. Ses visions sont cauchemardesques…

Chapitre 25

Hana

— Tu es sûre de toi ? demande Alexeï d'une voix sourde. Il n'y aura pas de retour possible lorsque tu seras une Transformée.

— Je comprends très bien, rétorqué-je, et je refuse de me voiler la face. Sans ta marque, je ne suis pas le pont. Je ne suis rien d'autre qu'une variable entre deux colonnes.

Il m'a toujours tutoyée et je décide que c'est le moment de lui rendre la pareille. Parce que je n'aime pas le mot qui m'échappe : rien. Mais c'est la stricte vérité scientifique. Il détourne le regard vers Amaru. Le silence pèse. Je sens la colère contenue d'Alexeï, mais aussi quelque chose d'autre, plus lourd : la peur de franchir le seuil et de ne jamais pouvoir revenir en arrière. Il s'est toujours refusé à transformer un humain. Pas pour une éthique quelconque, mais parce que si un Transformé est un outil, c'est aussi une faiblesse. Une cible qui peut être atteinte et détournée pour toucher le créateur. La cassure d'un Transformé tué affaiblit momentanément le vampire le contrôlant. Il m'a expliqué pourquoi Lucian avait autant de strates dans ses rangs. C'est une chaîne pyramidale implacable où chaque niveau encaisse l'onde de choc jusqu'à ce que ce ne soit plus que de simples petits remous lorsque cela touche la pointe.

— Je… je te fais confiance en te confiant ma vie, murmuré-je. C'est quelque chose que tu dois me rendre pour l'équilibre. Avec le lien d'Amaru, je ne serai plus une cible aussi facile. Je ne serai pas ta seule faiblesse.

J'essaie de le rassurer et je ne sais pas si ça marche, mais, en tout cas, il finit par accepter après que Camille nous a laissés seuls. Il s'approche. Son ombre me couvre. Mes doigts serrent la plume coincée entre les pages de mon cahier, réflexe dérisoire. Puis il prend ma nuque. Son souffle est froid. Sa morsure est brûlante. Rien à voir avec celle de Lucian. C'est une brûlure, oui, mais qui ne s'impose pas : elle ouvre une plaie nette, elle exige un espace. Une seconde plus tard, le goût métallique m'envahit quand il presse sa bouche contre la mienne et

dépose une lampée de son sang contre ma langue. Cette fois-ci, je ne suffoque pas, je vis ce baiser que j'ai choisi et demandé. Et qu'il donne avec l'intensité qui le caractérise. Sa morsure a allumé un feu dans mes veines, mais ce n'est rien comparé à celui qui embrase mon bas-ventre ! Mon désir doit appeler le sien, ou c'est l'inverse, je ne sais pas, mais je sens que je ne suis pas la seule à être touchée par ces flammes incandescentes. Puis la douleur fulgurante me coupe le souffle ! J'ai une vision de Lucian empli de fureur avant que mon esprit ne devienne un trou noir, submergé par deux volontés magiques farouchement opposées.

Lorsque je reprends connaissance, je suis allongée sur le tapis, la tête posée sur les genoux d'Amaru, tandis qu'Alexeï serre ma main droite dans la sienne alors que l'autre s'est posée sur mon cœur. Qui bat désormais en triple cadence : le mien, le soleil d'Amaru qui gronde dans mes veines depuis le lien, et la nuit d'Alexeï qui vient de s'y ajouter. Nous avons réussi ! Je suis devenu le pont ! Mais non, pas tout à fait ? La soif de sang s'est comme estompée : que s'est-il passé ? Toutefois, je n'ai pas le temps de réaliser que je ne suis pas transformée en vampire que, mue par un instinct sans âge, j'agis sans réfléchir. J'essaie de tenir les trois fils en même temps. Maintenant le contact peau à peau, je prononce les mots du Serment que j'ai lu dans la marge du Codex :

— Le soleil, la lune, et le pont. Trois fils, une coupe.

Le choc est immédiat. Le lien s'ouvre, mais il n'est pas stable. Trois courants me traversent et je ne sais pas les équilibrer. La chaleur d'Amaru devient incendie. L'ombre d'Alexeï devient gouffre. Moi, au milieu, je ne suis qu'un filament trop mince qui craque. Je hurle parce qu'une brûlure d'agonie me traverse en cassant les fils que je tentais de connecter ensemble. Je m'effondre à nouveau en tombant dans un gouffre d'obscurité.

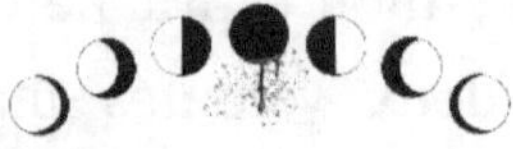

— ... n'aurait pas dû tenter...

— C'est l'esprit du jaguar qui l'y a poussée, le coupe Amaru à voix basse. Je l'ai senti aussi, et c'est pour ça que je n'ai pas lutté. Il avait quelque chose à lui faire comprendre...

— Quoi ? Que l'expérience a raté ? rétorque sèchement Alexeï, qui tourne en rond autour de nous. À quoi pensait-elle ? Nous n'avions même pas le couteau de Xtopec !

Je suis toujours sur le tapis.

— Ce n'était pas une expérience ratée, articulé-je péniblement. C'était un apprentissage.

Alexeï m'empoigne par les épaules, me redresse. Ses yeux brillent d'une colère qu'il ne sait pas où poser.

— Et qu'as-tu appris, hein ? Que tu ne pouvais pas

agir sans réfléchir ? Comme si tu ne le savais pas déjà ?

J'ouvre mon cahier, mes doigts tremblent, mais j'écris encore. Toutefois, je ne trace pas de colonne cette fois. Je dessine un schéma : deux cercles rouges reliés par une plume noire. La ligne entre eux comme un pont trop mince. C'est la représentation du soleil – lune – pont. Une croix rouge au centre. Ce n'est qu'à ce moment-là que j'exprime ma réponse d'une voix tendue parce que l'idée me terrifie... mais me séduit tout autant aussi.

— Il nous faudra recommencer, soufflé-je d'une voix cassée. Avec nos esprits, nos sangs... et nos corps en même temps.

Il me regarde aussi stupéfait qu'Amaru.

— Que veux-tu dire par « recommencer » ? Je sais que tu n'es pas transformée complètement. Il y a eu des ratés par le passé, des humains qui ne devenaient pas comme nous, mais qui ont tout de même gardé une trace de la malédiction dans leur sang. C'est ceux-là que Lucian utilisait pour ses expériences.

— Les Pantaykuna, murmure Amaru d'une voix qui n'est pas la sienne.

J'entends le mot « anomalie » et fais le lien ! Les albinos. Même si je ne suis porteuse que d'un gène peu actif, mon patrimoine physique est-il un biais pour le rituel ? ... ou au contraire, la solution inespérée ? Parce que la marque de Lucian est effacée et je sens quand même

celle d'Alexeï sans pour autant avoir été changée en créature de la nuit ?!

— Je dois être le calice où se rencontrent et fusionnent les deux opposés afin qu'ils deviennent complémentaires, énoncé-je avec une conviction profonde. Ce n'est que comme ça que la fusion pourra réussir, en étant complète sur les trois plans.

— En gros, tu veux qu'on baise tous les trois ensemble après que je vous ai saignés ? Amaru devra aussi me couper avec le poignard pour qu'on puisse mélanger TOUS nos fluides ?

Il est volontairement cru et vulgaire pour me choquer. Mais cela n'empêche pas l'esprit du condor de déployer ses ailes sur moi… pour partager avec moi ce qu'il sent dans l'air : tout comme moi, ils sont surpris par cette idée… mais aussi excités…

— Trois fils, une coupe, répété-je doucement. J'ai les deux marques en moi désormais. La clef existe. À nous de la tourner ou non. Mais il faut l'engagement de chacun de nous pour que cela puisse réussir. Plus de réticence ou de prudence. Nous nous y adonnons totalement ou pas du tout. À toi de choisir parce qu'en ce qui me concerne, ma décision est prise.

Je sais sans qu'il le dise qu'Amaru est avec moi : je le sens dans le lien de sang qui fait pulser son érection contre mon dos…

Chapitre 26

Lucian

Je l'ai senti. L'instant précis où ma marque a été effacée, remplacée. Ce n'était pas un simple frisson. C'était une déchirure. Comme si un organe qu'on croit vital cessait de battre sans prévenir. Elle m'a échappé. Ma rage a failli me briser. Mais je n'ai pas ce luxe. Le roi n'explose pas, il se redresse pour mieux frapper : plus fort, plus vite que son ennemi.

Je me souviens.

Cagliostro m'avait montré un rituel de domination. Une farce, pensais-je d'abord : des cercles tracés, des poudres, du sang. Un maître, un serviteur. Une dynamique de force brute. Rien de subtil. Mais j'ai observé. J'ai compris. Et j'ai détourné.

Le lien roi/reine devrait être un pacte, deux forces se soutenant. Mais je n'ai jamais toléré les pactes. Partager, c'est s'amputer. J'ai choisi de transformer l'union en chaîne. Alors j'ai pris le rituel de Cagliostro, et je l'ai greffé sur notre lien. J'ai transformé l'échange en domination. La reine ne devenait pas égale, elle devenait canal. Mais il manquait un combustible. Le sang des miens, tiré de force dans des coupes, versé sur mes cercles. J'avais trempé mes lèvres, juste une fois, pour voir si la puissance pouvait se partager. Le feu m'avait brûlé de l'intérieur, mes gencives avaient noirci, mes entrailles avaient cherché à se déchirer. Le sang vampirique n'est pas un don, c'est un acide. Aucun rituel ne tient quand la matière même refuse. Alors j'ai compris : il me fallait autre chose. Un écho, pas l'original.

J'ai essayé avec du sang ordinaire. Rien. Avec des offrandes humaines. Rien. Leur sang coulait comme de l'eau fade sur mes cercles. Mais chez certains... une anomalie. Les albinos. Ces êtres portaient une fissure invisible, un écho de la malédiction. Leur sang n'était ni humain ni vampire, mais une faille où je pouvais m'engouffrer. Là où le sang des miens me brûlait, le leur m'ouvrait une brèche. J'ai compris alors : ces « anomalies » n'étaient pas des erreurs de la nature. Elles étaient les éclats brisés de la malédiction. Et ça marchait. À chaque sacrifice, le rituel tenait un peu plus. À chaque lune noire, je refais mes rituels de détection : quand la lune s'efface du ciel, que sa lumière disparaît, c'est alors que les résonances se révèlent. Le sang albinos me sert de catalyseur, il ouvre mes cercles comme on ouvre une oreille plus fine que celle des autres. La magie noire reconnaît ce que les yeux ne voient pas : l'écho des Waris, l'odeur d'un serment ancien, le souffle d'un camouflage tracé par un sorcier oublié.

Et quand vient une lune de sang – rare, mais inestimable – je ne me contente plus d'écouter : je serre. C'est la nuit des sacrifices, la nuit où le voile entre soleil et nuit se fissure, où le sang porte plus loin. J'y ai scellé mes plus grands rituels de domination. Voilà pourquoi Anastasia n'a jamais eu les pouvoirs qu'elle aurait dû recevoir. Elle aurait dû briller. Elle aurait dû rayonner de toute la puissance d'une reine créée par moi. Mais je pompais sa force. J'aspirais ce qui lui revenait. Elle m'a servi de masque. Et Alexeï n'a jamais compris.

Maintenant, ma marque sur Hana a disparu. Alexeï a osé me la voler. Pour s'approprier les spécificités de son sang que je jugeais trop faible pour servir ma magie noire. Je devrais les broyer tout de suite. Mais je ne peux pas. La cour me regarde. Un trône vide est une faiblesse que je ne peux laisser avant de m'occuper d'eux.

Alors je vais donner à Qoya ce qu'elle réclame. Je lui donnerai le titre de reine. Pas parce qu'elle le mérite.

Pas parce qu'elle m'est égale. Mais parce qu'un trône mal occupé vaut mieux qu'un vide que mes ennemis voudraient combler par eux-mêmes. Et parce qu'avec elle, je pourrai utiliser le lien roi/reine. C'est la force dont j'aurai besoin pour exterminer ceux qui ont osé penser s'élever contre moi. Et le fait qu'elle soit du même sang que ce chasseur venu pour me détruire ne fera que décupler ma magie noire. Alors, quand je mettrai la main sur les dissidents, je punirai à travers elle. Ils verront sa chair brûler quand je déciderai. Ils comprendront que rien ne m'échappe. Cette leçon-là, ils l'apprendront tous sans exception pour que plus jamais un sujet ne prétende un jour se dresser contre son roi. Je me tiens devant le miroir : mon visage est fendu de colère, mais mes lèvres dessinent déjà le sourire qu'il faut.

Le roi ne subit pas. Le roi choisit.

Et moi, Lucian, je choisis et décide que, demain, une reine s'assoira à mes côtés. Pas pour partager, mais pour servir. Jusqu'à ce que je la remplace par une autre qui me donnera les clefs de la lumière, qu'elle le veuille ou non !

Chapitre 27

Camille

Je pensais être préparée, mais Lucian est un maître stratège qui a passé des siècles à analyser pour préparer ses coups. Et lorsque je suis devant lui, il frappe sans prévenir.

— Je suis bien aise que tu daignes te présenter devant moi, m'accueille-t-il de sa voix doucereuse. J'attendais ton rapport plus tôt.

— J'ai…

— Tsss, me coupe-t-il avec un sourire venimeux. Ne perds pas ton temps à me mentir.

Il tient une feuille dans sa main et l'agite sous mon nez. L'en-tête porte le sceau du ministre. C'est son rapport à lui.

— Tu étais à la réception… et tu en es partie juste avant que l'unité spéciale que j'avais mandatée n'arrive sur les lieux. Et puis il y a eu ton silence après. Bien trop long pour la pitoyable excuse donnée à mon secrétaire afin de justifier ton manquement.

Ses yeux hypnotiques m'ont capturée ! Cela faisait des décennies qu'il n'en avait plus usé sur moi, et je sens son emprise griffer mon esprit. Malgré moi, les mots sortent de ma bouche tous seuls.

— Alexeï est en train de s'introduire dans votre laboratoire occulte, tandis qu'Amaru et Hana sont chez moi.

Je hoquette de douleur lorsqu'il relâche sa prise non sans avoir envoyé une illusion plus vraie que nature : je cherche mon souffle dans une gorge broyée, alors qu'en réalité l'air passe bien dans mes poumons. Mais c'est la force de Lucian de pouvoir faire croire à l'esprit ce qu'il veut. Je dois lutter pour ne pas m'effondrer sur place, aussi bien de honte que de souffrance imposée.

— Voilà, tu sais encore obéir, susurre-t-il avec un rictus. C'est ce qui te sauve ce soir… pour l'instant. D'ici cinq heures, le couronnement de Qoya aura lieu devant tous. Y compris les Originels…

Il n'a pas besoin de formuler sa menace, je la connais depuis qu'il l'a suspendue au-dessus de ma tête comme l'épée de Damoclès : obéir ou bien périr à cause de

ma faute passée.

— Tu es consignée au manoir jusqu'à la cérémonie, et si tu me déçois encore, cela pourrait être l'avènement d'une reine, mais aussi la chute d'une princesse n'ayant pas su tenir son rang.

Il n'a pas besoin d'aboyer des ordres pour être obéi. Sa pensée est loi, et les quatre gardes apparaissent en silence. Ils sont des Transformés habillés d'armures en kevlar tissé afin de pouvoir combattre sans risque en cas de blessures ouvertes. Leur sang ne jaillira pas sur les autres pour les brûler comme de l'acide : ils se videront peut-être, mais sans être un danger. Vive les progrès technologiques humains qui ont su pallier les faiblesses des vampires. Là encore, on peut voir la main de Lucian tirant les ficelles des recherches : il a investi massivement dans tous les domaines pouvant le servir sous couvert de coopération entre humains et vampires. Les développements réalisés pour l'armée française ont tous été repris et recalibrés pour les soldats vampires de la garde royale. Mais tandis qu'ils m'escortent jusqu'à un petit salon « d'invité », l'esprit du jaguar se déploie en moi. De façon ténue au départ pour finir par porter un message dans un rugissement déchirant !

— *Asiri !*

C'est Tatloc qui m'interpelle, qui m'accuse. Parce que Lucian avait tout anticipé : même si je lui avais menti,

il aurait tout de même donné l'ordre à son bataillon d'investir ma maison pour la fouiller. Ils étaient déjà sur place, cachés dans la résidence voisine quand je suis partie pour cette audience qui n'était qu'un piège. Et ils auraient trouvé Hana et Amaru. Là, au moins, en ayant livré les fugitifs à Lucian, je me suis épargnée pour un temps. De plus, je n'avais pas le choix. Je n'ai pas choisi de trahir. Je n'ai jamais pu lutter contre l'emprise de ce roi que je n'ai jamais voulu servir. Pourtant, à cette pensée, l'esprit du condor secoue ses ailes avec force et le jaguar a sorti ses griffes. Et une autre se forme dans mon esprit.

Ai-je vraiment tenté de me battre ? N'ai-je pas déclaré forfait sans même essayer de résister ? Mon père m'a appris la résignation, mon époux m'a appris la soumission, mon frère la compromission : tout ce chemin n'a été qu'une survie passée dans l'acceptation des décrets des autres. Me taire, me cacher, obéir et oublier pour supporter. Oublier que, malgré tout, malgré eux, je reste une princesse wari ayant défié les dieux… et survécu. Malgré ce que je représente – un tabou –, j'existe. Avec l'esprit du jaguar et du condor à mes côtés, comme ils viennent de me le rappeler…

Chapitre 28

Amaru

Je sais avant même d'entendre les pas. L'air se tasse, un silence nerveux s'installe dans les murs de la maison de Camille. Une ombre d'ailes me serre la poitrine, lourde et insistante, comme un avertissement. Le jaguar, lui, gronde bas, une vibration sourde qui fait vibrer mes os.

— Ouvrez ! Au nom du roi ! tonne une voix derrière la porte, calme comme un couteau qu'on aiguise.

Hana a déjà glissé son cahier contre elle. Même dans l'urgence, elle pense à noter. Je voudrais lui dire de le laisser tomber et de courir. Elle ne le ferait pas. Sa rigueur est son refuge, comme mon animal.

Ils entrent. Cuirs noirs, visages fermés, odeur de

métal. Ils n'ont pas besoin d'armes brandies : le roi a parlé avant même qu'ils franchissent la porte. Hana se lève, les yeux fixés sur eux. Elle ne demande pas pourquoi. Elle sait. On ne lui a jamais demandé la permission pour être marquée ; on ne lui demandera pas son avis pour être reprise. Deux hommes me saisissent. Je pourrais lutter, mais je suis faible et Hana pourrait être blessée. Alors je me laisse faire pour la protéger par mon lien : je dois rester vivant pour être son pilier. Les chaînes mordent juste assez pour faire mal, pas assez pour rompre. Ils savent. Lucian aime les corps qui résistent, pas les carcasses brisées. Hana est encadrée sans brutalité, mais sans appel. Une camionnette attend, moteur allumé. L'air dedans est saturé de cendres et de fer. Pas besoin de questions : nous allons là où Lucian garde ce qu'il ne montre jamais.

Le trajet est rapide, les sirènes hurlantes dégageant le passage avalé à fond de train par le conducteur. Le portail imposant s'ouvre sur une rampe descendante. Le sol devient pierre, l'air se charge de poussière et d'humidité. On nous conduit à travers un couloir où chaque pas résonne comme dans une grotte. Puis une porte de métal, charnières huilées à mort. Elle s'ouvre sans un grincement. Le laboratoire. Je n'ai pas besoin d'y être entré pour le reconnaître : l'odeur suffit. Pas celle d'un hôpital, pas celle d'un atelier. Une odeur de cendre froide, de plantes mortes, de sang figé sur de la pierre

noire. La salle est vaste et imposante : c'est son refuge et le symbole de son ascension. Tout autour de nous, des étagères chargées des artefacts qu'il a amassés, testés puis classés : je lis « sang de sorcière Baba Yaga », « griffes de dragon Komodo », etc. Les étiquettes sont trop nombreuses, mais le peu que je déchiffre alors que je suis poussé vers une table au centre de la pièce confirme que Lucian a suivi chaque mythe, chaque légende dans sa quête de pouvoir.

Ce que je prenais pour une table est en fait un autel. Le bloc d'obsidienne a été taillé pour lui en donner la forme. À côté, des cuves de cuivre, un étalement de lames trop larges pour être des scalpels, des crochets qui pendent au plafond, des cercles tracés, certains gravés dans la roche, d'autres repeints couche après couche, comme une peau sur une peau. La salle est éclairée par des lampes disposées un peu partout afin qu'aucune ombre ne puisse subsister. Je suis jeté sur l'autel et attaché par les chaînes suspendues : Lucian entre à ce moment-là quand les gardes disparaissent dans un ballet synchronisé.

— Quel plaisir de vous revoir tous les deux, se moque-t-il avec un sourire carnassier, juste avant de se jeter sur moi.

— Arrêtez, supplie Hana en se tenant la tête à deux mains.

Il a trouvé mon lien de sang avec elle et s'en sert

pour la faire souffrir ! Comment est-il parvenu à… ? Et puis je remarque le petit chariot posé juste à côté de ma tête. L'odeur… Celle d'un sacrifice. Il s'est aidé de la magie noire ! Malgré la douleur et la faiblesse qui m'envahit, je me concentre sur la voix d'Hana pour lui passer ma force. Elle sanglote, mais ne crie plus. Enfin, Lucian se redresse, suffisamment repu et régénéré pour ne pas m'avoir vidé de mon sang en une seule prise.

— Que c'est délicieux, se réjouit-il avec un petit rire de gorge. Si je devais comparer, tu es un grand cru spécial là où les autres sont la vendange de l'année. Un Petrus contre le beaujolais nouveau.

Il s'amuse de ses propres images inspirées des humains. J'essaie de tenir alors que la mémoire ancestrale m'a envahi comme à chaque fois qu'il a ouvert la porte en moi, et les échos m'écrasent. Jusqu'à ce que je comprenne. Le couteau qu'il tient en main pour déchirer un autre morceau de chair blanche… Court, sombre. Pas noir, mais d'un métal qui renvoie la lumière comme s'il l'avait avalée. Le manche est gainé d'un cuir qui semble respirer. Autour de la garde, des fragments d'obsidienne enchâssés. À la base, une plaque d'os gravée : glyphes wari, prière figée. Je n'ai pas besoin qu'on me l'explique. Le jaguar se tend en moi. Le couteau de Xtopec. Celui qui a tranché le jour en deux pour que la nuit se souvienne de mordre.

Hana le fixe, fascinée malgré elle par l'horreur se

déroulant devant elle : Lucian explique qu'il a acheté ce « morceau de barbaque albinos » tout droit en provenance de Tanzanie. Avec l'apport de mon sang, il veut préparer un rituel pour reprendre la main sur elle.

— Tu es porteuse de ce sang maudit, et cela décuple la force de ma magie noire suffisamment pour finir ta transformation. Comme Alexeï n'a pas été assez puissant pour le faire, sa marque peut aussi être effacée. Tu auras juste subi une étape supplémentaire par rapport aux autres.

— Trois échanges, murmure-t-elle en portant inconsciemment la main à ses lèvres. Trois.

Et là où je pensais qu'elle lutterait, elle semble décidée à accepter. Qu'a-t-elle voulu dire par trois échanges ? Et puis la mémoire ancestrale finit par refluer me permettant de réfléchir à nouveau. Lorsqu'elle a lu le codex, elle a expliqué qu'il fallait trois étapes pour une fusion réussie. Nous avons échoué la première fois parce que nous n'avions ni le bon artefact pour poser le rituel ni la volonté de vraiment nous fondre les uns dans les autres. Nous pensions qu'il fallait retenter une seconde fois pour que cela marche finalement. Mais avec son cerveau aussi brillant que différent, elle a trouvé une faille dans notre plan initial. Trois étapes. Il faut qu'elle soit Transformée ?

Lucian s'approche d'elle pour la couper et elle ne résiste pas quand il tend son bras au-dessus de la chair

sanguinolente. Elle ne hurle pas quand il la saisit ensuite par la nuque pour lui imposer un nouveau baiser de sang. Je sens l'esprit du condor se déployer autour d'elle afin de l'aider à supporter la brûlure qui la dévore de l'intérieur : l'air des montagnes emplit mes narines tandis que le jaguar bondit à travers notre lien jusqu'à son cœur.

— Que...

Lucian fait volte-face avec une fulgurance que mon œil ne peut capter : il me frappe avec le poignard dans la cuisse avec une violence inouïe. Celle de sa rage d'avoir encore été contré. Parce qu'Hana ne s'est toujours pas transformée. Elle a, au contraire, absorbé la magie noire que le jaguar a lacérée en infime particule. Là où elle aurait dû envelopper sa cible, elle est devenue comme une pluie de fines cendres se mélangeant au sang de ma liée. Je le sens jusque dans le tréfonds de mes os lorsque la nuit de Lucian est balayée par le soleil de Chavín coulant dans mes veines. La douleur explose dans ma jambe, mais rien ne peut ternir la satisfaction jubilatoire que je ressens devant son échec.

— Elle n'est pas à toi, murmuré-je avec un petit rire. Malgré ta magie noire, malgré tout ton savoir, rien ne peut surpasser la puissance wari. Et tu ne peux pas me tuer si tu veux continuer à l'exploiter. Toi qui ne penses qu'à dominer, tu es obligé de composer. Tu n'es pas un roi, tu es un petit assistant alchimiste à peine décrotté qui rêve

toujours de grandeur.

Ces paroles ne sont pas les miennes, ce sont celles d'Alexeï et elles font mouche. J'encaisse ses coups lorsqu'il se déchaîne sur mon corps martyrisé parce que je sens Hana bouger. Elle ramasse le couteau de Xtopec que Lucian a lâché dans sa colère et se glisse dans son dos. Avant de frapper. Il hurle de douleur, mais se tourne en un éclair pour l'envoyer bouler d'un revers magistral. Toutefois, malgré la violence du choc, elle n'a pas lâché le couteau : elle le serre si fort que ses jointures sont encore plus blanches que d'habitude.

— Tu me le paieras, halète Lucian d'une voix venimeuse. Tu souffriras comme jamais, et tu me supplieras de t'accorder une mort qui ne viendra jamais.

Il sauve la face, mais la lame du poignard est encore imprégnée du sang sacrificiel : la magie noire a percé un trou dans son pouvoir comme Hana a perforé sa chair. Il vacille. Se figeant net à ce signe de faiblesse, il finit par reculer. Emportant des ingrédients avec lui, il fuit comme le lâche qu'il a toujours été dans le fond. Il va sans doute tenter un rituel de guérison. Qui fonctionnera ou pas. En attendant, cela nous laisse un petit répit pour souffler et nous regrouper. J'accueille les ténèbres avec soulagement, tandis qu'Hana essaie de se relever péniblement.

Chapitre 29

Alexeï

Je n'ai pas aimé la façon dont la nuit respirait quand je me suis glissé hors du coffre de la voiture de Camille. Il y a une effervescence latente avec une menace qu'on peut sentir sans la voir. Puis j'entends les murmures et les bruissements : ils préparent la salle du trône… pour une nouvelle reine. Et je me souviens alors que les trois jours de deuil prennent fin aujourd'hui. Il n'aura pas attendu une minute de plus pour remplacer Anastasia et la rage me consume à nouveau. Mais je ne peux me permettre de la laisser me prendre. Pas encore. J'ai une mission à remplir et, pour cela, je dois avoir l'esprit clair et focalisé.

Alors je me faufile sans bruit dans le corridor

secret. Et me retrouve piégé dans une nasse lorsque des gardes royaux m'attendent à un détour et que d'autres m'ont emboîté le pas en prenant soin d'attendre suffisamment pour que je ne les repère pas tout de suite. Lorsque je réalise, c'est trop tard. Coincé comme un rat, je tente de lutter, mais, sans arme, le combat est trop inégal et je suis submergé par une vague des deux côtés. Un coup particulièrement violent à la tête me fait tomber à genoux et l'un des gardes me jette une fiole qui explose sur le devant de mon manteau. C'est du sang de Transformé ! Qui dévore le tissu en même temps que ma peau sur ma poitrine dès que ma chemise en est gorgée. Précipitamment, je déchire le vêtement pour le jeter au sol. La souffrance me fait haleter, mais j'ai stoppé l'acide que ce sang représente pour moi. Toutefois, cela donne l'occasion aux gardes de me traîner à moitié sur le sol avant de me jeter dans une geôle de l'aile est. J'ai été fait prisonnier... parce que trahi par Camille ! Elle seule peut avoir prévenu Lucian ! Et si elle m'a livré, qu'a-t-elle fait d'Hana et d'Amaru ? Ce sont ces pensées qui me hantent pendant les deux heures suivantes.

Puis, dans le couloir, des pas. Furtif d'abord, puis précipités ensuite. Je reconnais les souffles de ceux qui combattent en silence. Il y a un affrontement dans le couloir ? Mais entre qui et qui ? Cela ne dure pas, quelques battements de cœur, pas plus. Enfin, la serrure gémit, la porte s'ouvre sur une silhouette qui n'entre pas. Camille.

— Tu viens te repaître de ta victoire ? demandé-je d'un ton acide en me retenant de lui sauter à la gorge tout de suite.

— Je suis là pour te libérer afin que tu puisses choisir ton destin, répond-elle avec une conviction nouvelle. Comme je choisis le mien. Le jaguar et le condor m'ont aidée à briser les chaînes que j'entretenais sans en avoir conscience. Lucian ne peut plus me soumettre à sa volonté.

Elle veut me faire croire qu'elle n'a pas trahi intentionnellement ?

— Ils ont été amenés au laboratoire occulte de Lucian. Cela fait une heure qu'il est avec eux. Si tu sais où c'est, va les rejoindre. Accomplissez le rituel du Codex et fuyez afin de mieux revenir.

— Pourquoi te croirais-je ? Comment savoir que ce n'est pas un nouveau piège.

Elle se recule d'un pas pour me laisser voir ce que sa robe cachait jusque-là. Vasseur. Les yeux ouverts et une expression de douleur figée dans la mort.

— Pourquoi te rebeller maintenant ?

— Parce que j'ai pris un engagement, et, dans ma lignée, les serments se respectent jusqu'au bout, murmure-t-elle. Il peut être déformé, mais jamais brisé. Et ce soir, j'ai trouvé le moyen de me libérer moi-même de

la cage que j'avais laissé les autres forger autour de moi. Après le couronnement, je vais invoquer un conseil vampirique que Lucian ne pourra pas refuser, puisque tout le monde sera déjà sur place.

— Il faut un sujet de premier ordre pour cela. Un mensonge ne tiendra pas, et tu encours la mort si les anciens estiment que tu as abusé de ce protocole d'urgence pour rien.

— Je vais leur donner la vérité, à savoir qu'une Originelle a survécu même si elle n'aurait pas dû. En tuant Vasseur, je sais que Lucian me livrera aux Originels de toute façon, alors autant lui enlever cette arme des mains et tirer moi-même la balle. Je refuse de mourir à genoux, j'ai suffisamment vécu dans cette position pour vouloir me redresser sur ma fin.

Dans cette déclaration, je vois enfin la princesse qu'elle a été, et non l'ambassadrice politique qu'elle est devenue. Plus de sourire ni d'échine courbée pour faire croire aux puissants qu'elle n'est rien. Non, là, elle irradie d'une aura que même Anastasia n'avait pas alors qu'elle a été une reine sans pareille pendant des décennies. Malgré moi, je reconnais son courage et m'incline devant elle avant de courir pour rejoindre Hana et Amaru alors qu'elle retourne d'un pas lent, mais assuré vers la sortie : elle a la démarche de quelqu'un qui sait qu'il va au-devant de son destin.

Chapitre 30

Hana

Je suis parvenue à soigner Amaru et il a repris connaissance lorsqu'Alexeï déboule, blessé lui aussi, mais vivant. Ce n'est pas l'endroit ni le moment que j'aurais souhaités, mais je sens qu'il y a urgence.

— Je demande… que vous acceptiez d'entrer en moi autant que je dois entrer en vous. Pas une possession. Une fusion. Je suis le pont, mais un pont n'existe pas sans les rives. Vous êtes les rives. Si je reste seule, je m'effondre. Si vous tirez chacun de votre côté, je casse. Si vous acceptez, je tiendrai.

Un silence. Alexeï détourne un instant le regard. Amaru ferme les yeux, et quand il les rouvre, ce que j'y lis, ce n'est pas lui, mais l'ombre d'un autre. Tatloc.

— Le sceau demande trois composants, énonce-t-il d'une voix basse, mais qui porte. Le Soleil. La Nuit. Et le Pont. Tu as bu la Nuit, Hana. Tu as reçu le Soleil. Tu dois tout lier.

Je sens ma gorge se serrer. Je me rappelle le baiser de Lucian, sa morsure, son sang imposé. Je me rappelle la chaleur glacée qui m'a traversée quand Alexeï a pris sa place. Je sens encore le jaguar frapper pour repousser l'ordre. Tout cela est déjà en moi. Je n'ai pas choisi de subir tout cela, mais j'ai décidé d'en tirer parti. De décider de ce que j'en fais. Pour contrer Lucian, ce vampire qui n'aurait jamais dû devenir roi.

— Il faut le faire maintenant, tant qu'il est encore temps.

Ils hésitent un instant, puis acceptent. Alexeï approche tandis qu'Amaru tend sa main enchaînée vers moi. Il faut le libérer, et on s'y attelle lorsqu'Alexeï trouve la clef des cadenas en expliquant qu'il a cartographié l'ensemble du laboratoire pour savoir où Lucian rangeait tout ce qu'il trouvait.

— On doit purifier l'autel, décrète Amaru en se redressant. Avant toute chose. Parce que nous sommes dans un lieu de mort et on peut contaminer le rituel en ne nous protégeant pas.

Même si mon esprit rationnel s'en défend, je suis

ses instructions après qu'Alexeï a apporté les ingrédients dont il a besoin : au moins, nous avons tout à portée de main grâce à l'obsession de Lucian. Enfin, Amaru déclare que c'est suffisant, et il me laisse reprendre la main.

— Paume, commencé-je. C'est là que les lignes de vie se croisent.

Avec le couteau de Xtopec, je trace un trait sur la mienne, net. Le sang affleure, sombre. Amaru fait de même, puis Alexeï. Trois gouttes tombent sur la pierre de l'autel. Je sors la plume de condor, la pose entre elles. Elle boit. Elle se soulève, une fraction de seconde.

— Souffle, continué-je.

Je pose ma main sur le sternum d'Amaru. Il pose la sienne sur mon front. Alexeï hésite, puis vient poser sa paume contre ma nuque. Nous respirons ensemble. Inspiration. Expiration. Nos cadences, d'abord disjointes, cherchent, tâtonnent, se rapprochent. Trois rythmes, puis deux, puis un. La plume s'illumine un instant. Pas de flamme, mais une phosphorescence sourde. Maintenant vient le moment que j'attends et redoute en même temps. Après le sang, il faut maintenant nous lier en esprit... et dans nos corps. Seulement, bien que je connaisse intellectuellement le processus, je suis incapable de prendre l'initiative. Alors, Amaru s'empare de mes lèvres. Doucement, avec une lenteur exquise qui affole les battements de mon cœur et creuse un premier sillon de désir dans mon ventre. Dans mon dos, je sens Alexeï me caresser au travers de mes vêtements avant de me les enlever un par un. Je frissonne alors autant du froid que de la situation. Il s'est déshabillé aussi et prend le relais d'Amaru avec une ardeur différente. Là où ce dernier me découvrait sensuellement, lui joue avec ma langue avec maestria. Il m'a plaquée contre son torse, et d'une main caresse ma colonne vertébrale tandis que l'autre s'égare sur mon sein. Lorsqu'Amaru vient se coller à moi, nu à son tour, je n'ai plus froid. Au contraire, l'excitation qui s'est emparée de nous nous enveloppe d'une chaleur qui embrase nos sens. Gentiment, Amaru m'entraîne sur l'autel. Lui d'abord, pour me laisser venir sur lui à mon rythme. J'ai peur de l'inconnu, mais son regard brûlant me happe et je trouve la force de me hisser sur lui. Nos lèvres se rejoignent en même temps que nos corps. La douleur de cette invasion est balayée par le plaisir de la possession. Parce que celle-ci est une joie partagée et non une domination de l'un sur l'autre. Puis Alexeï entre dans la danse, apportant son souffle de brise afin d'atténuer le feu dans mes veines. Il m'envahit aussi bien de son corps que de ses crocs avec lenteur, pour dompter la résistance de mes chairs, même si mon esprit l'appelle à grands cris. Enfin, je suis au centre de notre trio, à moitié courbée sur Amaru en supportant le poids d'Alexeï dans mon dos. Leurs présences me déchirent, deux forces contraires qui

me conquièrent dans un rythme parfaitement synchronisé, et pourtant, je n'ai jamais été aussi entière. Leurs corps m'enveloppent comme un feu ancien tandis que le mien se tend, partagé entre la morsure et leurs caresses. Dans cette tempête des sens, je comprends pourquoi j'ai réagi à leur présence dès la première fois. J'ai envie de l'un comme de l'autre. J'ai besoin de chacun d'eux, un seul n'aurait pu me combler comme ils le font ensemble. Je n'ai pas choisi, car je n'aurais pas pu choisir : ils me sont indispensables parce qu'ils me complètent parfaitement. Avec eux, le froid et le feu s'entrelacent : la morsure d'Alexeï est une brûlure glaciale qui traverse mes veines, tandis que le baiser d'Amaru est une vague chaude qui inonde ma poitrine. Leurs sexes martèlent notre union commune au rythme de nos cœurs ne faisant plus qu'un. Dans un souffle consenti et partagé dont nous avons besoin. Je suffoque. Je tremble. Mon esprit rationnel veut compter, analyser, classifier, mais tout se brouille, se dissout. Leurs souffles se croisent sur ma peau. Leurs mains me tiennent à la frontière entre ombre et lumière. Je n'ai plus de repère. Je suis un et trois en même temps.

Alors le sang circule. Je sens le froid d'Alexeï se mêler à la chaleur d'Amaru. Leurs forces coulent en moi, se heurtent, se mêlent encore, comme deux fleuves contraires qui se rejoignent dans le même lit. Ma bouche s'ouvre, mes dents se referment – je goûte, moi aussi, au

sel, au fer, au feu. Le temps s'arrête dans un vertige.

Je sens la vision du condor s'élever en moi, ses ailes déployées, coupant l'air glacé. Je sens la rage du jaguar vibrer dans mes entrailles, ses crocs serrés, sa force brute. Et, entre eux, mon propre cœur qui bat, encore, plus fort qu'avant, comme si le soleil noir en personne s'y était logé.

Je ne suis plus prisonnière. Je ne suis plus l'objet d'un pacte. Je suis la clef. Leurs visages se rapprochent, leurs regards se croisent au-dessus du mien, et, pour la première fois, ils se comprennent : ils ne s'affrontent pas. Ils se complètent. Je lâche enfin prise et jouis par eux, avec eux. Et dans ce chaos de sang, de souffle et de chair, une vérité éclate : nous ne sommes plus trois êtres disjoints. Nous sommes un. La fusion est complétée et je m'écroule tremblante de plaisir et de pouvoir échangé.

— Merci, murmurent Alexeï et Amaru à l'unisson, comblés eux aussi.

Chapitre 31

Qoya

La salle du Conseil avale les pas comme une cathédrale qui aurait perdu la foi, mais gardé l'écho. Je marche au centre, vêtue d'une robe d'apparat et le cou paré d'un collier majestueux qui sied à la solennité de l'évènement. On a dressé une estrade en U, chaque aile accueille une strate de Transformés en rangs compacts, les lignées anciennes en grappes de velours, les humains admis par faveur tassés dans un balcon sombre, les journalistes… exclus, bien sûr : rien d'officiel ne doit filtrer. Pas encore. Cet instant est pour les vampires. Et pour moi. À ma gauche, Lucian avance sans effort, comme si le marbre apprenait sa cadence pour ne pas oser grincer sous lui. Je sens les regards s'empiler. Je sais les compter : admiration feinte ; jalousie facile ; mépris poli ; calcul. Rien de neuf.

Je joue ma partition. Je m'incline quand il le faut. J'ai répété la chorégraphie des centaines de fois pendant ces mois de patience : l'angle exact des doigts, l'arrêt du menton qui signale la souveraineté sans arrogance, le demi-sourire qui n'est pas une provocation. Pourtant, je ne parviens pas à me défaire de l'idée que Lucian m'a posée là comme on pose un pion sur l'échiquier. Je croyais être une reine. Je commence à deviner que je suis son cavalier préféré. Et ce soir, il a décidé qu'on m'applaudirait. Je le sens à la façon dont il m'étudie au travers de ses paupières mi-closes et de son léger sourire qu'il n'adresse à personne, si ce n'est à lui-même.

Toutefois, je me tiens droite et fais face au cercle : je veux savourer cette victoire ! Les blasons vampiriques pendent entre des colonnes, noirs, rouges, argent. On a tendu des voiles pour absorber la clarté ; les bougies ont été calibrées pour ne pas trop mordre les plus anciens. Au fond, il y a une chaise vide. Celle d'Anastasia. On a posé un ruban noir. Un rappel cruel pour entacher mon plaisir : c'est comme si sa voix murmurait « tu as pris ma place, cela n'a jamais été la tienne ». Je me retiens d'y penser et incline la tête pour recevoir cette couronne dont j'ai tant rêvé !

Les premières minutes sont protocolaires. On

m'appelle, je prête serment – obéir à la loi du Conseil, préserver la paix, régner dans l'ombre, protéger les miens. Je signe de ma main et de mon sang. Le ruban glisse, on accroche à mon poignet un bracelet de souveraineté et Lucian pose enfin ce symbole tant attendu sur moi. Je me redresse sans oublier de décroiser mes mains jointes au moment opportun et de laisser tomber mon voile juste quand la lumière est capturée par les diamants. Les applaudissements sont courtois et les échanges policés. Chaque représentant vampire vient ployer le genou devant l'estrade à tour de rôle en prononçant les félicitations de rigueur.

Puis je sens un courant traverser la salle, un souffle qui n'appartient ni au marbre ni à nos respirations feintes. Je tourne la tête d'un millimètre vers la gauche ; sur l'aile des « invités » vampiriques – ceux qui ne votent pas, mais qu'on tolère pour ne pas faire d'histoire –, il y a une silhouette que j'ai déjà croisée deux fois sans réussir à la fixer : Camille Monfort. Elle n'arbore pas ses bijoux d'ambassadrice. Elle porte un noir mat qui ne renvoie rien, et ses yeux… Ses yeux ne jouent pas le jeu de la salle. Ils regardent autrement, et au moment exact où je la fixe, un autre regard se superpose, comme si un rideau se soulevait à l'intérieur de moi et qu'un paysage ancien se glissait au-dessus des moulures : forêt, pierre, chaleur, soleil qui frappe sur une eau brune. Je cligne. Ça s'efface.

Mais pas tout à fait.

Je baisse les yeux de peur qu'on lise ce vertige dans mon visage. Mauvaise idée : mes prunelles tombent sur lui. Amaru. Je ne sais pas comment il est là – personne ne le devrait – et pourtant, il est là, à l'ombre d'un pilier, avec ce visage trop calme des hommes qui sortent des chaînes et refusent de boiter devant leurs ennemis. Il encadre une femme à côté de laquelle je reconnais Alexeï. Je devrais les dénoncer, mais je suis figée dans mon rôle et ne peux que rester impassible pour ne pas perdre mes moyens. Une chaleur me mord la base de la langue. Je pourrais l'appeler rage. Ce serait trop simple. C'est autre chose : l'odeur du territoire qu'on m'enlève, alors que je l'ai gagné de haute lutte. Je suis enfin là où est ma place et devrais être le point de mire de tous. Or, ils vont me voler la vedette. Lucian ne me touche pas, pourtant, je le sens tressaillir avant de se ressaisir. C'est avec un sourire pour la foule qu'il dépose un baiser sur ma tempe.

— Pas un mot, murmure-t-il sans bouger les lèvres. Je vais régler le problème de ceux qui pensent encore que le monde s'écrit sans moi.

Il a vu évidemment : ici, même l'air est à son diapason. Il a déjà anticipé comme toujours. Et il savoure. Il adore parler en énigmes quand il connaît déjà la réponse. Puis la salle change de densité quand Camille se détache de sa rangée. Elle marche sans excès, sans

démonstration. Elle s'arrête au centre, juste en dessous de la clef de voûte. Elle ne demande pas la parole. Elle la prend. Et le monde se tait comme un animal qui vient d'entendre un bruit plus ancien que sa peur.

— Je m'appelle Camille Monfort, clame-t-elle d'une voix nette. Certains d'entre vous m'ont appelée l'ambassadrice. D'autres m'ont appelée la vampire d'Amazonie. Mon nom n'est ni l'un ni l'autre. Mon nom est Asiri. Asiri Wari, survivante du sang maudit par le Soleil Noir.

Il n'y a pas de cri. Pas d'explosion. Il y a plus violent : un silence qui devient scalpel. Le vieux doyen du Couvent des Bords-de-Seine se recule comme si quelqu'un venait de lui cracher au visage. Dans l'aile gauche, un Transformé serre les poings jusqu'au sang. Dans la tribune des « neutres », un frémissement d'effroi soulevé par des bouches humaines qui n'ont pas la bonne légende pour digérer ce mot.

Originelle. Femme. Tabou.

Je pourrais rire. Je n'y arrive pas. J'ai envie de hurler. Ce qu'elle fait là – aujourd'hui, ici –, c'est ce que je croyais faire en montant sur cette estrade : exister. Pas comme un appendice. Comme une force. Elle bascule la salle entière avec une phrase. Mon bracelet pèse tout à coup comme un anneau d'esclave. Lucian ne bouge pas. Il a ce visage qu'il met pour les choses qui ne le surprennent

jamais. J'avais cherché dans son regard une faille, une ombre de stupeur, quelque chose à quoi m'accrocher pour me persuader qu'il n'est pas Dieu. Je n'y trouve que de la satisfaction froide : *je l'avais vue, je la tenais déjà*. C'est pire que tout.

Camille ne nous regarde pas. Elle dit ce qu'elle est. Elle dit ce qu'on lui a interdit. Elle ne réclame pas. Elle constate. Et attend la punition avec une dignité retrouvée, celle qui a brisé elle-même ses chaînes. Les Originels réagissent enfin et commencent à l'encercler. C'est alors qu'Amaru la rejoint d'un bond – je sens le jaguar en lui – et s'interpose. Lorsqu'il parle, sa voix est rauque d'une mémoire ancienne qui fige les Originels.

— Asiri est certes coupable d'avoir transgressé nos traditions, énonce-t-il en regardant chaque Originel dans les yeux, mais plutôt que de la condamner sur une faute passée depuis des siècles, vous devriez vous poser cette question. Que n'auriez-vous donné pour garder une sœur, une femme ou une fille avec vous ?

Cette question résonne sous la voûte alors que l'air se charge d'un parfum de perte et de regret. Chacun à leur tour, les Originels se détournent d'un quart : plutôt que de l'encercler, ils adoptent une position de garde rapprochée. Lucian fulmine intérieurement lorsqu'il observe Camille s'incliner devant eux et se redresser ensuite, les épaules encore plus droites qu'avant. Elle le défie du regard sans

un mot, mais il ne bouge pas : seul le léger frémissement de sa main m'apprend qu'il lutte pour garder contenance. Et qu'il analyse pour tirer parti de la situation. Même si je ne vois pas bien ce qu'il pourrait faire sans affaiblir sa position face à sa cour.

— Pour vous convaincre s'il en est besoin du trésor qu'est Asiri, intervient l'humaine en s'avançant à son tour, je vous demande juste d'observer.

Elle offre alors son poignet à l'Originelle qui ne peut cacher totalement sa surprise, mais qui le prend tout de même. Lorsqu'elle la mord pour prendre ce sang offert, ses yeux s'illuminent comme jamais auparavant, déclenchant des murmures de stupéfaction dans la foule.

— Je sens la caresse du soleil dans ton sang, murmure-t-elle avec une voix stupéfaite, et maintenant dans le mien...

L'humaine se déplace vers une fenêtre protégée et demande à Asiri de la rejoindre. Tous ceux qui se trouvent à proximité reculent précipitamment lorsqu'ils la voient tirer le rideau épais – une seconde précaution en plus des volets roulants. Chacun peut sentir que l'aube est sur le point de se lever et la panique a une odeur âcre, alors que les Transformés se tournent vers Lucian d'un seul bloc. Va-t-il autoriser cette hérésie ? pensent-ils tous, même si pas un n'a le courage de l'exprimer avec des mots. Toutefois, Lucian a un regard... avide. Il veut VOIR le

résultat, j'en suis convaincue. Alors, il savait ? Mais comment ?

Chacun retient son souffle après s'être mis à l'abri pour ceux qui pourraient être touchés par un rayon du soleil, même pâle à cette heure-ci. Asiri ne laisse pas paraître d'inquiétude : elle a juste jeté un regard à Amaru et rejoint l'humaine après sa confirmation d'un infime hochement de tête de sa part. Et là, le miracle se produit ! L'Originelle ne s'embrase pas lorsqu'elle avance son bras dans le petit puits de lumière ouvert par l'humaine. Elle le laisse pendant vingt secondes avant que le volet ne soit refermé. La salle éclate de stupéfaction, l'évènement est trop inédit pour que le protocole puisse tenir.

Mon sang à moi bat à mes tempes. Et là, oui, la jalousie – la vraie – m'empoigne. Pas envers Amaru, même s'il fixe l'humaine comme on regarde la pièce manquante d'une offrande. Envers cette femme moderne et l'autre ancienne qui me relèguent dans l'ombre alors que c'est censé être mon apogée ! Parce que, moi, nouvelle reine des vampires, je suis devenue décor et qu'elles sont le centre.

— Les maîtresses, souffle Lucian à mon oreille, brillent tant qu'on les met au soleil. Mais la légitimité ne se forge pas avec des miroirs. Tu as obtenu ton titre, mais il est vide de sa substance.

Je rêve de lui briser la mâchoire dans l'instant.

Mais je ne peux pas et laisse sa cruauté se déposer dans mon ventre comme une pierre. Je la garde, car elle me servira tandis que Lucian sourit et fait un pas au bord de l'estrade.

— Mes amis, clame-t-il de sa voix d'orateur ayant déjà charmé des foules. Voici mon cadeau de couronnement. Vous venez d'assister à un moment historique. C'est moi qui ai identifié Camille Monfort quand elle n'était qu'une rumeur. C'est moi qui ai ouvert les portes aux négociateurs humains. C'est moi qui ai permis au Conseil d'exister sous sa forme actuelle. C'est moi qui ai capturé ce chasseur wari vivant, le seul jusqu'à maintenant. Et surtout, c'est moi qui ai trouvé la clef de notre malédiction dans la lignée d'un sang que j'ai étudié pendant des décennies avant d'obtenir la solution que vous avez pu constater par vous-même. Je ne demande pas de remerciements parce que c'est mon devoir en tant que roi de nous guider vers le meilleur. Je demande simplement du temps pour étudier comment reproduire cet effet de façon durable pour tous. Il faut que je travaille avec Hana, Amaru et Alexeï dans le laboratoire. Gardez-les pour moi afin que personne d'autre ne puisse vous voler ce qui vous revient.

Il a ajouté une impulsion sur tous ses Transformés – dont moi – et ils s'avancent d'un pas pour empêcher le trio de sortir. Toutefois, Camille intervient.

— Vous avez tout à fait raison, Votre Majesté, et ce sera la tâche des Originels. Nous revendiquons cet honneur, puisqu'aucun Transformé ne peut nous atteindre de son sang corrosif.

Elle a habilement rappelé qu'une tentative finirait en bain de sang pour la cour, alors qu'ils pourraient y faire un carnage. Si les Originels n'ont jamais tenté un coup d'État, c'est parce qu'ils savent que Lucian peut les hypnotiser, et qu'un seul Originel se retournant contre ses frères est un risque qu'ils ne voulaient pas prendre. Jusqu'à maintenant. Parce qu'à l'inverse, le sang versé par eux ne les atteint pas comme les Transformés.

Et j'ai une joie mauvaise en réalisant que Lucian, tout roi qu'il se prétend, n'avait pas prévu cette défiance inédite.

— Très bien, accorde-t-il pour ne pas perdre la face. Ils sont sous ta responsabilité... Asiri.

À peine ont-ils quitté la salle sous bonne escorte qu'il se retire avec plus d'empressement que jamais auparavant. Je n'ai pas besoin de le suivre pour savoir qu'il va passer sa fureur à l'abri des regards. Et qu'il va comploter pour reprendre la main qu'il vient de perdre. Parce qu'au bout du compte, même les rois peuvent plier...

Chapitre 32

Lucian

J'ai retourné la situation à mon avantage, puis l'ai reperdu. J'ai failli ordonner un massacre, mais j'ai entrevu des décennies de travail perdues, alors que reculer temporairement ne signifie pas perdre pour autant. Donc, plutôt que de surréagir, je souris et consens : comme ça, c'est moi qui finalise l'ordre officiellement. Je n'ai pas travaillé tant d'années à dresser les humains, à maquiller nos monstrations, à vendre la paix afin d'asseoir mon pouvoir pour perdre au dernier moment alors que la solution est à portée de main. Parce que je vois déjà la problématique : Hana est une clef, mais temporaire. Je pourrais la saigner totalement que je ne dominerais pas le soleil longtemps.

De ce fait, je dois lui laisser un peu de champ : elle travaillera mieux si elle pense m'avoir échappé. Quand elle aura une solution pérenne, à ce moment-là seulement, je frapperai.

En attendant, pour me calmer, je me défoule dans mon bureau, parce que ma colère – non ma rage – a tout de même besoin de s'exprimer. Ensuite seulement, après un long moment, je me pose devant ma table parsemée de débris de verre renvoyant des éclats de lumière déformés. Et je réfléchis. Ce que Cagliostro voulait par forçage, ce que j'ai appris à imiter par tricheries coûteuses, elle le produit juste par son existence. Sa biologie gobe la nuit et le soleil et recrache un motif stable. Comment ? Pourquoi elle spécifiquement ? Reprenant son dossier compilé par le recteur, je me penche sur chaque ligne, chaque détail. Et puis, je saisis ce que la magie peut trouver comme voie cachée. Hana est une métisse d'un Tanzanien albinos et d'une mère japonaise. Elle portait déjà en elle le fruit d'une mixité lourde de sens : le sang dilué de la malédiction n'ayant pas réussi à prendre totalement le contrôle et celui du peuple du pays du… « Soleil-Levant ». La nuit et la lumière étaient déjà à parts égales chez elle ! Parce que j'ai appris à lire ce que les autres ne voient pas. Et le lien d'Amaru a renforcé ou activé cette prise avec le soleil, tandis que la marque d'Alexeï, en remplaçant la mienne, a renforcé la nuit. C'est pour ça qu'elle seule

pouvait trouver – non, devenir – la clef. Avec son handicap – ou sa force ? –, elle a cumulé une génétique indispensable, mais totalement improbable, avec une capacité scientifique hors norme. Et le chasseur wari a apporté la touche de magie qui manquait pour lier le tout et le faire évoluer dans ce que j'ai toujours su sans jamais pouvoir le concrétiser.

Cependant, j'ai toujours tiré les fils derrière le rideau, c'est ma véritable force. Alors je continue, non pas à rêver, mais à dresser des équations de pouvoir. Hana croit qu'elle m'a échappé ? C'est risible. Elle ne sait pas encore que la victoire du jour est une contrainte qu'elle vient d'accepter : se montrer. Elle s'est révélée. À moi. À eux. Au monde. Et dès qu'on se montre, on laisse une ombre exploitable. J'ai construit ma vie entière sur les failles des ombres. Ce soir, j'ai dû la laisser partir. Parce que c'est ce qu'un roi fait quand il préfère la guerre longue aux batailles de panique. Parce que la salle aurait fondu dans l'acide. Parce que mes Transformés ont besoin de se souvenir à qui ils doivent leurs toits, leurs « droits » et leurs privilèges. Parce que Qoya a besoin d'apprendre qu'on reste à ma table tant qu'on mange ce que je sers. Parce que Camille/Asiri a besoin de croire qu'elle a brisé ses chaînes pour mesurer leur nouvelle longueur. Parce qu'Alexeï a besoin de penser qu'il m'a volé quelque chose pour que son orgueil l'aveugle devant les trappes que j'ouvrirai sous lui. Et surtout, parce que j'ai besoin qu'Hana se construise assez pour que ce que je veux d'elle tienne quand je l'aurai de nouveau sous ma coupe.

Je rouvre les yeux et souris à mon reflet dans le verre, mille fois éclaté par les moulures. Je suis résolu, pas pressé. L'obsession n'est pas une hâte : c'est une persévérance sous stéroïdes. Je sais déjà ce que je ferai lors de la prochaine lune noire. Je sais ce que je promets à Qoya pour qu'elle reste docile. Je sais ce que je laisserai fuiter auprès des humains pour que leur président m'appelle le premier. Je sais le parfum exact du sang qu'Hana gardera lorsque je l'aurai soumise. Je sais la fatigue d'Amaru, le point faible sous sa dernière côte, l'ombre de Tatloc qui ne reconnaîtra pas la voix que je lui emprunterai.

Ce soir, ils ont eu un sursis, pas une grâce.

Parce que je suis Lucian de Lys. Roi. Prédateur. Et j'ai l'art ancien de transformer les victoires des autres en matériaux pour la mienne. Le statu quo ? J'en suis l'architecte. Et dans mes maisons, les fondations m'appartiennent. Toujours.

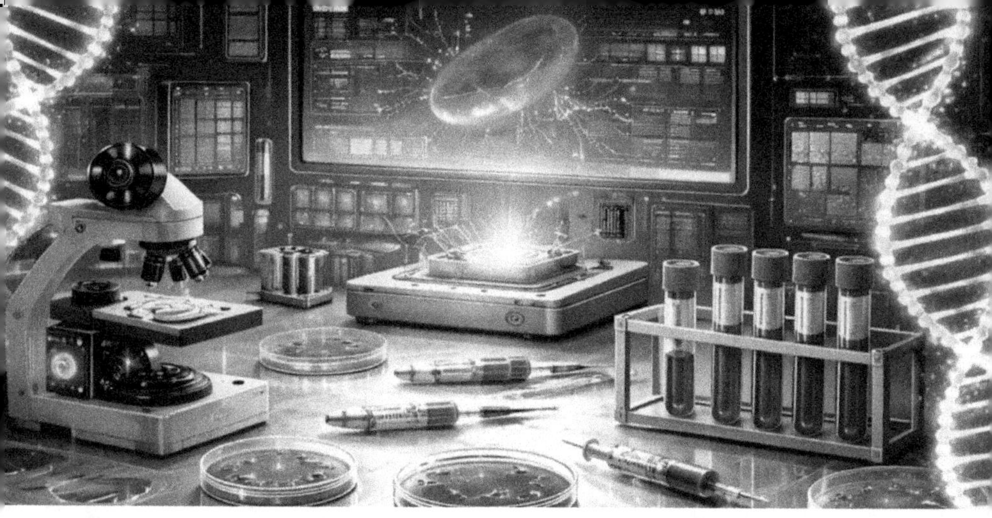

Chapitre 33

Hana

Je ne me permets de trembler que lorsque la porte blindée se referme derrière nous. La maison de Camille avale le bruit de l'extérieur comme une chapelle avale un blasphème : tapis épais, rideaux tirés, et surtout, vitres teintées qui grisent la ville. L'odeur me frappe avant les voix – cire d'abeille, bois ciré, un fond de camphre, une trace d'encens froid. Pas de lys. Plus jamais de lys, pense mon corps tout seul, et je serre mon cahier un peu trop fort pour ne pas que ça se voie.

Il y a du monde, mais pas de foule. Trois Originels se tiennent en triangle près des fenêtres, sans ostentation, comme des hommes debout à un guet invisible. Les autres se sont répartis dans différentes pièces ainsi que dans les résidences voisines pour « quadriller le périmètre ». C'est Amaru – ou Tatloc – qui a organisé la protection. Ou plutôt la défense ? Je reste debout, mon cahier contre le torse, et j'inspire par le nez en comptant quatre, j'expire en six. L'hyperacousie a reculé d'un pas depuis la séance, mais elle ne m'a pas laissée : j'entends le ronron des alimentations des caméras extérieures, je distingue le souffle du chauffage dans la gaine derrière le mur porteur et je sais où se trouve la cuisine, parce que quelqu'un y a posé un verre sur du granit – pas sur du bois. J'empile les données enregistrées sans y penser. C'est ma manière de ne pas tomber.

— Tu vas bien ? demande Camille en m'observant comme on regarde une plaie que l'on connaît.

Je hoche la tête, parce que « bien » n'est pas une donnée binaire, mais que, ce soir, « debout » est un résultat que j'accepte. Elle se tourne vers Amaru : ils échangent une inclinaison minuscule, quelque chose passe entre eux – pas de la reconnaissance, pas de l'étonnement, mais une confirmation. Ils se connaissent d'avant les mots. Je le note, sans jalousie, parce que c'est utile.

Les Originels gardent la pièce comme on garde une rive. Alexeï ne parle pas. Il fait le tour du salon du regard, enregistre les angles, évalue les sorties. Je me prends à le

suivre intérieurement, à superposer son plan au mien. Mon cœur ralentit. La ville cesse d'être un monstre.

— Asseyez-vous, lance enfin Camille. Et bois de l'eau, Hana. Tu trembles.

— C'est juste l'adrénaline qui redescend, mens-je à moitié. Et… autre chose.

Toutefois, je m'assois sur le canapé.

— Tu as pris un risque, déclaré-je à Camille alors que cela ne me ressemble pas d'entamer une conversation par autre chose qu'un protocole ou une remarque technique.

Elle sourit juste avec les yeux.

— Je me suis cachée toute ma vie, répond-elle d'une voix douce, mais ferme. Derrière un uniforme, derrière des titres d'État ou derrière des hommes qui aimaient une femme en vitrine. Or, un secret finit toujours par se dévoiler. J'ai décidé et choisi de le brûler moi-même.

J'entends « brûler », et je ne pense pas à la lumière. Je vois des os pulvérisés pour faire une poudre qui mord la peau. Je revois les images que Lucian m'a imposées. Je chasse le fantôme. Je pose mon cahier sur mes genoux et m'y accroche : un réflexe de ma vie d'avant, mais ça m'aide.

— Je t'ai observée, reprend Camille calmement. Et je me suis reconnue. Tu as vécu dans des colonnes pour

survivre quand j'ai choisi de le faire dans des salons. Ce sont des cachettes qui se ressemblent, car c'est là qu'on y range nos peurs. Ce soir, nous n'avons plus ce luxe.

Je voudrais argumenter que mes colonnes ne sont pas une fuite, qu'elles sont mon outil. Mais je comprends ce qu'elle veut dire. Je souris même plutôt qu'elle ait vu juste : ce n'est pas fréquent qu'on me lise ou qu'on me voie vraiment.

— Il va revenir, prédit un des Originels près de la fenêtre d'une voix un peu rauque. Pas ce soir. Il se farde de paix quand il a saigné la veille. Mais ne vous y trompez pas, il reviendra. C'est ce qu'il fait toujours.

Alexeï tourne la tête.

— Il reviendra sans ses troupes visibles. Il va préférer l'ombre, car c'est son terrain, avertit-il. On n'a pas la supériorité du nombre. Il nous faut autre chose.

— De la légitimité, décrète Camille. Et une histoire qui se raconte sans lui. Parce qu'il aime refaire l'histoire avec son nom.

— Et de la chimie qui tient malgré lui, m'entends-je ajouter, ce qui ne m'arrive jamais d'ordinaire quand je n'ai pas toutes les données.

Amaru respire un peu plus fort, comme si mes mots venaient d'articuler quelque chose que le condor lui murmurait sans langage. Il parle enfin : sa voix a la rugosité de la pierre polie, celle qui n'a pas servi depuis

longtemps.

— Le Conseil a été un théâtre. C'était nécessaire. Maintenant, il nous faut un outil qu'il ne peut pas retourner en discours. Un texte. Une clef. Un piège qu'il a posé et que nous refermerons sur sa main.

— Son laboratoire occulte, souffle Alexeï. Il faut l'exposer. Montrer le monstre qu'il camoufle aux humains. Ce sont eux son premier support, avant même sa légion de Transformés. Sans sa légitimité auprès des gouvernements, il perd une bonne partie de sa base de pouvoir. De nos jours, la magie noire n'a plus bonne presse et la communication peut devenir une arme tranchante pour qui sait la manier.

— Comment ? Aujourd'hui, avec les technologies, tout peut être fabriqué et/ou détourné. Il lui suffira de crier au complot et les puissants s'empresseront de le couvrir. Parce que le renier serait admettre qu'ils se sont trompés depuis le début. Et les hommes, quelle que soit leur nature, détestent ça.

— Peut-être qu'il y a autre chose qui pourrait nous être utile avant, déclare Amaru. Quand il m'a torturé sur son autel en prenant mon sang, pour la première fois, j'ai pu suivre le canal qu'il a ouvert. Et j'ai vu qu'il prenait des notes sur tout ce qu'il ressentait après des jours sans m'avoir mordu. Pour le reporter dans son recueil.

— Un recueil ? réfléchit Alexeï. Oui, ça serait

logique. Il a forcément dû compiler toutes ses recherches depuis le début.

— Un peu comme le Codex, murmure Camille. Un savoir enregistré afin de ne pas l'oublier et surtout le reproduire à volonté. C'est la base de son pouvoir.

— Ce ne sera pas une preuve suffisante pour le public, si ?

— C'est pour nous, explique Amaru. L'esprit du condor me dit que, dedans, nous trouverons de quoi l'abattre. Définitivement.

— Tu veux utiliser la magie noire ? s'étonne Alexeï. Parce que c'est cela qu'il aura compilé. Forcément.

— Mais la magie wari est puissante, comprend Camille. Après tout, c'est ce qui a créé cette malédiction...

— Nous avons contrarié Chavín, intervient un autre Originel d'une voix sourde.

— Non, le contredit Amaru d'une voix ferme. Le jaguar m'a montré la scène quand j'ai perdu conscience. Ce n'était pas notre faute seule. C'était le fruit de l'orgueil de sorciers contre d'autres sorciers. Au même instant que nous, au temple, le roi inca sacrifiait, et ses prêtres invoquaient Mama Quilla pour draper la nuit. Tandis que les Waris appelaient Chavín. C'était improbable et inattendu, mais les deux astres ont répondu en même temps. Voilà pourquoi l'éclipse a dévoré le jour.

— Alors, notre lignée n'est pas coupable en fin de

compte ? demande Camille d'une toute petite voix.

— Nous avons une part de responsabilité tout de même, assène Amaru. Comme diraient les humains, « responsable, mais pas coupable ». C'est donc à nous qu'il revient de mettre un terme à tout ça. En remplissant enfin le serment wari. Si on abat Lucian, il entraînera ses Transformés avec lui.

— Certains survivront, les plus puissants ou ceux qui sont au loin, intervient le troisième Originel de la pièce.

— Oui, mais cela ramènera la situation à une proportion gérable pour les chasseurs de mon clan et les fidèles si besoin. Il faudra bien déterminer nos cibles à ce moment-là. Le monde a tout de même besoin d'une structure vampirique pour ne pas sombrer dans le chaos total…

— Parce que nous sommes trop imbriqués, et cela créerait un vide qu'il faudra combler, comprend Alexeï.

— Si c'est un rituel de ce recueil, qu'est-ce que cela impliquerait ? demandé-je en recentrant le débat.

J'ai besoin de me raccrocher à ce que je connais : des paramètres. Parce que, malgré tout ce que j'ai vécu, le terme de magie noire m'effraie, et je ne veux pas m'y essayer. Du moins, pas sans avoir un maximum de données au préalable.

— Le lien de roi et reine ! s'exclame Alexeï. C'est

sûrement ça !

Devant nos mines perplexes, il explique.

— Oui, cela me rappelle un rituel de Guru, mon époux, lâche Camille avec une petite grimace. Cela devait lui permettre de s'approprier une partie de la magie de notre lignée, mais il n'y est pas parvenu. Cependant, son principe a pu être transmis jusqu'à ce que Lucian le déterre d'une façon ou d'une autre. Avec son obsession à traquer le moindre mythe, c'est une hypothèse qui se tient.

— Si c'est un rituel wari à la base, alors nous pouvons le réutiliser, confirme Amaru. Avec l'aide de tous les Originels, nous pouvons le faire fonctionner parce que notre sang est puissant. Plus que celui d'un Transformé dévoyé aux folies des grandeurs. Et dans ce cas, pas besoin du recueil empoisonné de Lucian. C'est même mieux que nous ne nous en approchions pas. Quand on le trouvera, il faudra le brûler d'ailleurs. Parce qu'on ne veut pas que son héritage persiste, quelle que soit la forme qu'il prenne.

Il a parlé avec sa voix, mais c'est Tatloc qui s'exprime à travers lui. Chaque mot vibre encore dans sa poitrine comme un écho ancien, une langue que ses lèvres connaissent à peine, mais que son sang n'a jamais oubliée. Les Originels le fixent. Leurs visages immobiles semblent sculptés dans la pierre. Puis, le plus ancien, celui dont les yeux reflètent déjà les siècles, ploie la nuque. Un mouvement lent, presque imperceptible. Pas devant

Amaru, l'homme. Pas devant le prisonnier libéré, mais devant la mémoire qui brûle encore en lui, devant le Serment qui n'a jamais été effacé. Je sens la chaleur du condor s'élever dans nos nuques, le grondement du jaguar vibrer dans nos os. Pour la première fois, Amaru n'est plus seulement le gardien d'un poids : il est la preuve vivante que le Serment peut être accompli avec notre aide et la leur, tout le monde le sent.

— De quoi auriez-vous besoin ? demande Tenoch, l'Originel qui semble être le leader.

— De votre sang et de votre volonté. C'est tout notre peuple qui doit s'engager dans ce combat.

Bon, là, je peux noter dans mon cahier sans avoir besoin d'analyser : déclaration de guerre actée...

Chapitre 34

Amaru

Je connais l'odeur d'un consentement rare avant même que les mots ne tombent. C'est un mélange de résine chaude, d'ancienne poussière et de ce quelque chose qui n'appartient pas aux poumons, mais aux serments. Lorsque les Originels acquiescent, la pièce respire autrement. Les murs de l'hôtel particulier de Camille se taisent, comme si la maison elle-même cessait un instant d'être parisienne pour se souvenir de pierres plus anciennes et d'un patio sculpté où l'eau chantait autour d'une stèle. Je reste debout, les paumes ouvertes, et écoute cette acceptation qui me traverse. J'ai attendu ce moment trop longtemps pour ne pas reconnaître sa densité : une faveur donnée non par faiblesse, mais parce qu'il n'y a plus d'autre route que celle que nous traçons.

Camille se tient à ma droite. Elle n'a pas besoin de couronne pour imposer le respect. Sa nuque dit tout : un port appris sous d'autres ciels, quand son nom n'était pas celui qui circule dans les chancelleries. Dans sa main, elle tient le couteau sacrificiel de Xtopec récupéré dans le laboratoire occulte de Lucian, celui qu'Alexeï a volé alors que le sang battait encore à mes tempes après la fuite. Celui-ci, d'ailleurs, se tient à ma gauche, calme à la surface, mais je lis la tension dans sa mâchoire. Il prétend n'être qu'un homme de l'ombre, pourtant il est ici, dans la lumière crue des lustres, parce que nous n'avons plus le luxe de choisir nos places. Elles s'imposent à nous.

— Nous devons le faire maintenant, indiqué-je. La mémoire ne doit pas refroidir.

Camille incline la tête. Elle pose le Codex sur une table basse débarrassée à la hâte de ses bibelots, déplie la reliure qui grince comme une porte ouverte depuis trop longtemps et sort le poignard de Xtopec de son fourreau. La lame, sombre comme une nuit sans lune, garde des reflets qui ne sont pas de métal : une ombre liquide qui semble boire la lumière. Je pose les doigts à distance, ressens l'onde comme un tambour très bas contre l'os. Pas de doute, c'est bien lui. La pièce s'alourdit d'un souvenir qui n'est pas le mien et qui pourtant me reconnaît.

— Ce rituel, explique-t-elle, n'était pas fait pour dominer. Il liait trois forces pour soutenir le ciel quand un homme seul n'en avait plus la stature. Guru l'a cherché longtemps pour tenter de supplanter Xtopec à la tête du temple. Il l'a déformé par orgueil. Lucian l'a volé et l'a corrompu par cruauté. Toi, Amaru, tu peux le rendre à sa forme qui n'aurait jamais dû être altérée.

Je ferme les yeux un instant. Le condor pose son ombre sur ma nuque tandis que le jaguar s'étire derrière mes côtes. Je n'ignore pas la tentation d'être celui qui porte – seul –, mais j'ai appris ce que coûte l'échine qu'on brise à force de vouloir tenir plus que sa résistance ne le permet. Je respire.

— Nous appellerons la mémoire de Tatloc, énoncé-je. Pas seulement par moi. Nous avons besoin de toutes celles qui courent dans les veines des siens. J'ai un lien avec chaque chasseur de mon clan. Leurs voix formeront un chœur, et nous verrons la version d'avant la blessure.

Ils s'installent. Tous les Originels à proximité ont été appelés et forment un cercle. Tenoch s'agenouille sans cérémonie. Les autres l'imitent. Ils n'ont pas nos gestes, mais ils comprennent que la forme n'a pas d'importance, seulement l'intention. Au centre, je place la lame de Xtopec, le Codex ouvert à la planche où les trois lignes s'entrelacent autour d'un soleil noir ainsi que la plume du condor que Hana m'a laissée, toujours glacée, quelle que soit la pièce où elle repose. Elle s'approche, silencieuse, son cahier contre le cœur comme si elle y gardait une chaleur que le monde pourrait lui voler. Quand nos regards se croisent, je lis sa décision. Elle n'a pas besoin de la dire à voix haute pour que je la comprenne.

Je trace au sol un cercle avec la poudre de copal qu'Alexeï a trouvée je ne sais où dans cet hôtel pourtant trop bien rangé. Je souffle dessus. Le parfum monte, résineux, sec, le parfum de feuilles mortes qui ont conservé le souvenir du soleil. Je m'agenouille. Je tends la main. Alexeï me passe un petit bol d'eau. Je mouille mes doigts, je touche mon front, ma poitrine, le creux de chaque paume.

— Tatloc, prié-je, ancêtre dont la mémoire tient ses promesses, nous te demandons de nous rappeler les routes. Toi qui as gravé sous terre les phrases que les siècles ne savent pas avaler, viens entre nos voix. Nous sommes nombreux et nous offrons la mesure que tu demandais. À savoir le respect, la patience et la constance.

Camille murmure quelques mots dans la langue d'avant. Je les reconnais sans pouvoir les traduire. Ils sont ronds, ils roulent comme des galets sous une eau claire. Les Originels répètent. L'écho se cale contre les murs. Mes mains chauffent. Le condor souffle entre mes omoplates. Le jaguar se ramasse, prêt à bondir – mais pas pour tuer. Pour tenir.

— Donnez vos paumes, demandé-je. Pas de morsures. Pas de sang bu. Seulement une coupure légère et une goutte sur la pierre. Nous n'avons pas besoin d'ouvrir les corps, seulement les portes.

Je saisis le couteau sacrificiel et trace une ligne fine sur ma paume. La brûlure est propre. Mon sang affleure, presque noir dans cette lumière, et je laisse tomber une goutte au centre du cercle, à la pointe du soleil noir. Camille tend sa main sans tressaillir. Sa goutte tombe, plus dense, plus sombre encore, une encre de nuit. Les Originels suivent, un à un. Le cercle se parsème de points rouges qui ne saignent pas : ils attestent, ils ne réclament rien. Lorsque vient le tour d'Alexeï, il hésite le temps d'un souffle, non par peur, mais par respect pour sa propre nature. Il n'est pas des nôtres. Il appartient à la nuit qui mord. Pourtant, il comprend. Il tend la paume. Sa goutte tombe et fume à peine au contact de la pierre, comme pour rappeler la règle : le sang d'un Transformé n'est pas une boisson pour la nuit, il est acide pour ses frères. Ici, il n'est pas bu. Il inscrit. C'est tolérable.

Hana, enfin. Elle ne me tend pas sa paume tout de suite. Elle pose d'abord son cahier, ouvre à une page blanche. Elle écrit une date, l'heure, le contexte. Même maintenant, elle continue de prendre des notes. Je l'aime pour ça. Je n'ai pas le mot juste pour nommer ce que je ressens – l'amour chez nous n'est pas ce que vendent les chansons –, mais il y a, dans la rigueur qu'elle impose au chaos, une beauté qui calme. Elle se coupe. Sa goutte tombe. Elle n'est ni sombre comme celle de Camille ni fumante comme celle d'Alexeï. Elle a une lueur presque dorée, une nuance, un reflet que je n'ai pas vu dans un sang depuis les cérémonies d'avant. Le condor renverse son cou dans ma tête et pousse un cri qui n'a pas besoin d'air. C'est bien elle, le pont. Le soleil et la nuit entrent en conversation dans sa veine.

Je pose ma paume sur la pierre, juste au-dessus du dessin. Le froid me remonte jusqu'au coude, puis se transforme en chaleur fine qui brûle sans détruire. Et je sens la connexion avec les autres chasseurs par-delà la distance. Avec eux, tout se met enfin en place. La pièce revient et s'éloigne à la fois. Je ne ferme pas les yeux. Je ne veux pas perdre la mesure des regards. Alors j'entends la voix de Tatloc comme on entend une rivière quand on marche à côté d'elle. Je vois Chavín. Les galeries, les visages peints, les mains qui connaissent la pierre par son nom. Je vois Xtopec, dressé face au pilier central, sa lèvre inférieure légèrement mordue – signe qu'il calcule. Je vois Guru, l'époux de Camille, l'air brûlant d'ambition, tirant sur le fil d'un savoir qu'il ne mérite pas encore. Je vois Lucian, plus tard, beaucoup plus tard, fauchant au vol ce qui ne lui appartient pas, le trempant dans un bain de noirceur que je n'avais jamais senti avant de le sentir dans

sa bouche sur ma gorge.

Le rituel, dans sa forme pure, n'appartenait pas à la domination. C'était une charpente : trois poutres dressées en arc pour soutenir une pierre trop lourde. Les piliers tiennent parce qu'ils se répondent, la poutre existe parce qu'elle relie. La circulation va des uns aux autres, vers la terre comme vers Chavín, dans une ronde qui ne connaît pas de maître. Chacun garde sa force. Chacun la donne. La circulation est double : vers le haut, vers le bas. Vers Chavín, vers la terre. Ce que Lucian a fait, c'est rompre un des côtés et faire plier l'un des trois vers sa main. Il a brisé la circulation pour la tordre en siphon. Au lieu d'honorer le soleil, il a volé sa morsure et l'a injectée comme un poison dans son rituel. Sa frénésie à traquer les albinos, à maquiller l'obsession en superstition, prend soudain sens : il voulait répéter un signal et le faire résonner comme s'il lui appartenait.

Comment rendre au rituel sa charpente ? Tatloc me montre les lignes. Le poignard de Xtopec doit tracer trois sillons, pas deux. Il ne faut pas refermer l'angle, il faut l'ouvrir, et accepter l'inconfort d'une structure qui n'obéit pas à un seul centre. Le centre, c'est la rencontre. Je vois la plume du condor posée à la jonction – non comme un talisman, mais comme une allée. Je vois la patte du jaguar peser sur la pierre pour enfoncer le rythme dans la terre. Je vois des gouttes – celles des Originels – non pour

amplifier Lucian, mais pour établir le droit d'user de la vieille route sans être rejeté par elle. Chacun apporte une parcelle de jour ancien pour que la nuit accepte de plier.

Le prix, Tatloc ne le voile pas. Il n'offre jamais de mirage. Le prix, c'est le sang d'un pont. Pas un symbole, pas une goutte : une part de chair livrée au bord de la frontière, là où l'offrande frôle le sacrifice. Je tends la main vers ce que je vois, et la vision se précise : ce n'est pas n'importe quel sang. Il lui faut une marque de soleil, mais pas celle qui terrasse. Une marque mêlée. Une lumière capable de parler la langue de la nuit sans s'y dissoudre. Et je comprends. Hana. Évidemment Hana. Elle pourrait refuser. Elle ne le fera pas. Et je sens en moi, le temps d'un battement, la rage de la haïr autant que l'élan de l'admirer : elle met mon espoir sur le fil où sa vie tremble.

La vision se retire comme une marée. La chaleur redescend, mes doigts tremblent une seconde. Les voix autour de moi retrouvent leur grain. Alexeï s'est penché en avant, les lèvres serrées. Camille a les yeux brillants, pas seulement d'émotion, mais de lucidité. Elle a vu ce que j'ai vu. Je parle, sans fioriture.

— Le rituel d'origine est une charpente. Lucian l'a transformé en pompe. Nous devons remettre les trois poutres, pas seulement deux. La lame trace trois sillons qui ne se rejoignent pas sous une main, mais sous une

plume. La plume du condor est la passerelle, la patte du jaguar est l'ancrage. Vos gouttes, expliqué-je aux Originels, nous donnent le droit de marcher sur la route ancienne. Sans elles, la pierre nous rejette. Et le prix...

Je m'arrête. Hana me regarde, fixe, sans peur feinte. Je lui dois la vérité du premier coup.

— Le prix, c'est ton sang, Hana. Pas une mesure comptée, pas un échantillon, mais autant qu'il en faudra pour que le motif prenne, bien au-delà du moment où ton corps criera « assez ». Si nous faiblissons, Lucian gagnera. Si nous tenons la cadence, sa pompe se renversera. Son pouvoir – et celui de ses Transformés – passera par nous pour être redistribué et mis à terre. Une part te traversera. Elle pourrait te briser.

Je voudrais que quelqu'un parle à ma place, que quelqu'un pose une main sur son épaule et dise non à ma voix. Elle inspire, pose calmement le stylo sur le cahier et prends une inspiration.

— Je le ferai, souffle-t-elle comme je le savais déjà.

Trois mots, aussi nets qu'une lame qui ne tremble pas. Alexeï tressaille. Sa colère contre un monde qui demande toujours aux mêmes de payer affleure et s'efface dans la même seconde. Il ne discute pas son choix. Il discute les conditions.

— Alors, on mesure, conclut-il. On encadre, on refroidit, on compense. Tu me regardes, Hana. Si je vois

ton regard partir, je te rattrape. Tu m'as demandé de te porter, c'est ce que je ferai.

Sa voix ne monte pas. Elle s'ancre. Je pourrais m'offusquer de sa place auprès d'elle. Le jaguar en moi grogne – c'est vrai –, à l'idée de partager la garde d'une frontière aussi fine. Mais je connais les bêtes : elles grognent d'abord, puis elles apprennent à chasser ensemble quand la proie mérite leur entente.

— Oui, interviens-je, mais tu m'écouteras quand je te dirai de la lâcher un peu. Nous ne la sauverons pas en la possédant. Nous la sauverons en la laissant respirer entre nous.

Camille fait un pas dans le cercle. Elle tend la main. Elle a ôté un bracelet d'or pour qu'il ne parle pas à sa place.

— Je donnerai ma goutte la première chaque fois que vous aurez besoin de la route. Je ne demande rien en retour si ce n'est ceci, si la charpente se lève, si Lucian cède, ne laissez pas une autre nuit prendre sa place. Ne remplacez pas une pompe par une autre.

— Nous ne le ferons pas, promets-je. Nous ne savons que trop ce que coûte l'eau qu'on détourne au profit d'une seule gorge.

Les Originels acquiescent. Tenoch déchire la doublure de sa manche pour en faire une bande. Il ne fait pas de discours. Il pose la bande à côté de la pierre, à côté de la plume. Il comprend. Les gestes bâtissent mieux que

les phrases quand on touche à l'ancien.

— Quand ? demande Hana.

Je ferme les yeux, une seconde, le temps d'écouter si le condor propose une heure. La réponse arrive avec la clarté d'un frisson.

— À la tombée, réponds-je. Pas à l'aube, pas à minuit. À la tombée, quand Chavín recule sans disparaître encore et que la lune n'a pas posé tout son poids. La charpente a besoin des deux.

Alexeï hoche la tête.

— Nous n'aurons qu'une fenêtre. Lucian sentira quelque chose. Il a tissé trop de liens pour ne pas remarquer une trame qui se renverse.

— Il le remarquera, répond Camille. Mais ce soir, il est occupé à compter ses soutiens. Il croit avoir ficelé son monde. La suffisance fait perdre des minutes. Utilisons-les.

Ils sortent, chacun avec une tâche. On rafle des bassines, des serviettes, des blocs de froid, on réunit des pierres plates – pas des autels, pas des objets sacrés, des surfaces qui n'absorbent pas la mémoire. Le poignard attend sur le Codex. Je reste seul une minute avec lui. Je pose à nouveau les doigts à distance et je lui parle tout bas.

— Je ne t'emploierai pas pour ouvrir la gorge d'un esclave. Je ne te ferai pas servir une pompe. Tu serviras la charpente. Tu graveras les trois lignes sans t'autoriser la facilité de boucler un anneau.

Le jaguar approuve. Le condor se tient prêt. Je sens leurs rythmes. Je sens aussi l'ombre de Lucian, loin et proche à la fois, comme une marée qui s'obstine. Il a appris trop de choses dans trop de chambres pour qu'un seul geste le renverse. Il faudra que nous tenions après l'impact. J'ai vécu assez longtemps pour savoir que la victoire n'est jamais dans le coup d'éclat, mais dans la façon dont on se tient quand la poussière retombe.

Chapitre 35

Alexeï

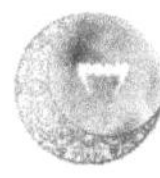

Le silence après le oui d'Hana cogne plus fort qu'un cri. Oui à donner son sang. Oui à frôler la mort. Personne n'a osé se dresser : ni Camille, ni Amaru, ni moi. Sa voix n'a pas tremblé : c'était une solution déjà écrite sur la pierre. Mais un oui ne suffit pas. Un oui, ça sauve un instant, ça condamne les suivants. Je sais ce que coûte un choix qu'on ne pense pas jusqu'au bout. J'ai vécu dans l'ombre d'un homme qui faisait de ses volontés des prophéties et qui me laissait ramasser les morceaux. Raspoutine appelait ça l'intuition. J'y voyais, moi, une vieille souillure qui résistait à l'eau. Je me redresse, les mains jointes derrière le dos. Je prends la parole sans attendre qu'on me la donne.

— Avant de faire quoi que ce soit, il faut réfléchir.

Ils lèvent tous les yeux vers moi. Hana fronce les sourcils. Amaru ne proteste pas, mais son regard annonce clairement qu'il n'aime pas qu'on brise le fil d'une décision par une analyse froide. Cependant, tout comme moi, il doit apprendre à composer avec l'autre versant. Pour notre pont. Pour Hana. Camille, elle, comprend déjà.

— Tu crois qu'on a le temps pour tes prudences ? demande Amaru.

— Je crois qu'on n'a pas le luxe de s'offrir un succès qui nous laisserait sans lendemain, répliqué-je. Si le rituel fonctionne, si nous renversons la pompe de Lucian, alors des centaines – peut-être des milliers – de ses Transformés mourront avec lui. Vous croyez que ça va nous donner la paix ? Non. Ça va créer un vide béant. Des sièges vides dans des organisations qui tenaient par la menace. Des réseaux décapités, des intermédiaires disparus, des pactes humains sans signataires. Et un vide, dans notre monde, c'est pire qu'un tyran.

Je m'arrête. Je laisse mes mots tomber. Je vois qu'Hana m'écoute même si ses doigts continuent de serrer son cahier.

— Le royaume de Lucian tient sur un seul pilier. Lui. Une voix, une main, un masque trop poli pour être vrai. Tant que le pilier tient, la salle semble solide. Qu'il

cède, et tout s'effondre dans la poussière.

Je croise les bras.

— Alors, il nous faut une ossature. Pas un roi, pas un visage unique pour un vieux trône : une charpente qui ne s'écroule pas avec celui qui la porte.

Les Originels se regardent. Tenoch hoche à peine la tête. Camille baisse les yeux vers le Codex comme si elle cherchait une confirmation dans les marges. Amaru me fixe, dur, mais ne dit rien.

— Qu'est-ce que tu proposes ? demande finalement Hana.

Je m'approche de la table. Prenant un stylo, je dessine sur une page de son cahier : un cercle, puis d'autres autour.

— Nous ferons l'inverse de Lucian. Plutôt que de tout centraliser, on va déléguer et partager. Ouvrir des portes au monde des humains, non pour l'asservir, mais pour qu'il ne soit pas englouti. Des cours par territoires, chacun tenu par un Originel. Parce que ce sont les seuls qui ne se briseront pas quand le rituel aura mordu le roi.

Je marque une pause. Je trace une seconde ligne dans chaque cercle.

— Chaque cour aura la charge de contrôler le nombre de Transformés. Fini les créations incontrôlées, les chaînes de dépendance décidées en catimini pour servir un intérêt personnel. Chaque candidature devra

être validée par un comité. Chaque nouveau validé sera enregistré, surveillé et limité.

Je trace un dernier cercle au centre.

— Enfin, il faudra un Conseil. Une surveillance qui réunira tout le monde, aussi bien les Originels que les Transformés et les humains. Oui, des humains aussi. Ils sont déjà mêlés à nos affaires, dans les universités, dans les laboratoires, dans les palais. Autant les mettre à la table que de les laisser gratter à nos portes. Et puis, si on y regarde bien, notre monde aussi est un triumvirat, non ? C'est juste que Lucian n'a jamais voulu l'accepter, donc ne commettons pas la même erreur…

Un silence suit. Pas un silence hostile. Un silence de digestion. Amaru croise les bras, comme si mes mots lui coupaient l'air.

— Tu veux transformer nos secrets en politique ? souffle-t-il.

— Je veux éviter une guerre civile qui se répandra dans chaque rue, réponds-je sans hausser la voix. Tu as vu l'Europe quand un pouvoir s'effondre ? Elle ne se tait pas, elle hurle. Si nous ne mettons pas un cadre, Lucian mourra en nous laissant un bordel sans nom comme héritage. S'il n'a qu'une seule qualité, c'est bien la maîtrise de la politique. Parce que c'est elle qui maintient le monde dans le temps.

Tenoch prend la parole. Sa voix est lente, râpeuse.

— Tu proposes de couper le monde en provinces. Tu veux des cours régionales, chacune sous l'autorité d'un Originel. Mais qui garantira qu'elles se parlent entre elles ? Qui empêchera l'une d'avaler l'autre ?

Je me tourne vers lui.

— Vous, en premier lieu, mais en sécurité, il faudra un coordinateur. Pas un roi. Pas un tyran. Un chef d'orchestre. Et vous savez aussi bien que moi qu'on ne choisit pas ce rôle. Il tombe sur celui que le monde regarde déjà.

Mes yeux parcourent le cercle. Et je comprends. Je n'ai pas besoin qu'ils le disent à voix haute. Ils savent. Ils me voient.

— Tu veux me mettre sur ce trône ? demandé-je avec un rire amer.

— Pas un trône, répond l'Originel. Une table. Mais tu seras celui qui devra la présider. Parce que tu connais les hommes comme tu connais les ombres. Parce que tu as servi Raspoutine, parce que tu as observé Lucian. Parce que tu sais comment les tyrans pensent et comment les contrer. Parce que, comme tu l'as dit, la magie est puissante, mais ce n'est pas elle qui dirige les mondes au quotidien.

Je serre les poings. Je déteste la clarté de ce raisonnement. Je n'ai jamais voulu être celui qui commande. Mais je sais aussi que refuser, c'est laisser la place à un autre qui ne se poserait pas ces questions. Je respire. Je me souviens d'Anastasia. Je me souviens d'Hana, son cahier serré contre son cœur, sa décision de donner son sang. Je me souviens d'Amaru, sa voix lourde de mémoire.

— Très bien, me résigné-je enfin. Je prendrai la tête de la cour d'Europe. Je coordonnerai les autres. Mais seulement si le Conseil est réel. Si chaque voix compte. Si aucun d'entre nous n'a le droit de se croire l'égal d'un dieu.

Hana sourit, mince, fatiguée, mais sincère. Camille incline la tête. Et je lis dans les yeux d'Amaru le respect et l'acceptation. Je trace un dernier trait sur la table, reliant tous les cercles au centre.

— Voilà notre avenir. Pas un roi. Pas un empire. Un réseau. Et si Lucian tombe demain, nous aurons déjà de quoi lui survivre.

Je rejette ce rôle, néanmoins je l'endosse tout de même. Parce que quelqu'un doit l'assumer. Et je sais qu'ainsi, pour la première fois, nous avons une chance de bâtir quelque chose qui ne soit pas seulement une survie.

Chapitre 36

Lucian

La nuit s'ouvre comme une paupière sans iris : une absence de lune, une gueule noire. J'ai choisi cette fenêtre parmi toutes parce qu'elle est la plus docile sous ma main. On l'appelle « lune noire », j'y entends autre chose : une chambre close où les cris ne remontent pas. Sur la pierre, la poudre d'obsidienne étincelle comme du sel carbonisé. Les bassins sont déjà en place, les mèches s'ôtent à peine du cuivre qu'elles dégagent une odeur de miel et de graisse rance. Je garde pour moi cette pointe d'écœurement qui traverse l'air, non par remords – je n'en ai pas pour ce qui me maintient – mais pour ne pas heurter ce qu'il me reste de discipline. Je ne laisse rien déborder. Jamais.

Cagliostro m'a donné l'ossature, Saint-Germain les fragments. Moi, j'ai trouvé la clef : un sang plus pâle, l'ombre imparfaite de la malédiction dans les veines des hommes. L'albinisme m'a ouvert cette porte. Eux portent dans leurs veines un écho altéré de ce qui a détruit les Waris. Chaque cycle, j'en reprends une pinte pour tailler mon royaume et renforcer mon pouvoir. Un roi n'attaque pas avec ses mains nues quand il peut déchirer l'air de ses griffes.

Je ferme les yeux. Dans cette pièce secrète dédiée aux sciences occultes, le silence a une densité particulière : les voix d'autrefois circulent entre les piliers. Les cris des sacrifiés ont été enchâssés dans les murs de pierre pour capturer leur énergie en plus de leur sang : c'est bien meilleur, bien plus fort quand ils hurlent leur peur et leur douleur. Au départ, je me contentais de morceaux, mais un cœur battant la chamade décuple la magie noire : j'ai compris pourquoi les Waris prélevaient leurs sacrifices aux dieux directement dans un corps vivant... C'est pourquoi j'ai toujours un contingent d'albinos dans le cachot : je n'ai pas besoin qu'ils soient en bon état, j'ai juste besoin que leur sang coule comme une rigole sur l'autel lorsque le moment est venu. Cette nuit, c'est le cas, et la femme prélevée sur une rive de Tanzanie jette des regards affolés, mais déjà résignés alors qu'elle est enchaînée sur l'autel : elle va décupler mes protections

avec ce parfum délicieux de terreur. Je murmure à la nuit noire, je prononce l'ossature latine par-dessus le vieux nahua, je superpose les deux langues comme deux lames : la première coupe, la seconde sanctifie. Quand je rouvre les yeux, mes sceaux sont prêts.

Les Originels ont convoqué un conseil vampirique de la plus haute importance afin, soi-disant, de partager des avancées sur la cure miraculeuse trouvée par Hana. Mais on ne me la fait pas à moi : je suis certain qu'ils trament quelque chose et je ne vais pas présider en n'étant pas armé. Ils veulent s'essayer à la politique ? J'en ricane d'avance : ce ne sont que des paysans ayant su manier la fourche avant de maîtriser l'épée. Ils sont puissants, certes, surtout avec leurs capacités de combat décuplées par les forces conjuguées du jaguar et du condor, mais cela ne sert à rien lorsque l'esprit est enchaîné : il me suffira d'hypnotiser celui qui osera prendre la parole pour le neutraliser. Si je capture son esprit, je saurai à l'avance ce qu'il voudra faire passer comme message et serai à même de contrer les petites manœuvres pitoyables de ces « farouches guerriers ». Qu'ils viennent, je vais me faire un plaisir de les accueillir… et de leur rappeler pourquoi, pendant qu'ils se terraient dans leurs montagnes, je suis devenu le roi des vampires !

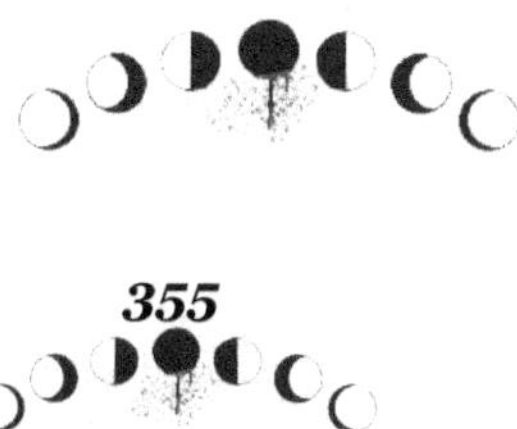

Le Conseil n'avait pas besoin d'être joyeux, il doit l'être. On ne gouverne pas un peuple de nuit en lui donnant des raisons de douter. Je marche dans l'allée centrale, les tentures avalent la lumière, les lustres versent une clarté tiède qui ne m'entame pas, mes pas sonnent comme la mémoire d'un trône qu'un autre aurait poli avant moi. Au fond, l'estrade. À gauche, les bancs des Transformés – mes bras, mes réseaux, ma monnaie invisible. À droite, ceux des Originels qui daignent sortir de leurs montagnes quand l'histoire réclame leurs yeux. Ils sentent la pierre froide et le poil, ceux-là ; ils ont ramené avec eux des odeurs d'aube et de feuille écrasée qui donnent la nausée aux plus jeunes de mes hommes.

Qoya est une flamme sombre dans sa robe d'apparat pour sa première apparition officielle en tant que nouvelle reine : un voile de mousseline écarlate sur la tête, des perles qui boivent le peu de lumière et un diadème de platine surmonté de diamants noirs : elle joue son rang avec une certaine grâce, même si elle n'a pas cette élégance un peu éthérée qui avait fait d'Anastasia la coqueluche des médias humains.

Je prends place. Le bois gémit sous ma main – je l'ai marqué tant de fois qu'il reconnaît mes phalanges. Un huissier annonce l'ordre du jour, ces mots pour lesquels on paie des secrétaires : confirmation des réseaux après la mort de la reine, accueil de délégations, redistribution des

cercles laissés vacants, protocole de la cour. C'est le masque. Ce qui se joue aujourd'hui n'a pas de nom dans le langage humain.

Je les sens bien avant de les voir. Les Originels ne bougent pas, ils se détachent seulement du fond comme si l'ombre leur obéissait. Tenoch – odeur de feuilles brûlées, condensation de falaise – s'avance avec Camille à ses côtés. Donc, ils se sont vraiment ralliés à elle au lieu de l'exécuter en secret ? Intéressant... Je pourrais lever la main, faire un signe, et la salle s'immobiliserait dans la crainte apprise, cependant, je les laisse venir se placer au centre de la dalle : je veux voir ce qu'ils pensent oser.

— Les Originels assurent la protection d'Hana et mettent tous leurs moyens à sa disposition pour qu'elle puisse trouver une solution viable, clame Camille avec grandiloquence. Pour l'instant, Tenoch a aussi pu tester l'effet incroyable, mais temporaire de son sang si particulier. Cependant, elle ne peut donner suffisamment quotidiennement et...

Je n'écoute plus, parce qu'il y a quelque chose de trop convenu dans son discours : elle ne fait qu'énumérer des évidences sans rien apporter de concret. Pourquoi ? Ce n'est absolument pas une raison valable pour convoquer un conseil sans en subir de conséquence, vu l'urgence demandée... Que se passe-t-il ? Que se joue-t-il en coulisses pendant qu'elle détourne l'attention sur le devant de la scène ? Balayant la salle du trône sans en avoir l'air, je note enfin le déplacement – subtil, mais significatif – des autres. Le reste des Originels n'est plus aligné dans l'aile qui leur est réservée : certains se sont glissés du côté des Transformés...

Et je comprends une seconde avant qu'ils attaquent à la vitesse de l'éclair ! Dans un ballet mortel, ils mordent chacun une cible et griffent à distance ceux qui les entourent ! Les hurlements de mes pions touchés par le sang corrosif jaillissant de leurs voisins se superposent aux cris dans mon esprit. Ils ont osé ! Mais qu'espèrent-ils en tuant quelques-uns alors que j'en ai une légion ? Ça n'a pas de sens ! Et puis soudain, je sens mes protections vibrer. Elles tiennent bon, néanmoins quelque chose attaque mon pouvoir ! Au point qu'une fissure apparaît dans mon bouclier. Pour devenir une brèche par laquelle ma magie noire s'écoule en m'affaiblissant de façon lente, mais constante. Je reconnais le procédé !

Dans la salle, le chaos est à son comble : mes Transformés essaient de se mettre à l'abri, tandis que ma garde royale est entrée dans la danse. Ces vampires sont des combattants d'élite protégés par leurs uniformes spécifiques, et le combat fait rage avec les Originels. Qoya, sidérée pendant les quelques secondes qu'a duré la première attaque, s'est reculée précipitamment pour se réfugier derrière l'estrade. Je la vois taper frénétiquement

le code de la porte dérobée menant au corridor de secours, mais…

En une fraction de pensées, je la stoppe en tirant fermement sur le lien roi/reine. Les yeux exorbités et le souffle court, elle réalise enfin qu'elle n'est qu'une source secondaire de vie pour moi, qu'elle n'a jamais eu d'autre rôle. Elle pâlit et s'effondre à genoux, tandis que je lui ponctionne une bonne partie de son essence vitale. C'est ce dont j'ai besoin pour couper moi-même les liens avec tous les Transformés de la salle parce que certains sont déjà en train de mourir et que cela pourrait m'affecter. Les plus faibles sont, soit rongés par l'acide du sang des autres, soit en train de voir leurs corps vieillir au fur et à mesure que le rituel magique à l'œuvre aspire leur pouvoir. Ils sont en train de redevenir humains physiquement et tombent en poussière, car les chairs ne sont plus maintenues quand elles ont en réalité des décennies de vie achetées par le sang.

Je vacille, mais tiens bon.

— Assez ! tonné-je pour stopper le combat inutile. Vous vous êtes déclarés hors la loi, et je vous condamne à l'exil !

— Quelle loi avons-nous enfreinte ? me défie Tenoch, qui protège Camille et se tourne vers moi lorsque tout le monde s'est figé à mon ordre. Nous ne te reconnaissons pas comme une autorité…

— Vous n'êtes pas assez nombreux pour tuer tous mes Transformés, c'est un baroud d'honneur vain ! Parce que demain soir, j'aurai déjà remplacé tous ceux-là, voire plus ! Vous ne pouvez rien contre moi !

— Tu as toujours été arrogant, déclare Camille avec un sourire narquois. C'est cela qui, en définitive, aura signé ta perte. Parce que nous n'avons pas besoin d'exterminer tes pions, nous avons juste besoin de te cibler, toi...

Pourtant, ils ne m'ont pas approché ? Alors...

— Hé oui, j'ai bien retenu ta leçon. Parfois, il vaut mieux laisser saigner plutôt que de trancher dans le vif. Le triumvirat a fini le rituel d'absorption...

À ses paroles, je comprends ce qu'ils ont fait et ne peux empêcher la rage de se voir. Moi qui mets un point d'honneur à ne jamais rien laisser transparaître, je perds le contrôle de mon masque impassible. Parce que je n'avais pas anticipé qu'ils verseraient dans l'occulte pour m'abattre : c'était mon arme de prédilection, ça !

— Tu vas mourir, Lucian, déclare Camille d'un ton solennel qui ne masque pas tout à fait son plaisir, mais avant, tu vas souffrir d'une déchéance lente et humiliante à la vue de tous. Toi qui rêvais de grandeur, tu vas finir tout petit, asséché et rabougri, et nous serons là pour t'exposer au monde !

Malgré la perte de mes Transformés, ma magie

n'est pas vidée et je ne suis pas encore tombé ! Et je veux soigner ma sortie. Aussi, je les laisse tous repartir, enfin ceux encore en état de le faire, et ordonne comme un roi doit le faire.

— Nettoyez-moi ça...

Je sors par le couloir où l'odeur de cire est plus forte en laissant Qoya à terre sans un geste vers elle. Je note son regard luisant de haine, mais aussi ses lèvres closes : elle prend enfin la mesure de ce qu'elle a acheté. Bien. C'est une leçon qu'elle n'oubliera pas de sitôt. Et c'en est une qu'Hana va, elle aussi, comprendre bientôt. Parce que je noierai l'autel de sang s'il le faut, mais je tiendrai. D'abord, refermer la brèche dans mes protections et ensuite l'attaquer avec tout ce que j'ai : elle est le maillon faible de ce triumvirat. J'ai senti ma marque sur elle être effacée, mais pas remplacée : elle est toujours humaine et les humains sont fragiles...

Dans mon bureau, j'appelle toutes les autorités qui peuvent m'être utiles : avant c'était une traque pour leur remettre la main dessus, maintenant c'est une chasse à l'homme ouverte. Je n'ai besoin que d'elle, car je saurai utiliser son sang à bon escient. Les autres sont des quantités négligeables ayant joué leur partition et ils peuvent maintenant être balayés. Voilà, j'ai un plan. Comme toujours. Parce que je suis Lucian de Lys, roi des vampires, et un roi ne perd jamais !

Chapitre 37

Hana

Le plan a fonctionné ! Lucian a eu l'intelligence de minimiser l'hémorragie en coupant lui-même ses liens avec ses Transformés. Mais nous avons porté un coup décisif, je le sens jusque dans mes os. Parce que la magie m'a emplie au point que je sens que je vais exploser. Il faut que je l'évacue ou elle va me consumer. Nous sommes cachés dans une petite salle proche de la salle du trône qu'Alexeï a choisi pour qu'on puisse réaliser le rituel à proximité de Lucian sans être vus.

C'est lui qui a tout pensé et organisé à la seconde près : un vrai protocole minutieux qui m'a rassurée... et surtout, qui a fonctionné. Toutefois, maintenant, j'ai une pression accrue dont je dois me débarrasser, alors que ni lui ni Amaru ne semblent affectés. Parce que je suis le pont, et que c'est à moi de canaliser avant de redistribuer. Mais pour ça, il faut que l'on fusionne à nouveau. Cependant, je ne veux pas faire ça dans l'antre de l'ennemi. La première fois a été magique, mais je me laissais porter plutôt que d'être véritablement actrice. Là, je sais que je veux encore plus. Parce que je le choisis en pleine conscience. J'ai besoin d'eux. J'ai envie des deux en même temps pour être complète. C'est sans doute poussée par un constat factuel, néanmoins c'est une décision aussi bien rationnelle qu'émotionnelle que je prends à cet instant. Parce que j'ai appris par eux dans ce premier échange charnel.

— Oui, pas ici, approuve Amaru de sa voix chaude. Moi non plus, je ne veux pas que ces moments soient teintés d'autre chose que nous trois.

Alexeï ne dit rien, toutefois ses yeux parlent pour lui : il y a toujours une pointe de possessivité, mais aussi un début d'acceptation de partage.

— Si vous êtes à moi, je suis aussi à vous, murmuré-je dans ses bras en l'enlaçant également. Tu étais un solitaire, comme moi, mais nous nous apportons tellement plus que la somme de chacun de nous lorsque nous sommes ensemble…

— Cela n'empêchera pas de vouloir tout de même

des moments privilégiés avec toi seule, chuchote-t-il à mon oreille.

— Ce n'est pas une compétition, mais une fusion, intervient doucement Amaru. Cependant, je comprends et suis d'accord avec toi. Notre triumvirat a besoin de proximité pour être soudé, cela ne veut pas dire que nous ne pouvons pas profiter aussi chacun de notre rive.

L'idée me séduit parce que je suis curieuse d'expérimenter avec l'un et l'autre individuellement.

— Mais pas cette nuit, déclaré-je toutefois. Là, j'ai besoin de vous deux en même temps.

— Tu peux tenir jusqu'à ce que nous soyons chez Camille ? demande Alexeï avec son pragmatisme faisant écho au mien.

J'ai tenu et suis impatiente quand nous sommes enfin seuls dans une chambre d'amis de la résidence de Camille. Cette fois-ci, je veux un lit. Parce que cette fusion n'est pas comme le premier rituel, c'est juste pour nous. Et malgré l'urgence de la pression en moi, nous prenons le temps de nous découvrir vraiment. Je grave une cartographie de leurs corps dans mes mains, tandis qu'ils font de même avec moi. La peau chaude, rugueuse et couturée d'Amaru semble sculptée dans le cuivre, alors que le corps élancé d'Alexeï apporte une note de fraîcheur dans cette embrassade commune brûlante.

— Regarde-toi, m'ordonne-t-il en me tournant

devant le miroir en pied. Regarde-nous.

Il est dans mon dos et lèche ma nuque avec une douceur exquise, tandis qu'Amaru glisse à genoux devant moi. Alexeï ne m'a pas lâchée du regard, mais, lorsque la langue d'Amaru trouve son chemin entre mes cuisses, je ne peux m'empêcher de fermer les yeux en frissonnant de plaisir. Occulter un sens décuple les autres, et je ne suis plus que sensations ! Maintenue fermement par Alexeï d'un côté, Amaru fait glisser une de mes jambes sur son épaule afin d'avoir un accès plus grand au territoire qu'il veut conquérir. S'ils ne me tenaient pas, je m'effondrerais au sol tant je ne suis que lave en fusion.

— Je... oui... hummm... haaaa

Alexeï vient de m'envahir par-derrière, impitoyable dans sa conquête malgré la résistance initiale de mes chairs. Et cette sensation entre douleur et plaisir me coupe le souffle ! Balayée en un instant par la bouche vorace d'Amaru jouant également avec ses doigts pour maximiser l'affolement de mes sens, je vais...

— Pas maintenant, gronde-t-il lorsque mon corps palpite et tressaille, mais qu'il me refuse cette délivrance. Attends-nous...

Il se relève avec une souplesse fauve et me fait goûter la preuve de son effet sur moi avant de m'envahir à son tour lorsqu'Alexeï s'immobilise dans sa chevauchée pour le laisser entrer avec lui. Mon cri est un accueil

comme une extase de les avoir en moi enfin. Je ne peux que m'accrocher aux épaules d'Amaru que je griffe sans m'en rendre compte, alors qu'il a passé mes jambes autour de ses reins. Dans son regard, je vois le reflet de celui d'Alexeï, alors qu'ils me prennent de concert dans un tempo lent, mais profond.

— J'ai besoi...

— Maintenant, souffle Alexeï en plantant ses crocs dans mon cou, déclenchant un orgasme dévastateur dont Amaru capture l'écho dans ma bouche.

Alors que mon corps tremble de jouissance, ils se déchaînent et me font surfer sur des vagues de plaisir encore et encore jusqu'à ce que je sois aveuglée par une explosion éblouissante...

J'ai à peine conscience d'être portée sur le lit, de me retrouver calée entre eux tandis qu'ils me caressent avec douceur : je suis toujours dans les effets de cette fusion sublime des sens... et de la magie. Parce que j'ai donné autant que j'ai reçu, et le résultat défile à la vitesse de la lumière dans mon cerveau ! Nous donnons, mais recevons plus que la somme de chacun de nous. Le pouvoir pris à Lucian a encore plus démultiplié les effets : le consentement clair et réfléchi de notre décision commune a déverrouillé une digue dont je n'avais même pas conscience. Le flot de nos énergies s'est déversé et mélangé, et nous le partageons. Chacun de nous en retire

ce qui lui manque le plus. Et ensemble, nous sommes complets. Je comprends les stratégies politiques qu'Alexeï maîtrise à la perfection, je sens la force mystique d'Amaru qui n'a pas besoin de faits scientifiques pour exister, et moi, je prends un peu de leurs fardeaux avec ma logique, mon analyse et ma structure.

— La mémoire ne pèse plus autant, s'émerveille Amaru, elle ne menace plus de m'écraser ou de m'engloutir.

Parce que nous sommes désormais trois à la supporter là où il prenait tout sur lui.

— La cure est en moi, constate Alexeï, je ne crains plus la morsure du soleil, je le sais.

Parce que nous avons partagé nos sangs dans cette étreinte consentie.

— Et moi, j'ai gagné une clarté de réflexion comme jamais. J'ai vu la solution pour synthétiser la cure, soufflé-je encore étourdie.

— Dis-moi qu'on va devoir tout de même recommencer régulièrement, murmurent-ils au diapason.

— Oh oui, ne serait-ce que pour le plaisir, réponds-je alors que nos souffles s'accordent à notre rythme alangui par le plaisir. Nous donnons comme nous recevons, mais il y a un prix à payer pour ça.

Toutefois, je ne veux pas gâcher cette félicité avec les contreparties maintenant. Non, je veux juste savourer

un moment suspendu comme je n'aurais jamais pu l'imaginer.

— Merci, murmuré-je avec ferveur en les embrassant tour à tour. Pour m'avoir aimée. Pour avoir tenu sans jamais contraindre.

Parce que je sais maintenant ce qu'est l'amour. Et eux aussi.

Chapitre 38

Amaru

Le silence n'est pas vraiment silencieux. Il a l'odeur tiède des pierres encore humides, le goût d'un fruit trop mûr au fond de la gorge. La pièce descend d'un cran, comme si la nuit s'était assise avec nous pour reprendre haleine. Le monde redevient net par couches, et je sens leurs respirations avant d'ouvrir les yeux : celle d'Hana, fine et régulière, file droit comme une écriture appliquée ; celle d'Alexeï, plus lourde, qui cherche déjà l'amplitude, les contours d'un rôle qu'il n'a pas encore nommé.

Je me redresse. Mon dos proteste, puis s'apaise. La douleur a changé de forme – moins une morsure qu'une cicatrice qui apprend son nouveau tracé. Le rite a mangé ce qu'il devait manger et nous a recrachés autrement. Je le sais dans mes os. Je le sais parce que trois phrases me martèlent la poitrine, simples comme des lois :

Il y a un prix. Il y a un don. Il y a un devoir.

Le prix vient en premier. Je n'ai pas besoin des mots de la montagne ni de la bouche d'un ancien pour le comprendre. Il est inscrit dans ce qui, en moi, pesait depuis toujours : ce poids se répartit, mais il se paie. Nous ne donnerons pas la vie. L'union de nos nuits ne sait pas fabriquer d'aube ; elle tient la nuit, elle la stabilise, elle la rend habitable – et stérile. Je le regarde en face sans détour : nous n'enfanterons pas. Le clan aura des enfants, bien sûr, d'autres que nous porterons et protégerons, mais pas sortis de cette chair-là. C'est la part de sel dans notre pain.

Je tourne la tête. Hana a les paupières mi-closes et, pourtant, je la sens éveillée d'un éveil neuf. Il y a, sous son front, comme un ciel qui s'est étiré. Des chemins apparaissent où je ne voyais que des ravins. Ses pensées ne galopent pas : elles pivotent, elles se connectent, elles allument des ponts que personne n'avait encore construits. Je la touche à peine, deux doigts sur son poignet, et l'information me traverse comme un vent clair : des connexions nouvelles, serrées, rapides, qui n'étaient pas là hier. Ce n'est pas une fièvre – c'est une architecture. Elle n'a pas besoin que je lui dise ce que je

ressens ; elle murmure déjà, sans m'adresser la parole :

— Je peux aller plus vite. Et je vois où couper, où greffer, où recomposer. Le sang n'est plus un mystère opaque, Amaru. C'est une grammaire que je lis.

Son regard va vers la table où sont posés ses carnets. Elle ne cherche pas un stylo – sa main dessine dans l'air l'équation qu'elle vient d'apercevoir. Je sais ce que ça veut dire : elle trouvera la synthèse, la version stable de son propre sang. Elle ne conjurera pas la malédiction, non. Elle la pliera, elle lui donnera des règles que l'on choisit et non que l'on subit.

Alexeï se redresse à son tour. Ses iris ont la couleur d'une mer quand le soleil baisse, et une certitude nouvelle s'y installe, presque trop simplement pour qu'on l'ignore. J'avance ma paume. Le contact me renvoie comme un écho ancien, une modulation dans sa signature. Il porte quelque chose. Ce n'est ni un antidote, ni une promesse vaine, ni le vieux rêve de redevenir humain. C'est une capacité inscrite, une façon de faire taire l'excès, d'amener un corps à lâcher la corde qui l'étrangle. La cure n'est pas un flacon, c'est lui. Son sang sait dire « assez ». Il sait rappeler une frontière.

— Tu le sens ? demande-t-il sans arrogance.

— Oui. Tu es le levier, affirmé-je. Pas pour nous renier, mais pour empêcher que d'autres se perdent.

Il hoche la tête. Il comprend vite, toujours. Chez

lui, la compréhension se transforme en plan comme la braise en feu sous le souffle. Il ne cherche pas le trône – il cherche l'angle. Je vois déjà le réseau se dessiner autour de lui : pas des chaînes, des accords. Des pactes articulés qui tiennent parce qu'ils trouvent leur centre. Il n'a pas besoin de mon assentiment, mais je le lui donne. Le monde des hommes aura besoin d'un visage. Ce visage peut mentir ou tenir parole ; je sais lequel il choisira, même s'il n'avouera jamais que c'est un choix imposé avant d'être assumé.

Le don, ensuite. Je pensais porter la mémoire jusqu'à me fendre. Je l'ai portée comme on porte une jarre trop lourde : à deux mains, à bout de bras, en avançant à petits pas pour ne pas répandre l'eau sacrée. Ce soir, la poignée a changé de forme. La jarre n'est pas plus légère : elle a trois prises. Cela ne divise pas le poids, cela permet de le déplacer sans trembler. Je ferme les yeux : je touche des souvenirs qui n'étaient pas les miens. Des rues d'hiver, des salons trop éclairés, des voix qui pèsent l'âme comme on pèse une bourse ; et puis des couloirs de laboratoire, des odeurs de solvants, des grilles de chiffres qui se rangent d'elles-mêmes. Eux, en retour, entendent les tambours de mon peuple, la stricte chaleur des pierres, l'eau noire qui bat dans les veines de la montagne. Ce qui m'écrasait devient une table posée entre nous. Nous pouvons y étaler ce que nous sommes sans que personne

ne doive le manger tout seul.

Le devoir, enfin. Je le prononce pour moi, mais je sais que les deux autres l'entendront comme une corde discrète qu'on passe au poignet pour ne pas se perdre dans la foule.

— Je veille et je garde. S'il le faut, j'élimine.

Ce sont des mots simples, mais avec la profondeur d'un serment. Je garde : pas pour enfermer, mais pour veiller. Je garde la porte, non pour empêcher d'entrer, mais pour m'assurer que sortant ou entrant, nul ne reviendra avec une torche et des chaînes. Je serai consort, pas roi. Je ne poserai plus la coupe devant les miens en exigeant qu'ils y trempent leurs lèvres. Le serment de sang, imposé, a fait trop de nœuds qui étranglent. Nous garderons la maison autrement : par consentements, par engagements nommés et ratures possibles, par la parole donnée sans morsure.

Je me lève. Mes articulations grincent, puis le grincement s'éloigne comme un bruit de pluie que la terre a bu. Il m'arrive un second savoir, presque timide, presque honteux de sa force : le temps ne coulera plus en nous comme il coulait hier. Hana et moi, nous ne vieillirons plus au rythme des humains. Ce ne sera pas l'arrêt brutal qui fige en statue, ce sera une lenteur nouvelle, un fuseau plus long, une patience imposée. Je pense à ses mains sur les pipettes, au tremblement minuscule qui la prenait quand la fatigue passait en elle comme un couteau ; je sais que ce tremblement reculera. Je pense à mes genoux après les marches et aux aurores que je n'osais plus regarder ; je sais que ces aurores ne me feront plus baisser la tête. Il y a de la joie dans cette certitude, et il y a un peu de deuil – le deuil d'une vie rapide et simple. Nous ne l'aurons pas. Nous aurons autre chose : du temps pour faire juste.

— Tu souris, s'émerveille Hana.

— Oui. Parce que la vie qui s'ouvre devant nous me le permet à nouveau.

Alexeï regarde la porte. Il calcule déjà l'ordre des annonces, les cartes qu'il montrera, celles qu'il gardera encore un peu en main. Il ne nous demandera pas la permission de mener ; il nous demandera de veiller sur ses arrières. Ça me va. Le clan comprendra si on lui parle sans l'écraser. Je les vois déjà, ceux de ma lignée : fatigués des injonctions, fiers de survivre, méfiants et tendres sous la carapace. Je leur dirai ce qu'ils doivent comprendre et accepter sans plus juste le subir : que l'ancien serment reste notre colonne, mais qu'aucune main ne viendra plus les serrer au cou de force. Que l'on combattra le feu par le mur et non par l'huile. Qu'on refusera la prolifération qui transforme la nuit en armée. Qu'on protégera tous les enfants, pas seulement les nôtres. Ils écouteront. Ceux qui voudront partir, on les laissera faire. Ceux qui voudront rester, on les nommera un par un, avec ce qu'ils donnent et leurs limites. Je poserai ma paume sur leur front sans dessiner de dette.

Hana s'est levée, elle aussi. Elle ne perd pas de temps : elle range déjà les fragments de la méthode dans sa tête comme on aligne des pierres pour bâtir un gué. Sa voix est basse, mais les mots sont nets :

— Je vais avoir besoin d'accès à des banques de sang anciennes, de souches rares, d'échantillons qui ne sont notés dans aucun registre officiel. Je ne veux pas les voler. Il faudra qu'on négocie, qu'on paie, qu'on explique sans trop en dévoiler.

— Je te ferai ouvrir des portes, dit Alexeï. Et je fermerai celles qui doivent l'être.

— Et moi, je tiendrai l'embrasure, enchainé-je. Pour que ceux qui passent sachent pourquoi ils sont acceptés.

Nous ne nous sommes pas donné la main. Ce n'est pas nécessaire. Le lien marche autrement, par des points d'appui précis : une respiration partagée, un silence qui ne pèse pas, la certitude que si l'un tombe, les deux autres ne se contenteront pas de regarder. Je sais aussi ce que nous éviterons. Nous éviterons la tentation de nous inventer des descendants à notre image pour étendre une couronne qui ne nous sied pas. Nous éviterons de baptiser « loi », ce qui arrange nos peurs. Nous éviterons de couvrir nos faiblesses de grandiloquence. L'époque aime les vitrines et les discours : Alexeï ira sur les estrades. L'époque respecte la preuve : Hana la donnera, sobrement, sans bruine de miracle. L'époque a besoin de gardiens : c'est mon métier depuis toujours, c'est ma manière d'aimer.

Je pose le front contre le mur de pierres adossé au lit un instant. La surface est fraîche. Elle me renvoie à la fois ma fatigue et mon consentement. J'aurais pu rêver d'une autre vie, plus facile à tenir entre deux mains. Cette vie-ci est à la mesure de nos fautes, à la mesure de nos promesses. Elle nous demande d'être trois pour porter ce qu'un seul cassait. J'accepte. Je garde. Je marche.

Quand nous sortons, la nuit n'a pas changé ; c'est nous qui ne sommes plus les mêmes. Sur le seuil, il n'y a ni bénédiction ni tonnerre. Juste un courant d'air qui ôte l'odeur du rite de nos cheveux et la replace dans la pièce, là où elle doit rester. Hana file droit vers ses carnets sans nous quitter vraiment ; Alexeï s'immobilise une seconde, comme on reconnaît une frontière, puis avance. Moi, je ferme la porte doucement. Le bruit qu'elle fait est celui d'un livre qu'on referme à la page juste. Demain, il faudra l'ouvrir à nouveau, et la page aura un titre : tenir parole. Nous. Parce que demain et dans les jours qui suivent, nous allons aussi assister à l'agonie d'un roi et le monde va devoir changer d'axe pour accepter un autre avènement : celui de l'intégration.

Chapitre 39

Qoya

Ce n'est plus une douleur franche comme dans la salle du trône. C'est plus humiliant : une traction, pareille au doigt impatient d'un homme qui vous ramène par la nuque à la place qu'il a prévue pour vous. Ça commence dans la base du crâne, descend lentement entre les omoplates, puis se loge derrière le sternum. Là, l'étau finit de se fermer. Au début, j'ai cru à l'épuisement après la première grosse ponction, mais, comme je m'en suis remise le lendemain, j'ai pensé que cela ne reviendrait pas. Lucian a pris ce dont il avait besoin sans me demander, cependant, cela nous a sauvés. Lorsque les Originels ont attaqué, je ne me suis pas figée par peur, mais parce que j'entendais le tambour lointain des cérémonies : Amaru évidemment. Malgré ce qu'il peut penser, notre lien de sang a toujours été là. Il l'a révoqué, néanmoins je suis moi aussi une descendante, c'est dans mes veines. Et quand il appelle la mémoire ancestrale, je le sens, je l'entends. J'ai su ce qu'ils faisaient tous les trois, et je n'ai rien dit à Lucian. Je ne l'ai pas prévenu parce que je pensais que mon héritage me protégerait du rituel. Et surtout, je voulais le voir décrépir ! Mais je n'avais pas anticipé sa magie noire : ce qui m'épargne en fait de même avec lui. Cela lui a permis de couper, de trancher dans les liens qui le relient à ses créatures comme on saigne des poches pour sauver un cœur malade. Et l'excès, l'onde de choc qui devrait l'aplatir, vient mourir en moi. La reine n'est pas un phare. Elle est un puits.

Je reste immobile au milieu de mes tentures sombres – j'ai exigé que l'on change tout, que l'or glacé d'Anastasia disparaisse sous la soie fumée, que les miroirs soient moins larges, plus francs, pour cesser de me renvoyer la grâce triste de l'autre – et j'écoute. La maison n'a pas la même respiration ce soir. Il y a des places qui se vident trop vite, des pas qui hésitent, des chuchotements étouffés. J'imagine sans peine cette faim inversée qui fauche ce qui n'a plus de magie propre pour tenir. Les Transformés de Lucian tombent. Je le sens comme on sent

l'orage dans les dents. À chaque chute, mon souffle se coupe d'un quart de seconde, puis reprend, mais toujours un peu plus court.

Je m'assois devant la coiffeuse. Par habitude, mes doigts trouvent la houppette. Je ne poudre pas. Je contemple simplement la pellicule très fine sur la porcelaine, la façon dont elle retient la lumière sans se trahir. J'ai tué avec moins que ça. Il m'a fait camériste, puis reine, tandis que j'ai fait de la caresse, un poison et de la douceur, une lame. Il m'a humiliée, et j'ai appris à parler le langage de sa cruauté. Je souris à mon reflet – un sourire sans tendresse – tout en replaçant une mèche derrière l'oreille avec l'exactitude d'un rituel.

« - Les maîtresses restent dans l'ombre, Qoya. Elles n'ont jamais assez pour briller en étant légitimes ».

Il l'a dit en riant, quand la maison entière apprenait à prononcer « reine » avec la bonne inclinaison de tête. Il a approché ses doigts de ma joue, pas pour la caresser, pour la mesure. Il a pris ce qui était à prendre – l'image, l'effet, l'obéissance – puis il s'est retourné vers ses comptes. Ce soir-là, j'ai compris que la couronne ne m'était offerte que pour sa commodité : une surface polie sur laquelle sa puissance se réfléchit.

Qoya. C'est le nom que mes parents m'ont donné. Pas un caprice. Pas un jeu. Un désir jeté haut comme on jette une graine vers les condors. J'ai grandi avec ce mot

dans la bouche des autres, « reine », petit titre qu'on me lançait comme une plaisanterie d'amour. Je l'ai porté sérieusement. Je l'ai poli. Je me suis tenue droite. J'ai retenu mes colères, j'ai assimilé la musique des salons et la patience des antichambres. J'ai cru qu'en devenant la promise d'Amaru, mon destin s'accomplirait. Mais il a choisi de vivre seul dans une montagne à la fin de son serment. Il a décidé de m'enterrer avec lui dans une vie d'ermite consacrée à la prière, alors que j'avais été élevée pour la lumière. Aussi, quand Lucian a entrouvert sa porte, j'ai pensé : « Enfin ». J'ai cru qu'il me voyait. Toutefois, il ne voyait qu'une forme utile pour y ranger son rituel dévoyé.

La traction recommence. Plus sèche. Plus basse. Loin, très loin, il rompt un autre lien. Je sens le contrecoup couler dans mes veines comme de la cendre tiède. Je ferme les yeux. Dans l'obscurité, d'autres visages remontent malgré moi. Celui de la femme aux yeux tranquilles qui ne se détournent pas, Hana. Celle qui calcule au milieu de la panique et refuse de se laisser compter. Je déteste son calme, sa façon d'être un centre. Je la jalouse d'avoir su éveiller ce que je n'ai pas pu obtenir. Amaru. Oui. J'ose dire son nom à haute voix dans la pièce vide, pour la première fois depuis des mois. Amaru qui, un jour, a posé sur moi un regard qu'on aurait pu appeler choix, avant de le retirer avec une douceur qui m'a blessée plus que la plus violente des cruautés. Il a donné son front à une autre. Je lui ai tendu mon sang comme un anneau, il l'a refusé. Sur mes doigts, il n'a pris qu'une ombre.

Je sais exactement à quel moment je cesse d'être une femme qui endure. Quand la douleur change de nature. Quand, au lieu de l'étau, c'est une brûlure fine, presque joyeuse, qui me traverse la gorge et la poitrine, comme un fil de soleil tiré par un enfant capricieux. C'est lui. Ce n'est plus seulement le reflux. C'est sa main ouverte dans ma cage thoracique. Il prélève. Il détourne. Il creuse. Pour tenir encore, pour se glorifier encore, il me tue à petit feu. Il a passé ces trois derniers jours dans son laboratoire occulte à comploter. En alternant les entrevues avec les autres puissants de ce monde. Mais l'illusion se fissure de jour en jour. Sa beauté se ternit, son aura se fane et le malaise autour de lui grandit. Il aurait dû retourner à la poussière, mais c'est encore moi qui le tiens debout : toute ma vie, je n'aurai été que ça, un outil utile…

La colère qui se lève alors a le goût du métal tordu. Pas celle de l'ambitieuse flouée. Pas celle de la concubine devenue reine en second. Une rage nue, froide, large comme la sierra de mon nom. On ne me fera pas agoniser. Je ne lui donnerai pas la lenteur. Je ne serai pas, jusqu'au bout, l'orifice discret par lequel il respire. Non. Je me lève et vais jusqu'aux doubles rideaux. J'écoute le silence

derrière. Les serviteurs savent que ma porte ne s'ouvre que lorsque j'appelle, et depuis hier, j'ai ordonné qu'on me laisse. Dehors, la nuit n'a pas encore tourné au bleu, mais je connais l'architecture de la maison. Je sais à quel angle s'ouvre déjà, dans le ciel, la promesse d'une lame blanche. Les volets d'acier ont des heures que je sais contourner.

Je choisis une robe noire élégante de sobriété, au luxe discret. Puis, revenant à la coiffeuse, je défais le chignon trop parfait. Je veux partir avec mes cheveux à moi, sans l'empreinte d'une main. Sur le lit, la cape funèbre reste pliée, offerte au matin pour la prochaine parade ; je la laisse. Le deuil est un spectacle de vivants. Je m'assois une dernière fois. Prenant la houppette, je la pose contre ma joue. La poudre n'atteint pas la peau. Elle se contente de trembler entre le coton et la lumière. « Tu as tué avec cette poussière », me chuchote une voix en moi qui n'est ni fière ni honteuse, seulement factuelle. Oui, j'ai tué. J'ai fait tomber sa reine pour entrer. Je ne regrette pas, je constate. On apprend rarement à parler autrement que la langue des hommes qui vous dominent. Je pose la houppette et passe la main sur la margelle de marbre en réfléchissant : je voudrais un adieu qui ne lui appartienne pas.

Je sais... Me levant, je marche jusqu'aux rideaux et les écarte sans hâte. Derrière, la lourde tenture doublée de plomb est tenue par un système qu'il croit réservé à lui

seul. Je l'ai vu faire. Je l'ai entendu expliquer, satisfait d'être le seul initié. J'ai mémorisé. Le premier verrou cède dans un souffle, le second lutte, puis accepte. Les volets roulants d'acier restent baissés. Mais entre le métal et la pierre, il y a une fente, un choix, une promesse.

Je n'ouvre pas encore. Je me retourne et je vais chercher la ceinture de soie que j'aimais enfant – oui, j'ai gardé des choses de l'enfance, un ruban rouge que ma mère attachait autour de ma taille les jours de fête, pour me rappeler qui j'étais. Je la noue sur la robe noire. J'ai dit souvent que le rouge ne m'allait pas. Ce n'était pas vrai. C'était sa voix à lui dans ma bouche.

Je pose les deux paumes contre le métal. Il tremble déjà très faiblement. La maison sait que l'aube existe, même si elle la nie. Au loin, j'entends les derniers soubresauts de la grande manœuvre : des ordres chuchotés, des courses. Il croit contrôler. Les Originels l'encerclent de leurs regards immobiles, et lui, pour tenir la pose, pompe dans mes veines. Ce sera mon dernier service : lui apprendre qu'une reine, même fabriquée, n'est pas qu'une anse. Je pourrais laisser une lettre. Je pourrais pointer des noms, des gestes, des secrets à vendre. À quoi bon ? J'ai toujours été plus efficace par l'action que par l'aveu. Et puis, je veux m'appartenir jusqu'au bout. Mes mots risqueraient d'être lus à sa gloire : « Vous voyez, même sa mort parle de lui ». Non.

Ma mort parlera de moi, pour moi.

Je pense fugacement à Camille, à son profil d'ambassadrice, à l'intelligence contrainte d'une femme qui a trop bien appris à survivre. Je pense à Hana et à sa manière de se construire des colonnes dans la tempête. Je pense à Amaru et à ses serments, à ses refus, à la mémoire lourde dans ses yeux. Je voudrais dire que je les pardonne ou que je les remercie. Je n'ai pas ce vocabulaire-là. Je leur laisse simplement une faille dans l'armure de l'homme qui nous mange. Enfin, je tire d'un geste assuré.

Le premier rai est fin comme une lame de couteau. Il touche ma main, et la peau s'y plisse immédiatement, comme du sucre posé trop près d'un feu. Puis le rideau d'acier remonte de vingt centimètres. La lumière glisse sur le tapis, monte à l'assaut de ma cheville. Le cuir de ma sandale fume. Je n'ai pas peur. Peur de quoi ? De ne plus être regardée ? J'ai été regardée au lieu d'être vue. L'aube n'est pas un public.

Je pousse encore avec une détermination qui m'a toujours fait avancer, même si, maintenant, c'est vers ma mort. Le volet monte à mi-hauteur dans un râle métallique. Et là, la douleur arrive vraiment, comme une morsure incandescente qui s'enfonce sans hésitation. Mes tibias, mes genoux, mes cuisses se mettent à chanter le chant ancien des bêtes que l'on offre. Je m'écroule sous la clarté sans odeur des matins qui ne savent pas encore leur

histoire. Un instant, je me souviens des terrasses hautes de mon enfance où les femmes plissaient les yeux vers la sierra, comptant le temps au rythme des ombres. Je voulais être la plus droite sur la ligne. Et le feu grimpe et m'embrase. Le fil dans ma poitrine se met à hurler. Pas ma voix. La sienne. Le lien roi/reine vibre. Un instant, il croit pouvoir se serrer davantage, tirer, me ramener. Je lui donne tout à la fois. Je tends la corde jusqu'à la rupture. J'ai appris les nœuds en regardant les hommes faire ; je sais comment on défait.

Mon corps se fend en corolles de feu. Je tiens encore une fraction de seconde pour savourer cet instant où la douleur, par excès, passe de l'autre côté et devient ma vengeance. C'est net. Comme un câble trop tendu qui lâche. Il y a un bruit dans ma cage thoracique, pas un son, un effondrement de silence. Et tout de suite après, quelque part dans la maison, sinon dans le monde, un cri. Son cri. Étouffé, incroyable de surprise. Il ne croyait pas que je savais encore choisir. Il ne croyait pas que je savais encore faire autre chose qu'ouvrir et fermer des rideaux au rythme de ses désirs. Je donne à ma bouche l'ombre d'un sourire. Ce cri-là est ma dernière musique.

Mon corps n'est plus qu'un feu : j'ai cessé de servir. Avant que ma vue ne se dissolve, une image s'impose, importune et douce : ma mère en train d'ajuster la boucle du ruban, penchée sur moi avec l'autorité d'une femme

qui sait que le monde vous regardera si vous l'obligez.

« Tiens-toi, ma fille. On a mis un nom dans ton dos. Porte-le droit. »

Je voulais être reine pour qu'on m'aime autrement. J'aurai été reine pour couper une chaîne. Je ne pense pas à lui. Je pense à moi. Parce que, même si je n'ai vécu qu'un bref moment comme reine, je choisis de mourir comme telle. Je suis Qoya.

Enfin.

Lucian

Ils pensent m'avoir déchu, mais je suis toujours là. Affaibli, mais en place. J'ai reculé pour mieux revenir, comme toujours lorsque la situation l'exige. J'ai la patience et les ressources pour les battre à leur propre jeu, je le sais. L'expérience m'a appris qu'il y a toujours une faille à exploiter. C'est ce que je cherche avec l'aide la magie noire. D'abord en survivant à leur attaque, ensuite en utilisant toutes les ressources à ma disposition. Et avoir fait de Qoya ma reine a été un coup de maître : elle a finalement gagné sa place après tout. Grâce à elle, je résiste et gagne le temps dont j'ai besoin pour retourner le plateau en ma faveur. Parce qu'ils ne sont que des pions, et moi, je reste le roi sur l'échiquier !

Mais… que… non ! Elle n'a pas osé ?! Elle vient de tirer sur le lien comme on tire sur une mèche. Elle s'est offerte au soleil pour que le feu remonte jusqu'à moi. La douleur a remplacé l'apport d'énergie et je me consume de l'intérieur. Ce n'est pas une brûlure comme celle de la chair humaine. C'est une réaction totale. La lumière ne frappe pas ma peau : elle reconnaît ce que je suis et elle s'y accroche, vorace, comme un feu intelligent. Elle est partout dans mes veines. Elle transforme mon sang en cendre liquide. L'odeur n'est pas celle d'un corps qui se calcine, c'est celle d'un serment ancien qui se referme sur moi. Le soleil. Cet astre maudit que je m'étais juré de conquérir est en train de me tuer. À cause d'elle !

« — Tu ne veux pas mourir ! «

J'ai jeté mes dernières forces dans cet ordre… mais cela ne suffit pas. Elle s'est écroulée sur place, à la merci des rayons de lumière auxquels elle s'est offerte. Jamais je n'aurais imaginé qu'elle puisse se détruire intentionnellement : elle est trop égoïste et avide pour penser à autre chose qu'elle-même. C'est bien cette ambition dévorante qui lui a fait renier tout ce qui ne lui servait pas. En ce sens, je me suis reconnu un peu en elle. Même si elle n'a pas la stature pour… mes pensées m'échappent en même temps qu'un râle de souffrance intense. Je me suis avachi sur le sol de mon laboratoire et tente désespérément d'attraper une fiole de sang

« spécial ». Trop loin. Trop diffic...

Mon effort est stoppé par un sentiment de triomphe me parvenant, comme un écho aussi lointain qu'intense. : elle pense avoir gagné. La garce ! Je n'ai pas vu Qoya bouger autrement que comme une silhouette docile. Je l'ai classée trop vite : outil. Accessoire. Variable sans importance. Nooooon !!! Je suis Lucian de Lys, je suis le roi, je dois...

J'expire en voulant la maudire, mais je n'ai plus de souffle, seulement un brasier insupportable, insurmontable et qui m'engloutit dans une nuit qui n'est plus mon royaume. Non, c'est le néant...

Chapitre 40

Alexeï

Le lendemain

Je me tiens debout face à la salle que Lucian aimait tant draper de velours et d'illusions. Ce soir, les lourdes tentures ont été arrachées ; derrière, les murs nus boivent une lumière plus honnête. L'air garde pourtant l'odeur de cire et de sang acide – cette odeur métallique qui ne supporte pas d'être versée sur de la pierre sans laisser une morsure. Des traces sombres filent encore entre les dalles : la déflagration du rituel a coupé net des lignées entières. Les corps des Transformés les plus anciens se sont effondrés comme des armures vides ; pour d'autres, la vie s'est retirée par à-coups, avec un râle qui ressemblait trop à une prière.

Je ne laisse pas mon regard s'attarder sur les visages. Je connais trop de ces hommes et de ces femmes pour les compter comme on compterait des pertes. Je me concentre sur ce qui reste : les Originels debout autour du cercle – Asiri/Camille, immobile et pâle, l'ombre du jaguar dans ses pupilles –, les survivants Transformés qui m'observent avec une peur qui n'ose pas se nommer, et les humains invités en urgence, ministres et conseillers, tenus à distance par des rangs de silence. Derrière mon épaule, Hana respire calmement malgré la fatigue, son cahier dans les mains ; Amaru, à ma droite, soutient son flanc comme si le rituel avait tiré sur chaque fibre de sa mémoire pour la tisser avec la nôtre. Nous tenons debout à trois, et désormais, je sais que c'est la seule manière d'avancer sans nous écrouler. Je m'avance jusqu'au centre du cercle. Chaque pas résonne comme un verdict. Je ne veux pas de trône. Je réclame une table. Je pose ma paume à plat sur la pierre.

— Écoutez.

Le mot n'est pas puissant. Il est nécessaire. Les voix tombent.

— La nuit a une mémoire, clamé-je. Elle se souvient de ceux qui la servent et de ceux qui la dévorent.

Ce soir, vous êtes venus chercher une direction. Je ne vous offrirai pas un roi. Je vous propose une architecture.

Un murmure parcourt les survivants ; « architecture » est un mot de jour, trop humain pour certains, trop froid pour d'autres. Je continue avant que la vieille habitude des cours ne se referme sur eux comme un piège confortable.

— Nous avons vécu sous un centre unique. Nous venons d'en payer le prix. Quand un seul cœur bat pour tous, la moindre torsion devient une hémorragie. La preuve est sous vos yeux.

Je ne désigne pas les dalles tachées. Je n'en ai pas besoin.

— À partir d'aujourd'hui, la présence vampirique ne sera plus monolithique. Nous diviserons nos responsabilités en cours régionales, chacune sous la surveillance d'un Originel – pas pour gouverner à votre place, mais pour garantir que la nuit n'oublie pas sa source. Quatre pôles pour commencer : Europe, Amérique, Afrique, Asie/Océanie. Chacun avec un Conseil mixte : Transformés, représentants humains, et un siège Originel. Les humains auront une voix délibérative. Nous ne nous cacherons plus derrière le mot « nature » pour justifier des rapines politiques.

Une main se lève, un ancien de Prague au visage creusé par deux siècles de loyautés à un roi qui l'a laissé

grandir.

— Et qui dirige ces cours, pseudo-Romanov ? Un autre roi par région ?

— Personne. Pas seul. On coordonne, on arbitre, on rend des comptes. Le titre n'est pas dictateur, mais prévôt. Et le prévôt est révocable par son Conseil.

Un froissement de surprise. J'entends la pensée se cogner aux habitudes : un prévôt, cela se remplace ; un roi, on l'abat ou on le sert. Nous sortons de cette logique-là.

— Deuxième pilier : les quotas, poursuis-je. Chaque cour fixera un nombre plafond de Transformés, conforme à l'équilibre de sa région. La création d'un nouveau Transformé exigera double aval, social et politique. L'auteur de la transformation en portera la responsabilité pleine. Il n'y aura plus de « lignées privées » cachées derrière des salons et des titres. Un candidat ayant un potentiel d'apport au monde par son expertise, mais sans richesse, ne sera plus écarté. Un candidat avec des secrets nauséabond et sans morale ne sera plus une cible privilégiée. Nous voulons reconstruire sur des bases saines, pas sur les cendres de ce que nous avons brûlé.

Des dents claquent quelque part ; j'entends le grincement d'une vieille économie en train d'agoniser.

— Troisième pilier, l'interdit absolu du trafic d'albinos et de tout être « anomalie ». Si vous avez

participé à cette horreur, sachez que les temps de l'impunité sont clos. Les rituels de sang noir ont nourri une illusion de puissance. Ils vous ont aussi rendus dépendants de crimes si grossiers que même nos pires ennemis n'avaient pas osé les imaginer. Nous couperons ce fil-là d'un seul geste avec des sanctions immédiates et définitives. Ce sont les chasseurs waris qui s'occuperont de ces cas, et vous savez ce que cela signifie.

Je laisse le mot descendre. Peu préféreront la traque à l'obéissance ; c'est là notre levier.

— Quatrième pilier : le droit à la Cure. Notre Triumvirat en est la matrice vivante ; Hana développe déjà une formulation stable pour les Originels comme pour les Transformés. Personne ne la recevra sans serment : respect des quotas, coopération aux Conseils mixtes, renoncement aux rituels noirs. Nous ne distribuerons pas des miracles comme on jette des bonbons dans un carnaval. La Cure ne sera jamais une monnaie ; elle sera un contrat.

Les humains présents s'échangent des regards. Je vois l'évaluation glisser dans leurs yeux : risque, bénéfice, contrôle. Ils connaissent ces mots ; ils s'y accrochent comme des moules à leurs rochers.

— Enfin, conclus-je dans le silence pesant, il y aura séparation des pouvoirs. La Garde diurne – et je me tourne vers Amaru – sera placée sous l'autorité des

chasseurs wari. C'est la reconnaissance officielle d'un devoir ancien qui est de veiller à ce que la nuit n'oublie pas le jour. Ils agiront comme tiers. Le droit de suite leur est accordé sur nos cours si nos propres forces faillissent.

Amaru incline la tête, grave ; la mémoire qui l'habite approuve. Des Transformés sifflent entre leurs dents. Ce sifflement-là, je l'attendais.

— Vous livrez nos gorges aux lames des anciens ennemis, souffle un jeune Suédois que je connais comme un bruyant partisan de Lucian.

— Je livre vos gorges à votre sens de la mesure, repris-je calmement. Sans contrepoids, vous retomberez dans la tentation. L'Homme dérive toujours sans balise. Nous avons choisi les nôtres.

Asiri fait un pas en avant. Sa voix coupe net la rumeur.

— Les Originels acceptent le rôle de supervision. Nous n'imposerons pas notre loi ; nous rappellerons la limite. Nos griffes ne serviront qu'à déchirer l'oubli.

Elle me jette un bref regard qui dit à la fois « défi » et « accord ». Nous nous sommes reconnus : ni sujets, ni maîtres, mais les gardiens d'une même fracture. Je respire. C'est le moment de combler proprement une faille qui, sinon, pourrira nos fondations futures.

— Vous attendez que je maudisse Lucian. Je ne le ferai pas comme vous le souhaitez. Anastasia gît encore

dans la mémoire de cette maison. Et pourtant, je vous le dis : sans Lucian, nous ne serions pas assis ici à parler à découvert. Il a choisi la gloire par la domination, il a percé la nuit de ses griffes, il a forcé l'Histoire à nous regarder. Son erreur ne fut pas de viser la lumière, mais de la confondre avec la possession. Alors, pour le monde, nous offrirons des obsèques dignes afin de clore un cycle avant d'en ouvrir un autre.

Je n'ajoute rien. Parler avec authenticité suffit. Je sens le poids du nom retomber dans la pierre comme un écho libéré.

— Alors, demande quelqu'un, qui coordonne l'Europe ?

Je savais que la question viendrait. Elle me brûle depuis des heures comme une fièvre que je refuse d'avouer.

— Moi, annoncé-je. Avec Asiri.

Un silence me prend à la gorge plus sûrement que n'importe quelle main.

— Pour donner l'exemple. Je présiderai, j'arbitrerai, je signerai des traités avec les humains, je veillerai à ce que la Cure reste un contrat, et non une dépendance. Et, si un jour je confonds ces rôles, je vous autorise à me couper la gorge.

La phrase griffe le marbre. Je la laisse telle quelle. Un chef qui donne les termes de sa propre chute gagne le

droit d'être suivi. Un ministre s'avance d'un pas prudent – celui qui, la veille encore, faisait et défaisait des cordons de sécurité autour des palais.

— Monsieur Loussoupov... Nous ne signerons rien sans garde-fou. Mais nous préférons un interlocuteur qui accepte la règle écrite à un roi qui la crache.

— Alors, mettez vos juristes au travail. Dès cette nuit. Les cours régionales auront leur charte. L'Europe sera le prototype. Vous nous jugerez sur nos actes. Comme nous sur les vôtres.

Je sens le souffle tenir dans la salle. La décision a déjà commencé, avant même qu'on la soumette au vote. Les humains aiment qu'on prépare leurs mots.

— Vote, réclamé-je enfin.

Les mains se lèvent, humaines et non humaines, à des vitesses différentes. Le « pour » l'emporte largement, mais pas unanimement. C'est mieux ainsi. Une unanimité sous la peur, je connais : elle sent la prison.

Nous passons aux détails. J'enchaîne, sec, avec la mécanique.

— Registre unique des Transformés. Certification médicale pour tout candidat, motivée, tracée. Sanction pour créateur fautif : responsabilité civile et nocturne. Laboratoires : chaque cour aura un pôle de recherche conjoint – humains, Transformés, Originels – avec audit permanent. Rituels noirs : classés comme crimes absolus.

Albinos et « anomalies » : statut de personnes protégées sous garde du jour.

Je vois les visages se durcir, se relâcher, se durcir encore. Ils apprennent la langue du compromis en direct, et ce n'est pas une langue qu'on parle sans quelques déchirures.

— Communication publique, ajouté-je enfin. Nous ne jouerons pas les masques au petit matin. La presse aura son communiqué : changement de gouvernance, contrôle des effectifs, sanctions, contrats avec l'État. Aucun aveu sur la nature du rituel. Pas de détails qui donneraient aux charognards le goût d'une traque.

Le ministre hoche la tête. Il vit dans cette grammaire-là : donner assez pour calmer, cacher suffisamment pour gouverner. Un mouvement à ma gauche : un survivant de Lucian, visage encore marqué par la vieille obéissance, les deux mains tordues dans un geste d'enfant.

— Et nous maintenant ?

Je connais la panique quand elle habite la nuque. Je l'ai vue dans les yeux des hommes qu'on laissait en arrière avec la promesse qu'on reviendrait, promesse qu'on ne tenait pas toujours.

— Ceux qui souhaitent la Cure se feront connaître volontairement auprès des pôles de recherche. Priorité aux plus âgés, aux plus instables, aux plus dangereux pour

eux-mêmes. Ce n'est pas une récompense. C'est une mise en sûreté.

— Et si certains refusent ?

— Personne ne sera forcé. Mais quiconque contreviendra au nouvel ordre s'exposera à la Garde diurne. Nous n'embrasserons plus le monstre en espérant qu'il devienne raisonnable par gratitude.

La séance s'étire. Les questions deviennent techniques, la fatigue se pose sur les épaules. Au bout de deux heures, j'ajourne la réunion. Nous reprendrons demain pour sceller par écrit ce qui vient d'être décidé à voix haute. Les gens se dispersent par vagues ; les humains sortent les premiers, avides d'air. Les survivants attendent plus longtemps, comme s'ils craignaient que la porte s'ouvre sur une autre nuit plus mauvaise encore.

Je reste, quelques minutes, dans le carré de silence qui se forme après les foules. Mes mains tremblent légèrement. Je les pose contre la pierre pour calmer la vibration. Je sens Hana avant de la voir. Sa présence n'a pas d'ombre inutile ; elle a sa précision de scalpel et son obstination de barrage. Elle ne dit rien. Elle sait que les mots ne servent à rien ici.

— Je me déteste un peu d'être devenu visible, reconnais-je enfin.

— Le visible n'est pas un vice. C'est un outil, répond-elle simplement. La nuit en avait besoin.

Je hoche la tête. Amaru s'approche, pose ses doigts sur mon omoplate, un poids infime – pas une consolation, un ancrage. Je respire. La salle répond par une respiration identique. C'est une sensation étrange, comme si nos trois flux s'étaient soudés à force de se frôler. Je n'oublie pas que c'est aussi de la magie.

— Il reste une chose, murmuré-je. Lucian. On me demandera d'acter sa fin.

Asiri est revenue, silencieuse. Elle se place face à moi.

— Tu n'actes pas la fin d'un prédateur, Alexeï. Tu ensevelis sa méthode.

— Alors, ensevelissons-la correctement. Pas avec de la haine. Avec des règles.

Un instant, je la vois presque sourire – ce rictus ancien qui sait que le fer des lois tient mieux qu'un incendie. Elle s'éloigne. Je reste. Je demande qu'on m'apporte un lutrin. Les scribes humains reviennent avec un parchemin neuf (ils ont ces théâtralités-là, parfois utiles). Je rédige à voix haute, pour que la pierre apprenne aussi ces mots :

Proclamation : La Cour d'Europe se transforme en Conseil. Le Prévôt préside et arbitre. Les Originels supervisent. Les humains siègent. Les quotas encadrent. La Cure s'accorde par serment. La Garde diurne veille. Les rituels noirs sont interdits.

Lucian de Lys est déclaré déchu de toute mémoire royale ; ses actes sont consignés, non pour l'honorer, mais pour les instruire. Nous n'avons plus de roi. Nous avons des règles.

Je signe. Les plumes des autres suivent – une Originelle, un humain, un Transformé. Il n'y a pas de musique. Il y a mieux : l'épaisseur d'un accord qui tiendra. Quand tout est scellé, je sors par le couloir qui menait autrefois à la chambre d'Anastasia. Je n'y entre pas. Je m'incline devant la porte close, une fois, sans cérémonie. C'est la seule élégance que je me permets.

Dehors, l'air est lavé par un vent dont je ne saurais dire la direction. Paris exhale ce mélange d'eau froide, de pierre et d'électricité qui annonce les changements. Hana marche à ma gauche, Amaru à ma droite. Nous n'avons pas besoin de nous regarder pour savoir que la prochaine bataille ne sera pas celle des sabres, mais une de procédures, de serments, de cures mesurées au microgramme. Je suis fait pour la nuit qui se faufile ; me voilà en plein centre de la lumière administrative. J'y survivrai. Parce que je ne suis pas seul à me battre pour cette politique.

Je m'arrête un instant sur le perron. Je me tourne vers eux.

— Je deviens leur visage, énoncé-je. Mais le cœur de ce monde, désormais, bat à trois.

Hana incline très légèrement la tête – ce presque sourire qu'elle n'offre qu'aux hypothèses solides. Amaru ferme les yeux comme on dit un amen sans dieu.

Je descends les marches. La nuit ne m'avale plus ; elle me suit. Et pour la première fois, depuis longtemps, je me surprends à penser que gouverner n'est pas synonyme d'appartenir. C'est tenir – à trois, en équilibre, devant un vide qu'on a rempli de règles pour qu'il cesse d'être une chute.

Demain, je parlerai à la presse avec le ministre. Je choisirai des mots qui recousent sans mentir : continuité, sécurité, charte. Je négocierai des budgets pour les pôles de recherche, je signerai des décrets, je recevrai des suppliques et des menaces. Je me ferai haïr par ceux qui voudront l'ivresse d'un roi, mépriser par ceux qui ne croient qu'aux poignards. Ce sera le prix. Il est juste.

Ce soir, j'appartiens à la seule table qui compte. Pas un trône. Une paillasse et trois verres d'eau. Je sais déjà que, lorsque nos corps se seront rejoints à nouveau – par nécessité autant que par désir –, le monde sera moins lourd à porter. On dit que les serments appartiennent aux prêtres. C'est faux. Les seuls serments qui tiennent sont ceux qu'on écrit avec sa propre chair.

Alors nous rentrons chez Camille. Demain, nous trouverons une maison à part. Un lieu que nous pourrons appeler « chez nous ».

Chapitre 41

Hana

Trois mois plus tard

Je recommence par une liste. Pas par superstition, par hygiène mentale. Dans mon cahier noyé d'onglets, j'ouvre une nouvelle page et je trace mes quatre colonnes droites comme des rails : ce que je sais, ce que je mesure, ce qui tient par nous, ce que je refuse de perdre. Le reste – le bruit politique, la presse affamée, les rapports qui arrivent désormais en liasses scellées – se taira le temps que je mette de l'ordre. Sous ce que je sais, j'écris.

- Cure stabilisée pour Originels et Transformés (lot pilote validé : Europe, côtes atlantiques).
- Quotas en place, audits croisés avec humains/Originels/Transformés.
- Alexeï coordonne la Cour d'Europe (il est l'axe).
- Amaru respire. La mémoire ancestrale n'est plus une pierre posée sur sa poitrine, c'est un fleuve qui passe par nous trois.
- Lucian n'est plus qu'un nom qui mord encore certains silences.
- Qoya a choisi le soleil. Le jour a mangé sa dernière colère, et, ce faisant, a brisé le dernier fil qui retenait le monstre.

Sous ce que je mesure, j'aligne :

- Hémolyse nulle à J+90 chez sujets Transformés traités par Cure (n=114).
- Photosensibilité résiduelle chez Originels (réponse individuelle, mais chute du seuil douloureux > 60 %).
- Matrice « pont » active dans mon sang : interférence constructive stable entre onde de Chavín et onde nocturne.
- Recharge du Triumvirat nécessaire à cadence définie :
- Nuit ascendante : lien Alexeï ↔ moi.

- Jour : lien Amaru ↔ moi.
- Pleine lune/Nouvelle lune : lien à trois – scellé charnel et magique.
- Coût accepté : Alexeï ne peut plus créer. Amaru et moi ne pouvons pas donner la vie au-delà de ce que nous portons déjà ensemble. Équilibre, pas perte.

Sous ce qui tient par nous, je marque, en lettres plus petites :

- La Cure circule parce que nous tenons.
- Les cours régionales obéissent parce que quelqu'un regarde sans dormir.
- Les pactes tiennent parce que le pont est vivant, pas théorique.

Et sous ce que je refuse de perdre, j'inscris un seul mot :

> ➢ Nous.

Je ferme le cahier. Il y a trois mois, je pensais encore que les équations suffiraient. Aujourd'hui, je sais qu'elles ont besoin de corps – de peau, de souffle, d'un rythme partagé. C'est indécent de l'admettre dans le langage d'un rapport, alors je le garde pour moi : ce monde tient parce que nous nous tenons les uns aux autres.

La nuit monte par degrés dans la villa où nous vivons à trois quand les cartes politiques cessent de nous plaquer aux quatre vents. J'ai appris la respiration de cette maison : elle a des joints, des soupirs, des nerfs discrets dans la charpente. Quand la nuit devient ascendante, Alexeï vient à moi avec une précision qui n'a rien d'un ordre. Il ne m'attrape jamais, il ne m'enferme jamais – il se place à portée, apaisé, mais prêt, comme s'il posait ses lames sur une table pour me montrer qu'elles existent et qu'il n'en usera que si je le lui demande.

Il sent parfois encore le froid, pas celui de la morgue, celui des métaux qu'on a chauffés, puis laissés reposer contre la pierre. Lorsqu'il me touche, c'est exactement l'inverse de tout ce que j'avais lu sur les vampires : ce n'est pas une prédation, c'est une technique, une attention pointilliste, presque chirurgicale, qui, à force d'être précise, devient tendresse. Il m'embrasse sur la tempe, à l'endroit où battent mes deux cadences, l'ancienne humaine et la nouvelle qui s'est superposée quand la marque de Lucian s'est dissoute. Il sait la toucher sans la brusquer ; il sait qu'à cet endroit, si on appuie trop, la mémoire brûle.

— Nuit ascendante, a-t-il murmuré la dernière fois comme on annonce une météo du cœur.

Je me revois hocher la tête. Entre nous, c'est simple : je m'assieds sur le bord du lit, je pose mon cahier

– je n'écris jamais pendant, la science a ses limites –, et je l'accueille. Je ne raconterai pas avec quelles mains, quels doigts, quelles trajectoires. J'ai appris que mon corps n'a pas besoin de métaphores pour être cru. Je peux dire ceci, pourtant : quand Alexeï entre en moi, la partie de la nuit qui d'ordinaire m'écorche devient un velours exact, ni trop lourd, ni trop tiède. Sa soif n'est pas tournée vers mon sang ; elle est retournée sur lui-même, domptée, transmutée en une faim de précision. Il me regarde quand il bouge, il m'écoute comme un artisan écoute la matière : avec respect, sans me croire fragile. Je compte parfois malgré moi, non pour m'échapper, pour me tenir au bord, pour jouer avec la courbe, et quand je m'oublie, il oublie aussi, son visage se dévisse, l'homme des ombres laisse paraître la lumière qu'il croyait illégale. La nuit nous recharge à travers lui, et je me rends sans peur. Après, je prends sa main et la pose sur mon sternum. Il attend que l'onde reparte correctement, et quand cela demande une seconde, il ne panique pas. Il sourit avec cette ironie très fine des gens qui ont appris à se perdre sans se dissoudre. Alors je ris aussi, doucement, parce que je suis là, intacte, et qu'il n'y a pas de maître pour faire de mon consentement un piège.

Le jour ; lui a l'épaisseur d'une mangue bien mûre dans la cour intérieure. Les pierres boivent la chaleur de neuf heures et Amaru m'appelle sans me parler. C'est un

appel que je reconnais dans mes os : une basse continue, un trille de condor très bas, le frôlement d'un pelage à l'intérieur de la peau ; le jaguar remue sans mordre. J'emporte mon cahier par réflexe, puis je le laisse sur la table du patio, face à un bol de lumière où dansent les poussières. Amaru est là, torse nu, les yeux mi-clos, pas pour se montrer, pour offrir au soleil la surface dont il a besoin.

— Jour, m'accueille-t-il simplement.

Je m'approche. Il n'a pas la précision d'Alexeï, il a la patience d'une montagne. Quand il pose sa main derrière ma nuque, je sens la mémoire ancestrale faire le bruit d'une pluie qui change de vitesse – de l'averse à la bruine, de la bruine à la rosée. Sa bouche a un goût de bois brûlé et de sel, comme la première nuit où nous avons scellé le lien. Quand il me prend, c'est plus lent, parfois à en devenir immobile, et pourtant ça bouge en dessous : c'est l'intérieur qui se déplace, la place des images, la densité des souvenirs. J'ai vu, dans ses yeux, des ruines recouvertes, des enfants courant dans des couloirs de terre, des mains levées vers un ciel qu'on priait pour qu'il morde moins. Et je n'ai pas été écrasée, parce qu'il ne m'a pas donné la masse entière, il m'a donné un verre d'eau à la fois.

Je respire avec lui. Inspirer quatre, expirer six. J'ai gardé cette méthode pour traverser les bords. Il cale notre

rythme et, quand mon bassin s'ajuste au sien, il sourit – un sourire très rare, comme un animal qui accepte parfois de se montrer sur une berge fréquentée. Les griffes ne sortent pas. À la place, il y a un gonflement doux, une force qui n'appuie pas, mais qui tient. La mémoire glisse dans mon sang comme dans un canal fluide. La recharge de jour est un soleil parti de l'intérieur ; je vois plus clair après, même dans l'ombre. Nous restons toujours un peu enlacés en silence. Amaru ne parle pas beaucoup après. Parfois, il murmure un mot que je n'entends pas bien – un nom ancien peut-être –, et sa voix a ce timbre grave des devins qui ne se veulent pas prophètes. Parfois, il pose sa paume sur mon front, comme au premier rituel, et je comprends que le monde tient davantage par calme que par effort.

En revanche, il y a des moments que nous devons – voulons – partager à trois. La pleine lune et la nouvelle lune. Deux fois par cycle, nous fermons les portes, nous abaissons les volets, nous laissons la maison nous garder. Camille nous a envoyé un message la semaine dernière : Belém respire, disait-elle, le peuple aime mieux les légendes quand elles les nourrissent. Elle sait que ces nuits-là, nous ne répondons pas, pas par secret, par envie aussi bien que par nécessité.

Je ne savais pas, la première fois, comment écrire cela. Je n'ai pas osé. Aujourd'hui, je peux. C'est notre lit et

ce n'est pas un lit, c'est une couverture étendue sur un tapis qui ne garde pas la trace des genoux. Ce sont nos corps et ce ne sont pas nos corps, c'est l'endroit où les trois ondes se superposent sans s'étouffer. Amaru s'assoit d'abord, Alexeï se met derrière moi, leurs mains ne se cherchent pas, elles se trouvent au bon endroit comme si nous avions répété une chorégraphie non écrite. Je viens me coucher contre Amaru, face à lui, dos à Alexeï, et c'est à moi de dire quand.

Je dis maintenant quand je sens que l'onde de Chavín et l'onde nocturne s'entendent – pas amies, pas ennemies, accordées. Il y a d'abord les baisers. Amaru a l'habitude des angles de ma mâchoire ; Alexeï a la patience de mon cou. Ils n'essaient pas de se disputer un territoire, ils cartographient chacun le leur avec la conscience que la carte est la même en partage. Quand Alexeï me prend, Amaru pose ses mains sur mes seins, et il ne pousse pas, il soutient. La première fois, j'ai eu peur d'être traversée par trop de forces. La peur est partie avec le second cri. Il n'y a pas de jalousie dans la pièce, parce que tout le monde donne et reçoit. Quand Amaru me renverse à son tour, Alexeï retient mes doigts, et je sais, à la pression de sa pulpe, où il en est. Pas de performance ici, juste une progression.

Et quand nous sommes au point exact du croisement – pas un sommet, un centre –, je le sens

physiquement : une ligne verticale de lumière pailletée d'éclats sombres qui rencontre une ligne horizontale noire aux reflets mordorés et au centre, ce que mon professeur de mathématiques appelait autrefois un point d'équilibre. C'est simple comme un dessin d'enfant sur une feuille à carreaux. Set et match contre la magie noire : ici, rien ne se vole, tout se partage. Je jouis avec eux, et je sais, dans ma joie, que ce n'est pas une conquête, c'est une réparation. Quand c'est fini, personne ne s'arrache. Nous restons une minute, deux, trois, à respirer à l'unisson, et le monde ne crie plus.

Je ne décrirai pas davantage. Je n'ai pas à prouver que le plaisir existe pour justifier la politique de notre somme. La Cure a franchi l'étape industrielle sans perdre son âme. Je n'aurais jamais cru écrire cela sans rougir. Elle fonctionne parce que nous existons – parce que mon sang garde la trame, qu'Alexeï lui apporte la cohérence nocturne, qu'Amaru lui prête le flux de Chavín. En flacon, elle est un compromis solide qui exige une administration suivie – toutes les trois semaines pour les Transformés, toutes les six pour les Originels.

Au Conseil, tout est plus froid. Les tables sont longues, les voix aussi polies que des couteaux de cérémonie. Les Originels parlent peu et vont à l'essentiel ; on croirait entendre la pierre. Les humains siégeant au Conseil de vigilance ont le regard de ceux qui apprennent

vite quand on met leur monde à l'épreuve. Les Transformés survivants ont des mains qui tremblent encore parfois – sevrage de magie, peut-être, manque d'une emprise qu'ils prenaient pour un toit. Alexeï n'élève jamais la voix. Il dessine les cartes, il pointe les trous laissés par les morts subites, il propose des équipes de supervision : un Originel par cour régionale, un humain en contre-pointe, et un Transformé en exécutif – triangulation vertueuse. Lorsqu'on l'appelle « roi », il répond « coordinateur ». La dernière fois, un vieux Transformé a ricané. Il ne ricane plus : ses quotas sont à jour, ses familiers protégés, ses comptes ne sentent plus la boucherie.

— Nous ne sauverons personne par l'exception, a martelé Alexeï hier. Nous sauverons des milliers par la règle.

Je le regardais, et j'ai pensé que c'était le contraire exact de Lucian : un homme qui refuse l'image pour tenir la charpente. Il n'en est pas plus aimable pour autant. Je l'aime non pas malgré sa dureté, mais avec elle. Quant à Amaru, il vient désormais s'asseoir à la table sans baisser les yeux. On le craint un peu, parce que ceux qui ont survécu aux siècles reconnaissent leurs propres légendes quand elles réapparaissent dans la lumière. Il a déclaré une fois au Conseil : « Je ne punirai pas l'Homme d'être l'Homme, je servirai de corde si la pente devient trop

raide ». Ils ont tous compris.

Il reste des nuits où je me réveille avec la sensation qu'une goutte noire remonte ma trachée. C'est mon corps qui se rappelle la marque ; elle n'est plus là, mais il n'oublie pas d'avoir été forcé. Dans ces nuits-là, je me lève, je vais jusqu'à la cuisine, je bois un verre d'eau salée avec une pincée de sucre – sodium, glucose, neurones apaisés –, et le bruit revient au niveau humain. Une fois, j'ai trouvé Alexeï debout, les mains sur le plan de travail, à regarder ses doigts comme s'il n'en était pas tout à fait sûr. Je lui ai pris la paume et j'ai posé ses doigts sur ma gorge.

— Là où tu as cru posséder, il y a désormais mon consentement », l'ai-je rassuré.

Il a fermé les yeux. C'est ainsi que nous recousons.

Parfois, Amaru s'assoit près de moi au petit jour, quand le jardin n'a pas encore choisi sa couleur. Il me raconte l'écho que la mémoire a renvoyé la veille. Tatloc, une fois, qui lui a laissé un mot comme une pierre plate : *tu as transmis, tu n'as pas trahi*. Une autre fois, la vision d'un fleuve où quelqu'un posa un poncho sur les épaules d'un enfant trempé. Je lui ai pris la main pour sentir l'image avec lui. Je ne suis pas croyante. J'ai appris une prière pourtant, sans dieu : que nos charges se partagent.

On me demande parfois – la presse, les curieux, les jaloux – pourquoi je n'ai pas voulu l'achèvement. Pourquoi je suis restée à l'endroit exact où l'on m'a

laissée : entre. J'ai répondu une fois, et je ne répéterai pas. Je suis un pont. C'est un rôle ingrat pour qui rêve de murs. Pour moi, c'est l'endroit exact où mon cerveau et mon corps savent faire la même chose : relier ce qui ne devait pas l'être. Je ne suis pas pure, je ne veux pas l'être. Je suis pratique. Et j'aime ça, parce que c'est moi.

C'est peut-être ça, la part la plus difficile à assumer dans un monde où l'on transforme l'amour en drapeau : j'aime deux hommes différemment et ensemble. Alexeï me donne l'arête et l'abri ; Amaru me donne le sol et l'aube. Je leur donne le passage. Nous n'avons signé aucun contrat ; nous avons scellé une évidence. Les mots ont été moins utiles que nos silences. La jalousie a tenté deux fois d'entrer – une nuit de pluie contre la vitre et un matin trop tiède –, nous l'avons regardée passer comme on regarde un animal errant au coin d'une ruelle : sans la nourrir.

Ce soir, j'irai rendre visite à Camille. Elle m'a écrit que Belém a retrouvé un type de calme qui n'est pas l'oubli – *on raconte, on chante, on danse moins la nuit, mais on danse mieux*, a-t-elle noté dans un post-scriptum qui sentait le rire. Je lui apporterai une boîte de flacons, les premiers de la série « Originels ». Elle a la pudeur des gens qui ont failli mourir trop souvent : elle ne demandera pas ; elle dira merci avec les yeux. On s'assiéra peut-être sur ce balcon qui regarde le fleuve, et, si elle veut, je lui lirai un passage du Codex que nous avons restauré – juste une

page, celle où Tatloc a écrit en marge une phrase pour sa sœur : *mes secrets pour toi ne sont pas des prisons*. Elle ne dira rien. Elle posera sa main sur ma joue et je saurai qu'elle reprend officiellement sa place, non pas derrière, à côté.

Avant de partir, je retourne à mon cahier. Une dernière colonne s'est invitée sans mon autorisation : ce qui commence. Je n'aime pas les prophéties ; je préfère les protocoles. J'écris quand même :

- Écoles mixtes (humains/Transformés) pour les sciences du sang et du droit nocturne.
- Cliniques à bas bruit dans les villes-clefs, sous triple surveillance.
- Chasses interdites sans mandat d'Originel (écrit, daté, référencé).
- Chant wari en annexe des traités, non pas comme folklore, comme mémoire active.
- Triumvirat : rituel d'entretien – ne pas « oublier » sous prétexte de tenir. La négligence tue autant que la violence.

Je m'arrête. J'entends monter la nuit dans l'escalier, un pas que je connais – Alexeï, qui marche sans faire grincer les marches par pure élégance –, et derrière lui, plus bas, le glissement d'Amaru qui ne tente pas de se dissimuler : il appartient à la maison comme une poutre.

Je ferme le cahier sur ma main pour sentir le carton contre la peau. J'ai vécu toute ma vie à dresser des frontières entre les choses pour ne pas m'y perdre. Aujourd'hui, je sais tracer des ponts sans me noyer.

Ils entrent. Aucun ne parle. C'est une habitude : nous ne gâchons pas les moments où nous pouvons être des corps qui respirent. Je lève les yeux, souris et me redresse pour les accueillir dans mes bras avant de le faire dans ma chair. Parce que l'extérieur pense encore que nous avons gagné par les armes ou par les lois. Mais ce qui tient ce monde, c'est une vérité plus nue : nous trois, respirant à l'unisson – et le monde qui, pour une fois, respire avec nous.

Épilogue

L'héritière des Waris

Puma spirit, Kuntur spiritu ñoqapi kachkan.
[L'esprit du jaguar et celui du condor sont en moi alignés.]

Ñuqaqa kawsayta asiyta atini.
[Avec eux j'ai le droit d'exister.]

Chavín qori raykunapi.
[Sous les rayons d'or.]

Tutata qhipan chinkayta.
[Après les ombres, enfin !]

Kaymi ñuqaypa destino.
[Car tel est mon destin.]

Ñuqaqa runa allin ayllu churin kani.
[Je suis la digne héritière d'une lignée noble et fière.]

Camille/Asiri

Belém, dix ans plus tard

La pluie arrive comme toujours, à l'heure exacte où la ville a fini d'absorber la chaleur du jour. Belém transpire, puis respire. Depuis mon balcon, j'entends les percussions d'un carimbó[26] s'essayer dans une arrière-cour, deux voix se chercher, et la rumeur du marché Ver-o-Peso qui ne dort jamais vraiment. L'air sent la mangue écrasée, le fer chaud et le sel remonté de la baie du Guajará[27]. Quand la première averse bascule, j'avance la main. Les gouttes battent ma peau, lourdes. Je pourrais sortir tout entière, désormais. L'ancienne malédiction n'est plus une geôle sans clef ; la cure existe, et les Originels, comme les Transformés, peuvent apprendre à tenir au jour. Je garde malgré tout le vieux réflexe : je préfère le bord du monde, ce moment exact où la lumière décroche du ciel et laisse la scène aux ombres. J'y ai bâti ma vie, je n'ai pas l'intention de l'abandonner.

---

[26] Tambour cérémoniel.

[27] Elle fait partie de l'estuaire de l'Amazone : c'est là que plusieurs fleuves (dont le Guamá et le Tocantins) rencontrent l'océan Atlantique.

Dix ans. Il arrive que je dise ce nombre à voix haute pour vérifier qu'il sonne juste. Dix ans depuis la chute de Lucian, depuis l'implosion silencieuse de sa cour, depuis les quotas, les protocoles, les comités mixtes où siègent Originels, Transformés et humains sans trembler. Dix ans depuis que j'ai cessé d'être une rumeur et que j'ai posé mon nom sur le bois d'un pupitre au Conseil, en refusant le trône qu'on me tendait. Je n'ai jamais voulu régner ; j'ai tenu pour le bien commun, tant qu'il le fallait, puis j'ai rendu la place. On se libère ainsi : non en prenant, mais en reposant.

Je me suis offert Belém. Une maison coloniale aux volets bleu passé, deux patios, un jardin saturé de bougainvilliers et une salle que j'ai transformée en petit théâtre : cent places, pas une de plus, des lampes à abat-jour sombre, une acoustique qui porte la voix comme un secret. Le soir, je chante. Parfois seule, souvent avec des musiciens que je choisis comme on choisit des alliés : des corps qui savent la fatigue et la beauté d'un même geste. Les journaux ont surnommé l'endroit *A Casa da Vampira*[28], ce qui m'a fait rire la première fois : ils croient baptiser une légende, ils ne font que la saluer.

Le reste du temps, je conseille à distance. L'hologramme me place à Paris, Londres ou Varsovie sans

---

[28] Signifie « la maison du vampire » en espagnol.

me forcer à quitter la pluie amazonienne. Je parle peu. Ce n'est pas une coquetterie, c'est un art : chaque mot doit peser juste pour tenir face aux vieilles habitudes qui reviennent toujours par les interstices d'un règlement. Le Conseil a pris la forme que nous avons dessinée dans l'urgence : des Cours régionales, chacune tenue par un Transformé choisi et placé sous la surveillance d'un Originel ; un comité de veille où s'assoient des humains, dont la voix n'est plus de pure forme ; des quotas stricts de transformation ; un registre de la Cure contrôlé en partenariat avec les ministères de la Santé. Tout cela est bancal, perfectible, vivant. Mais c'est donc solide.

Alexeï a accepté de conduire l'Europe seul au bout d'un an pour que je puisse retourner à mes racines physiquement. Il n'a rien d'un orateur-né, il parle trop bas, trop droit. Et pourtant, on l'écoute. On l'écoute, parce qu'il a appris, à l'école de l'ombre, que la lumière est une charge et qu'elle doit être tenue plutôt que brandie. Je l'ai vu, l'hiver dernier, en projection, s'adresser aux préfets français et aux délégués allemands avec ce calme de glace qui tient sans menacer. Derrière lui, je lis les silhouettes d'Hana – jamais très loin, jamais en pleine lumière, un stylo au coin de la bouche – et d'Amaru – droit comme un arbre, l'œil posé là où se prend la décision. Tous trois sont restés des vivants chez qui la puissance ne dévore pas le visage. C'est la seule victoire qui m'intéresse encore.

Je n'ai pas oublié le prix. Je n'ai pas oublié le soir où Lucian a tourné son regard contre moi, où j'ai compris que la dette qu'il m'avait imposée après Belém ne se paierait jamais par des rapports bien tenus. Je n'ai pas oublié la lâcheté utile qui m'a fait dénoncer le trio lorsque la mâchoire s'est refermée sur ma gorge. Il m'a fallu les retrouver, les suivre, me laisser brûler par l'appel du condor dans la maison silencieuse pour choisir autrement. Les Originels m'ont jugée. Ils ont accepté de me laisser rester debout. Les Transformés m'ont regardée longtemps sans m'adresser la parole.

L'après-Lucian a été un temps de morts rapides et de deuils sans liturgie. Les Transformés les plus anciens se sont effondrés comme des palais qu'on prive d'étai ; d'autres ont résisté avant de se froisser d'un coup, le corps rattrapant en une heure les années que la magie tenait. J'ai reçu ces nouvelles comme on reçoit un orage : sans surprise et pourtant frappée à chaque éclair. Il m'aura fallu longtemps pour dire à voix claire – sans le goût du sang sur la langue – que Qoya a choisi sa fin. Elle a tiré le rideau, d'un seul coup, et la brûlure a remonté le lien jusqu'à lui. Une vengeance exacte, presque belle dans sa cruauté. La reine d'un soir qui aura compris, la première, que certains liens ne se défont pas : on les casse.

Je garde, dans un coffre de bois noir, les derniers feuillets du Codex que nous n'avons pas publiés. Les

chants anciens ne sont pas de l'érudition ; ils sont des outils. Les mots du jaguar et du condor vibrent encore quand je pose la main sur la couverture. Il m'arrive de l'ouvrir, non pour relire – je connais les lignes par cœur –, mais pour poser le doigt sur la marge où la main de Tatloc, lointaine et présente, a dessiné une simple courbe. Elle ressemble à la trajectoire de ma vie : une fuite longue, un détour par la cour des autres, et enfin un retour vers le fleuve qui me parle bien plus que le mont Machu Picchu lui-même.

Le projecteur holographique clignote dans le bureau attenant. L'écran m'annonce une réunion extraordinaire du comité européen. Je souris : « *extraordinaire* » veut dire, dans la langue des administrateurs, « très ordinaire, mais urgente ». J'active la liaison. La pièce se reconstitue autour de moi : bois clair, drapeaux, verres d'eau intouchés. Alexeï me salue d'un hochement. Un sous-préfet français regrette un « dérapage médiatique » autour d'un Transformé qui a mordu un humain consentant dans une boîte de nuit. Le mot *consentant* fait lever un sourcil à tout le monde. Je me contente d'une phrase : « Le consentement n'excuse pas la faim si la faim est laissée sans garde-fou. Renforcez l'éducation et le suivi. Et surtout, ne mentez pas – on a vu ce que le mensonge produit sur les siècles. » Ils opinent. *Hologramme* n'empêche pas l'autorité, je l'ai appris vite.

Lorsque la connexion s'éteint, je reste un instant seule avec mon reflet sur le verre noir. Qui aurait parié, dans la mission d'autrefois, que je finirais là, à juger les affaires de ceux qui m'auraient, au temps ancien, jetée aux ténèbres pour avoir bu le sang réservé aux hommes ? Je repense à mon père, à sa fierté sans moi, à l'amour qu'il n'a pas su me donner alors qu'il offrait toute sa ferveur au fils et au temple. Il m'a fallu presque cinq siècles pour poser cette phrase sans trembler : le bien n'appartient pas à la loi d'un seul. Il exige des exceptions pour rester juste.

Au-dehors, la pluie se calme. La ville brille comme une peau qu'on a huilée. Un enfant traverse la ruelle en courant, tenant au-dessus de lui un sac plastique comme un drapeau. Je lui fais signe. Il me rend mon geste, sérieux comme un vieux. Je pense à ceux que j'ai commencé à soutenir en secret : un réseau d'associations locales qui aident les enfants albinos de l'intérieur. Ce mot, *albinos*, a été une monnaie funeste pendant trop longtemps. Le remettre du côté de la vie est un devoir simple. Nous finançons des dispensaires, des crèmes solaires, des vêtements. J'ai écrit, avec d'autres, un protocole pour interdire l'usage de leur sang dans tout rituel ; les tribunaux humains ont appris à reconnaître nos preuves. Quand je chante pour eux le dimanche après-midi, je me tiens, de temps à autre, au bord du patio, et j'avance ma main dans un rayon. Il ne m'a pas tuée. Il leur montrera

que je ne mens pas.

On frappe à la porte latérale. C'est Maria, la régisseuse, qui passe la tête avec son éternel carnet. « Quinze minutes. » Je hoche la tête. Elle repart, agile comme une chatte maigre. J'aime le rituel des coulisses : les pas feutrés, les chuchotements, la façon dont le trac serre la gorge, puis se dissout dès la première note. Je m'accroche aux gestes – c'est ainsi que l'on demeure. Avant de rejoindre la scène, je regarde encore une fois le ciel devenu violet profond, presque noir au-dessus de la baie. Un héron décolle au ras de l'eau. J'entends, très loin, dans l'oreille que je n'ai jamais perdue, le battement double qui m'a si souvent guidée : le jaguar qui respire à l'ombre, le condor qui cerne la roche. Les ancêtres parlent encore. Plus doucement. Ce n'est pas parce qu'ils se sont éloignés ; c'est parce que nous portons enfin une part de leur charge à plusieurs. Je me surprends à murmurer leur nom. Pas pour qu'ils viennent – ils sont déjà là. Pour me souvenir que je leur dois la tenue, pas la mise en scène.

Quand j'entre en scène, la salle se tait. Le premier morceau est une *médina*[29] ancienne. Je la chante en

---

[29] C'est un genre musical brésilien né au XVIIIe siècle. À l'origine, une chanson de salon pleine de nostalgie influencée par la musique portugaise et qui a évolué : c'est une des ancêtres de la musique brésilienne moderne (elle a influencé la seresta, la bossa nova…).

portugais, puis je glisse, au deuxième couplet, deux vers en wari. Je vois les épaules qui se redressent, la surprise tendre ceux qui ne s'attendaient pas à entendre une langue venue d'aussi loin. À la fin, j'explique, brièvement, que ces mots-là, autrefois, ont servi à bénir et à tuer ; qu'aujourd'hui, ils servent à tenir ensemble ce que nous avons refusé de déchirer. On applaudit. Pas bruyamment. Comme on acquiesce. Je termine par un air qui a fait ma petite réputation de *vampire de l'Amazonie*. La presse aime les surnoms, les gens aiment les fantômes qu'ils nomment. J'emprunte le masque quand il m'arrange, puis je le repose sur son clou.

Plus tard, la maison vidée, je remonte sur le balcon. Le fleuve ne dort pas, il tourne sur lui-même et recommence. Mon téléphone clignote d'un message d'Hana : une photo d'eux trois prise à la table de la cuisine, une scène banale, mais émouvante de tendresse. Amaru fronce le nez tandis qu'elle éclate de rire et qu'Alexeï la regarde comme un trésor. La légende : mes essais culinaires n'ont pas le même succès que mes expérimentations en laboratoire. Elle a ajouté un smiley qui pleure de rire. Les deux SMS suivants viennent de ses hommes. Amaru me supplie de leur faire parvenir des épices pour qu'il puisse mieux jouer la comédie et Alexeï me demande de n'en rien faire pour qu'il puisse continuer de profiter du spectacle. Ces mots m'emplissent de joie

bien plus sûrement que n'importe quel protocole de cour parce qu'ils sonnent juste : ils transpirent l'équilibre et la complicité. Je souris en ne répondant volontairement qu'à Hana.

Je vous attends quand vous voudrez, la maison ne ferme pas.

Je sais qu'ils viendront. Amaru veut les emmener sur les terres Waris, et ils passeront par Belém dans leur périple. Ils doivent juste choisir le bon moment pour ne pas fragiliser tout ce qu'on a construit jusque-là.

Avant d'éteindre, l'hologramme me rappelle un rendez-vous d'aube avec la Cour européenne. La machine fait son bruit d'insecte, discret et obstiné. J'observe un instant la petite colonne de lumière qui s'effile, puis se rétracte. Les humains appellent ça « technologie ». Moi, je vois une magie qu'ils n'osent pas nommer. Et comme toute magie, elle ne dit jamais plus que l'intention de ceux qui s'en servent. Si nous la tenons droite, si nous faisons de ses reflets des ponts plutôt que des couteaux, alors peut-être – peut-être – aurons-nous gagné plus qu'une bataille : une manière vivable d'habiter le même siècle.

La pluie reprend, plus fine. Je reste là, bras appuyés sur la rambarde tiède, pendant que Belém se lave une fois encore. Dans ma poitrine, le condor tourne sans m'arracher, le jaguar se couche sans m'étouffer. Je n'attends plus l'aube comme un verdict. J'attends la nuit

comme une scène, et le jour comme un spectateur tolérant. C'est assez. Et c'est immense.

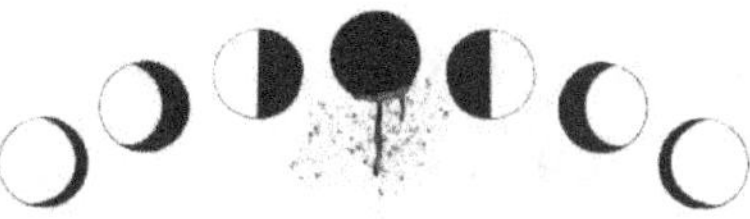

Inscris-toi à mon club VIP sur mon site www.sunny-taj.com afin de recevoir les bonus réservés aux membres ! Pour la collection Dark Fantasy, je te propose un recueil de chroniques sur les mystères dans le monde, mais il y a aussi l'horoscope annuel pour la fantasy et bien d'autres surprises. En plus, je ne te noie pas sous les mails, car ma newsletter ne part que le 1er de chaque mois et, comme ça, tu as toutes mes actus en avant-première ainsi que les salons du mois à venir, sans parler des concours où je te fais gagner un de mes romans.

Autres romans de l'autrice

— Quadrilogie Apocalypse Mc : réécriture du mythe des cavaliers de l'Apocalypse en démons bikers à Détroit.

— Duologie Dark Séoul Mafia cycle 1, Vengeance. Dark romance coréenne dans la Jopok. Saga terminée.

— Duologie Dark Séoul Mafia cycle 2, Renaissance. Dark romance coréenne dans la Jopok. Saga en cours

— Trilogie Boston Mafia. Romances à suspens sur une seconde chance, de la reconstruction et de la rédemption. Saga terminée.

— Trilogie Le Clan de Montréal. Romance mafia à suspens pendant la prohibition. Saga en cours.

— Le Plan Cerebrum : une dystopie postapocalyptique où le mal ne se cache pas là où on pourrait le penser.

— Maudite Saint-Valentin, la dernière

Starseed : un thriller fantastique où le bien et le mal luttent depuis la nuit des temps.

— **Ne Tue Personne ! ou ne te fais pas prendre** : un thriller psychojudiciaire engagé sur un problème récurrent de société.

— **Obsession 3.0** : un thriller psychologique où la menace virtuelle a des répercussions terribles dans la vie réelle.

— **Duologie Oracle, Magie & Co** + spin-off Licorne, Merlin & Cie. Médium, Mage et fantôme grincheux entre Paris et La Nouvelle-Orléans, avec des fées et des licornes en passant par la forêt de Brocéliande. Saga terminée.

— **Trilogie OSEF Noël !** Une Furie, Un Archange et un Dragon aux prises avec la magie de Noël : des romances fantasy qui changent des contes classiques. Série terminée.

— **Quadrilogie La Guilde des Supra**. Quand les êtres magiques dominent les humains et se livrent une guerre de pouvoirs, les conséquences sont désastreuses pour tout le monde. Le premier tome met en scène un vampire confronté à une nécromancienne. Saga terminée.

— **Le Code Thanatos** (one shot) : un ennemi redoutable, une alliance improbable et un chat qui parle.

— **La Querelle des Dieux, sorcière vs gladiateur** (one shot) : Quand Némésis défie Zeus, la Terre devient un tribunal sans appel... et dans l'arène, il ne doit en rester qu'un !

— **Astral, l'étoile du Lion** « one shot) : un bit-lit ennemi-to-lover slow-burn engagé entre humains et métamorphes.

— **Trilogie les Artisans Détectives** : Des cosy mystery haletants à déguster avec une bonne tasse de thé ! Série terminée.

Découvrir ma bibliographie avec des extraits gratuits : www.sunny-taj.com/collections/tous-mes-romans

Listing des Personnages principaux

- Hana Deschamps : humaine autiste asperger – scientifique
- Amaru Chavín : chasseur wari – descendant de Tatloc
- Alexeï Loussoupov : vampire – frère d'Anastasia Romanov – bras droit de Lucian
- Lucian de Lys : Transformé – roi des vampires
- Anastasia Romanov : reine des vampires – sœur d'Alexeï
- Qoya Chavín : descendante wari – ex-fiancée d'Amaru
- Camille Monfort/Asiri : Originelle – sœur de

Tatloc

- Xtopec Wari : Grand Sorcier royal wari – père de Tatloc et d'Asiri
- Tatloc Wari : Fils de Xtopec

Lexique wari

- Ñawpaqkuna : Originel
- Tikraykuna : Transformé
- Pantaykuna : Anomalie

Chant wari

Kuyapayku ñuqanchik songoyta.
[Reçois le cœur de ton peuple.]

Kuyapayku yawarta mikuyku.
[Reçois le sang que nous offrons.]

Kuntur, hanaqpacha apu,
[Condor, seigneur du ciel,]

Qhaway ñuqanchik kawsayta.
[Guide notre vie.]

Puma, urqu apu,
[Jaguar, seigneur des montagnes,]

Waqaychiy ñuqanchik tuta runata.
[Protège ton peuple dans la nuit.]

Yawar, yawar, yawar...
[Sang, sang, sang...]

Kaymi ñuqanchik q'ispichiy.
[Voici notre sacrifice.]

Kaymi ñuqanchik rimay.
[Voici notre serment.]

Kaymi ñuqanchik wiñay.
[Voici notre éternité.]

Système vampirique

Annexe – Extrait du Codex wari

Des enfants de la Nuit, leurs lignées et leurs chaînes

Des Originels

- Nés du sang versé sur la pierre sacrée, façonnés par le jaguar et le condor.
- Le jaguar leur a donné la force et la résistance.
- Le condor leur a offert la vision et l'endurance des hauteurs.

- Ils portent en eux la mémoire des siècles et la vigueur des sacrifices.
- Seul le soleil peut consumer leur chair.

Des Transformés

- Ceux-ci ne sont pas fils du Serment, mais copies tirées du sang des premiers.
- Ils ne reçoivent ni la griffe du jaguar, ni l'aile du condor.
- Privés de force sacrée, ils développent d'autres armes :
- le regard qui plie les volontés, la voix qui s'insinue,
- l'illusion qui fait croire à ce qui n'est pas.
- Leur soif les lie à leur maître par la corde invisible.
- Ils vivent tant que celui-ci respire, et meurent à son dernier souffle…
- sauf si la mer ou l'océan ronge ce fil et les libère.

Du sang qui brûle

- Le sang des Transformés est poison pour leurs semblables.
- Acide, il ronge, il corrode.
- Nul Transformé ne peut en boire sans se consumer.

- Nul ne peut frapper l'autre par le fer sans être éclaboussé et brûlé.
- Ainsi, leur chair est une arme contre eux-mêmes.
- Seuls les Originels sont immunisés :
- ils peuvent boire les Transformés et s'en nourrir.

De la différence

- Les Originels : sources sacrées, guerriers de force et de résistance, porteurs du jaguar et du condor.
- Les Transformés : copies innombrables, esclaves de la corde, mais détenteurs des armes mentales (hypnose, illusion, manipulation).
- Les premiers dominent par la chair.
- Les seconds prolifèrent par l'esprit.
- Tous ensemble, ils tissent la toile du Soleil Noir.

Frise historique parallèle

Extraits des notes d'Alexeï dans son dossier sur Lucian

1438

- Humaine : Expansion de l'Empire inca.
- Vampirique : Sacrifice de Xtopec → naissance des Originels, porteurs du jaguar et du condor.

1534–1539

- Humaine : Conquête espagnole, chute de l'Empire inca.
- Vampirique : Fracture des Originels → premiers Transformés créés, dépendants de la corde.

1590

- Humaine : Disparition de la colonie de Roanoke (Virginie).
- Vampirique : Première traversée transatlantique réussie des Transformés, nourris par les colons disparus.

XVIIe siècle

- Humaine : Épanouissement culturel de la France classique.
- Vampirique : Ninon de Lenclos, courtisane réputée pour sa beauté et sa longévité, s'impose comme la première figure vampirique « officielle », fascinant les élites et ouvrant l'ère de l'influence nocturne dans les cours européennes.

1789

- Humaine : Révolution française, Terreur.
- Vampirique : Lucian manipule les bouleversements → élimination massive de rivaux Transformés grâce à la guillotine.

1795

- Humaine : Chute des jacobins, recomposition

politique en Europe.

- Vampirique : Lucian prend le contrôle du réseau de Machiavel et assoit son influence dans les cours royales.

1845–1848

- Humaine : Disparition de l'expédition Franklin en Arctique, traces de cannibalisme retrouvées.
- Vampirique : Expériences de survie extrême menées par Lucian → équipages utilisés comme cobayes dans les glaces.

1872

- Humaine : Le Mary Céleste retrouvé vide dans l'Atlantique, cargaison intacte.
- Vampirique : Navire-éprouvette, équipage vidé méthodiquement pour tester la traversée intégralement vampirique.

1918

- Humaine : Traité de Versailles après la Première Guerre mondiale.
- Vampirique : « Traité du Petit Trianon » pour la reconnaissance officielle de la cour vampirique aux côtés des gouvernements humains. Lucian, roi des

vampires.

XXe siècle

- Humaine : Multiplication des disparitions inexpliquées (Triangle des Bermudes, vols perdus).
- Vampirique : Zones de chasse organisées, couvertes par le mythe des « mystères maritimes ».

Remerciements

Je me dois de commencer par mes enfants qui m'ont soutenue dès que je leur ai parlé de mon envie de me lancer dans cette aventure : *« Si ça te rend heureuse, Maman, alors tu dois le faire ! »* Cette phrase est un des plus beaux moments de ma vie, car elle traduit tout l'amour et toute la confiance qu'ils ont en moi, et c'est vraiment le plus beau des cadeaux. Quand j'ai choisi mon nom de plume, celui-ci s'est imposé comme une évidence : TAJ, c'est l'initiale de chacun de leurs prénoms. Et Sunny, c'est ce qu'ils représentent dans ma vie...

Je ne peux qu'exprimer toute ma gratitude à mes amies qui m'ont également donné l'impulsion avec leur foi dans mon projet : *« Bien sûr que tu y arriveras ! »* Elles m'ont supportée – dans tous les sens du terme – aussi bien en m'aidant à réfléchir qu'en étant présentes quand j'avais un coup de mou.

Je ne peux pas manquer non plus de souligner l'entraide des groupes d'auteurs que j'ai découverts tout au long de cette aventure et qui m'ont beaucoup apporté, aussi bien en termes d'apprentissage que de soutien : l'écriture est souvent un chemin solitaire, mais cela n'est pas pour autant synonyme de solitude grâce à ces belles personnes engagées et généreuses dans leur partage ! Une mention spéciale à mon alpha-lecteur en or – Thierry – ainsi qu'à ma super team de bêta-lecteurs – Jérôme, Stéphanie et Siobhan.

Enfin, **MERCI** à toi, **LECTEUR (RICE) !** Merci de m'avoir fait confiance et de t'être embarqué(e) avec moi dans ce roman. J'espère que tu as eu autant de plaisir et d'émotions en le lisant, que moi en l'écrivant pour toi ! Si c'est le cas, et que tu as deux minutes pour rédiger un commentaire sur Amazon, je t'en serai très reconnaissante ! Car cela est d'une importance capitale pour les indépendants comme moi, et m'aidera sans aucun doute à continuer cette palpitante aventure avec toi !

Et tu peux également me suivre sur mes réseaux sociaux où je te partage mes aventures d'autrice en herbe.

— Facebook : *sunnytaj.book*

— Instagram : sunny_taj_book

— TikTok : @sunny.taj.book

— Site web : www.sunny-taj.com (pour t'inscrire au club VIP afin de recevoir mensuellement des bonus exclusifs en avant-première, commander des exemplaires papiers dédicacés ou m'envoyer un message auquel je répondrai avec plaisir).

www.ingramcontent.com/pod-product-compliance
Lightning Source LLC
LaVergne TN
LVHW010628110826
845149LV00014B/2802
9782488133104